Pearl S. Buck wurde 1892 in den USA geboren. Sie hat mehr als vierzig Jahre ihres Lebens in China verbracht. Die Kindheit verlebte sie in der alten Hafenstadt Tschingkiang, wo ihre Eltern als Missionare tätig waren. Knapp dreißig Jahre alt – inzwischen in Nanking –, begann sie zu schreiben. Erst 1934 kehrte Pearl S. Buck endgültig nach Amerika zurück. Sie ist mehrfacher Ehrendoktor, und für ihren Roman »Die gute Erde« (1931) erhielt sie 1938 den Nobelpreis. Fast alle ihre Werke behandeln die ostasiatische Welt und ihre Begegnung mit westlicher Lebensweise. Pearl S. Buck will Verständnis wecken für die Menschen jener Welt, ihre äußeren Reaktionen und inneren Wandlungen, die sie aus nächster Nähe beobachten konnte. Ihre Romane sind ein leidenschaftlicher Appell an das Weltgewissen, eine über den literarischen Anspruch weit hinausgehende Botschaft der Gleichberechtigung der Rassen auf unserer Erde. Pearl S. Buck starb 1973 in Vermont.

Von Pearl S. Buck sind außerdem als
Knaur-Taschenbücher erschienen:

»Lebendiger Bambus« (Band 127)
»Wo die Sonne aufgeht« (Band 310)
»Die chinesische Heirat« (Band 493)
»Die Frauen des Hauses K« (Band 676)
»Das Gelöbnis« (Band 733)
»Eine Liebesehe« (Band 755)
»Drachensaat« (Band 796)
»Das Mädchen von Kwangtung« (Band 812)
»Zuflucht im Herzen« (Band 1010)
»Geschöpfe Gottes« (Band 1033)
»Die verborgene Blume« (Band 1048)
»Fremd in fernem Land« (Band 1065)

Vollständige Taschenbuchausgabe
Droemersche Verlagsanstalt Th. Knaur Nachf.
München
Lizenzausgabe mit freundlicher Genehmigung
des Scherz Verlags, Bern und München

Titel der Originalausgabe »Fairy Tales of the Orient«
Aus dem Amerikanischen von Charlotte Hamberger
Umschlaggestaltung Wolfgang Lauter, München
Umschlagfoto Schwarz/Bavaria
Satz Appl, Wemding
Druck und Bindung Ebner Ulm
Printed in Germany · 3 · 3 · 185
ISBN 3-426-00786-X

3. Auflage

Pearl S. Buck:
Am Teich der Lotosblüten

Märchen aus dem
Nahen und Fernen Osten

Knaur

ISBN 3-426-00786-X 780

INHALT

Vorwort		7
Die Geschichte von Wali Dâd, dem Einfältigen	Indien	15
Die verzauberte Krähe	Türkei	23
Wie Koschtschej der Unsterbliche zu Tode kam	Rußland	28
Das Mädchen mit der hölzernen Haube	Japan	38
Die Geschichte von Ming-Y	China	41
Die Geschichte von dem König, der stärker sein wollte als das Schicksal	Indien	51
Der dankbare Dachs	Japan	62
Der knisternde Berg	Japan	65
Prinz Achmed und die Fee Peribanu	Persien	67
Das fliegende Schiff	Rußland	89
König Kojata	Rußland	96
Die Legende von Tschi-Niu	China	106
Die Hexe	Rußland	112
Der Tiger, der Brahmane und der Schakal	Indien	117
Iwanitsch und der Zauberring	Rußland	120
Der gekränkte Spatz	Japan	127
Das Geheimnis der toten Frau	Japan	129
Ubazakura	Japan	132

Oshidori	Japan	134
Der Stein der Geduld und das Messer der Geduld	Türkei	135
Hok Lee und die Zwerge	China	140
Zauberturban, Zauberpeitsche, Zauberteppich	Türkei	144
Die berühmte Glocke	China	149
Die Geschichte vom Kalifen Storch	Arabien	153
Der neidische Nachbar	Japan	162
Der Prinz und die drei Verhängnisse	Ägypten	166
Die Geschichte von Aoyagi	Japan	175
Der Wind-Dämon	Türkei	181

Vorwort

Es ist ein Sommerabend. Eben habe ich die letzten Märchen niedergeschrieben und den meisten eine kurze Anmerkung beigefügt. Jetzt, nachdem diese Arbeit abgeschlossen ist, erkenne ich, daß es eigentlich gar keine Arbeit war. Es war eine Reise, eine Entdeckungsfahrt zu Lande und zu Wasser. Viele Länder habe ich besucht, und ich bin noch nicht ganz sicher, ob ich wirklich wieder zu Hause angekommen bin. Vielleicht ist es die Landschaft vor meinem offenen Fenster, die mich immer noch im Reich der Märchen gefangenhält. Die Dämmerung ist es vielleicht, die Tannen über den Wiesen drüben, die sich zart abzeichnen in dem Dunst, der vom sonnenwarmen See am Fuße des Hügels aufsteigt. Der runde Mond, der über dem Nebel steht, scheint auf die Weiden am Ufer. Und so hell glänzt das Mondlicht über dem feinen Dunstschleier, daß ich die goldene Bahn der Fische im Wasser sehen könnte, ginge ich jetzt dort unten spazieren. Wenn der Vollmond am Himmel steht, verwechseln die Fische die Nacht mit dem Tage.

Aber heute mache ich keinen Spaziergang mehr. Ich träume, und meine Gedanken sind erfüllt von Gestalten: aus Asien kommen sie, aus Europa – Märchengestalten. Gesichter umgeben mich: Inder mit dem Turban und ihre Frauen im bunten Sari, der Chinese im langen Gewand, der japanische Samurai und ihre in der Zurückgezogenheit des Hauses lebenden Frauen; Türken und Russen, Männer und Frauen aus Persien und Arabien. Nur die Gesichter aus meinem eigenen, westlichen Land fehlen. Warum haben wir in Amerika keine Märchen? Vielleicht entstehen Märchen nur bei alten Völkern, aus einem uralten Wissen, das sie in anderer Form nicht aussprechen können. Denn die Kultur alter Völker liegt in ihrer Geschichte und in ihren Erfahrungen. Alte Feuer schwelen in der Tiefe, Gefühle äußern sich nicht in gewaltigen Ausbrüchen. In einem Haus, das voll Menschen ist, müssen die Temperamente gebändigt werden, Haß muß verborgen bleiben und sogar die Liebe zum Geheimnis werden, wenn nicht das ganze Haus in Brand geraten soll. Dieses Gleichnis gilt auch für unsere heutige Zeit. Verstimmung, Neid und Feindschaft müssen die Völker der Erde heute beherrschen lernen, oder die neue Waffe der Atomkraft vernichtet den Angreifer mit dem Angegriffenen.

Doch der Märchenerzähler bedient sich seit unvordenklichen Zeiten dieser gefährlichen Elemente der menschlichen Natur: der Liebe, des Hasses, der Furcht und der Habgier, um für die starke Spannung zu sorgen, deren eine gute Geschichte bedarf. Und indem er diese Elemente geschickt nützt, sorgt er nicht allein für die Unterhaltung des Lesers, er schafft zugleich Läuterung und seelische Befreiung. Eine Welt, in der das Gute selten zu obsiegen scheint, ersetzt er durch eine Märchenwelt, in der das Gute immer triumphiert und das Ende immer glücklich ist.

Zum menschlichen Wesen gehört auch Hilflosigkeit. Hilflos dem Leben ausgeliefert werden wir geboren, und hilflos dem Tode anheimgegeben sterben wir. In den Märchen wird diese kosmische Hilflosigkeit als Karma oder Fatum erklärt, und niemand kann sich gegen sein Schicksal auflehnen, denn was auch immer geschieht – es ist vorherbestimmt, und sich darein zu fügen, ist die einzige Möglichkeit. Aber bedeutet es denn nicht Hoffnung für die hilflose Kreatur, wenn eines Menschen Schicksal durch die übernatürlichen Kräfte von Zauberern und Gottheiten erleichtert oder gar umgangen werden kann? In dieser Welt der Hoffnung und der Phantasie erringt der einfache, der gute Mensch immer den Sieg, wie lange er auch durch das Labyrinth von Tücken wandern muß, das böse Mächte zu seinem Untergang ersonnen haben. Ach, Märchen erschaffen die Welt, die wir erbauten, wenn wir es könnten – die romantische Welt der Träume, im Unglück ausgedacht und doch im Glück endend! Es gibt gleichbleibende Motive: ein armer Mann wird reich, weil er einen Schatz findet; die böse Stiefmutter wird umgebracht; die eifersüchtige ältere Schwester bekommt den Prinzen niemals; das kinderlose alte Paar findet ein verlassenes Knäblein, und immer begegnet der schöne junge Mann seiner Prinzessin, und ewig währt die Liebe. Was ist das: ein Märchen? Es ist die Welt, in der alles, was wir insgeheim erträumen und ersehnen, wirklich geschieht. Es ist unsere Selbsterfüllung.

Die Art, in der diese Traumwelt Gestalt annimmt, ist an sich schon von Bedeutung. Märchen sprechen nicht nur die tiefsten Hoffnungen und Sehnsüchte der Menschen aus, sie enthüllen auch die Unterschiede zwischen den Völkern. Ein japanisches Märchen, zum Beispiel, könnte unmöglich aus Rußland stammen, selbst wenn das Wesentliche der Gefühle und der Handlung gleich ist. Japanische Märchen sind durchzogen von der poetischen Grundstimmung anmutiger Melancholie und zarten Empfindens, wie sie für die Kunst dieses Landes so kennzeichnend sind. Da gibt es Gewalttat und Grausamkeit, aber sogar das Verbrechen erfordert eine gewisse Meisterschaft. Ein Juwel des Herzens ist die Liebe zwischen Mann und Frau, eine Urkraft; aber auch der Dolch, der das Herz durchbohrt, ist ein kunstvolles Instrument. Den Dolch in eines Feindes Brust zu stoßen, ist weit besser, als seinen Schädel mit einem Schlagholz zu zertrümmern, weil der Stichwaffe mehr Anmut und Würde eignet. Das japanische Märchen hat

wenig Handlung, aber es besitzt eine ausgeprägte Gefühlswelt, und jede Situation wird stilvoll bis ins Detail ausgeführt.
Und auch die Themen sind charakteristisch. Oft erzählen alte japanische Märchen von wunderschönen, aber fremdartigen Frauen, die aus dem Nichts zu kommen scheinen, sturmgeboren, dem Unheil entstiegen, um menschliche Gestalt anzunehmen. Halb Geist, halb Mensch, wohnen sie eine Weile mit einem Mann zusammen, schenken ihm sogar Kinder und sorgen täglich für ihn. Aber sie sind unberechenbar und von keinem Befehl zu erreichen, und wenn man ihnen nicht vollkommen gehorcht, verschwinden sie so plötzlich wieder, wie sie gekommen sind.
In der vorliegenden Märchensammlung befindet sich eine bemerkenswerte Ausnahme von dem eben Gesagten, in einer Geschichte, in der das Geisterwesen keine Frau ist, sondern ein braver Hund. Das ist ungewöhnlich, denn der Hund, der Liebling unter den Tieren der westlichen Welt, nimmt im alten Asien durchaus keine bevorzugte Stellung ein. Der Grund hierfür ist einfach genug. In Asien muß der Hund ganze Dörfer bewachen, und zu diesem Zweck wird er schlecht gehalten und schlecht gefüttert. Im wohlhabenden Abendland vollbringt er gute Taten und rettet Menschen das Leben.
Im Gegensatz zum japanischen Märchen treibt das russische seine Handlung in raschen, kräftigen Zügen voran, und die geschilderten Gefühle werden in groben Pinselstrichen gezeichnet. Es ist der Unterschied zwischen einem Aquarell und einem Plakat – die Kraft der Aussage steckt in beiden. Das Lieblingstier des russischen Märchens ist das Pferd oder der Hirsch, wie es der weiten russischen Landschaft entspricht. Die Stimmung ist oft voll Melancholie, aber dies ist nicht die würdevolle Trauer Asiens. In den Tiefen der russischen Seele wohnt etwas Dunkles, Verzweifeltes, und das wird auch in den Märchen aus diesem ungeheuren Land sichtbar. Schnelle Pferde, simple Magie, Rache und Grausamkeit, der Triumph der Verschlagenheit – dies alles spricht für eine im Grund bäuerliche Zuhörerschaft, die ihre Freude am Sieg der Stärke und der List findet.
Und doch liegt etwas sehr Anziehendes in diesen russischen Märchen. Der Held ist oft ein einfältiger Tölpel, wie es ihn vermutlich auch in Wirklichkeit gibt. Aber immer liegt ein gewisser Reiz in seiner Unschuld und Einfalt, denn wie ließe es sich sonst erklären, daß der Einfältige auf seinem Lebensweg immer wieder Hilfe erfährt, bis am Ende er es ist, der die Prinzessin zur Frau bekommt? Und jedesmal, wenn ihm geholfen wird, meint er, das sei zu schön, um wahr zu sein. Ohne daß er selbst sich anstrengen muß, steht das hilfreiche Glück an seiner Seite, bis er den Preis gewinnt. Es muß etwas im Wesen des

Russen sein, was diesen einfachen Mann liebt, weil es sich ihm verwandt fühlt.

Ein persisches Märchen ist wie die persische Malerei, fein und zierlich in den Einzelheiten und auf komplizierte Weise vielfältig, ein Kunstwerk im kleinen, das sich nur in der Atmosphäre von Tradition und Reichtum entfalten konnte. Schöne junge Frauen ziehen wohlgestaltete Jünglinge von vornehmer Abkunft in ihren Bann, die Paare begegnen sich in der poetischen Traumwelt der Romanzen. Die Männer sind mehr zärtlich als ungestüm, und die Empfindungen bahnen sich ihren Weg ohne leidenschaftliche Eile.

Etwas von dieser Art durchzieht auch die indischen Märchen, und das erklärt sich zum Teil aus dem starken persischen Einfluß im alten Indien. Jahrhunderte hindurch lebten Perser in der Gegend von Bombay und machten diese Stadt zum Mittelpunkt ihrer Religion und ihrer Kultur. Indien verdankt vielen Ländern etwas. Alexander der Große, zum Beispiel, fiel vor langer Zeit mit seinen hellhäutigen Truppen in Indien ein, und seither gibt es im Norden des Landes blonde, blauäugige Inder.

Aber die großen Unterschiede innerhalb der Bevölkerung Indiens, die sich in Sprache und Hautfarbe äußern, verschwinden gegenüber dem gemeinsamen Glauben an die Macht einer Güte, die der Heiligkeit nahekommt. Die Helden ihrer Märchen sind einfache, selbstlose Menschen, wie der von allen geliebte Mahatma Gandhi, der ein baumwollenes Gewand trug und von Gemüse, Früchten und Ziegenmilch lebte, selbst wenn er nach England reiste und im Buckingham-Palast eingeladen war. Und indem er das tat, führte er eine indische Tradition fort, wie sie sich auch in den indischen Märchen darstellt. Wenn man heute nach Indien fährt, sieht man viele solcher Menschen auf den Straßen des Landes und der modernen Städte.

Die türkischen Märchen enthüllen uns ganz andere Züge. Hier ist der Held der allmächtige Herrscher, der Padischah, der Sultan. Das Schicksal des einfachen Mannes hängt von Zufall und Glück ab, von einer Hexe oder einem Kobold, der Herrscher jedoch befiehlt, und ihm gehorcht man. Oben sind die Götter und unten das Volk, aber zwischen den beiden stehen die Hochgeborenen, diese besonderen Menschen, von Natur oder Geburt begnadet, denen seltsame, wunderbare Dinge widerfahren oder die dieses Seltsame hervorbringen. In gewisser Weise ähneln die türkischen Märchen den russischen: im raschen Fortgang der Handlung, in der Schilderung lebendiger Einzelheiten und der Vorliebe für die Gewalt.

Die chinesischen Märchen sind älter als alle anderen. Über Jahrhunderte hin war der Märchenerzähler in China auch der Lehrer, der auf liebenswürdige, unterhaltsame Art die Lehren des Lebens vermittelte. Darum finden wir in chinesischen Märchen auch mehr Humor als in denen anderer Völker. Der Hauptgrund dafür ist der, daß die Chinesen besondere Freude an Späßen haben. Ihre Dichtung und ihre Gespräche sind reich an Scherzen, angefangen vom derben und deftigen Spaß bis zum geschliffenen Witz und zur Satire. Außerdem hat der Geschichtenerzähler selbst das eine oder andere vom Leben gelernt: er weiß, daß der Augenblick, in dem die Menge lacht, der rechte Zeitpunkt dafür ist, den Bambuskorb, in dem er das Geld einsammelt, herumzureichen.

Aber die chinesische Literatur ist nicht nur humorvoll. Gute und böse Geister bevölkern sie, und der Glaube an Geister lebt auch in den Gebräuchen des Volkes. Selbst die Architektur ist danach geformt, denn die Ecken der Dächer sind nach oben gebogen, offenbar um mißgünstige Geister daran zu hindern, an den Dachziegeln herabzugleiten. Und gleich hinter dem Gartentor von Villen und Höfen befindet sich eine Mauer, welche die fliehenden Geister aufhalten soll, die immer durch offene Tore einzudringen suchen. Die meisten Geister sind abgeschiedene Seelen schöner Frauen, die sich durch Träume in das Leben der Männer stehlen und Wirklichkeit annehmen. In einem Land, wo sich Männer und Frauen selten begegnen und die Heirat von den Eltern abgesprochen wird, kann dies nicht verwundern. Wer kann einen jungen Mann, dem der Umgang mit Mädchen untersagt oder der einer ungeliebten Frau angetraut ist, dafür schelten, wenn er von heimlicher Liebe zu dem Geist einer schönen Frau träumt? Wenigstens scheint das im alten China vorgekommen zu sein.

Die Verwendung magischer Gegenstände in den Märchen ist nahezu allgemein und enthüllt die Vorstellungen und Wünsche der Menschen. Die Rolle der Glocken im chinesischen Leben spiegelt sich zum Beispiel in den vielen Märchen, die von berühmten Glocken handeln. Alle Tempel sind mit Glocken ausgestattet, und jeder Tempel besitzt eine besondere Glocke, deren Ton von klangvoller, erhabener Schönheit ist. Von einer dieser Glocken wird gesagt, ihre Stimme habe einen fast menschlichen Klang, weil die Tochter des Glockengießers ihr Leben geopfert habe, indem sie sich während des Gusses in die Schmelzmasse stürzte. Ich erinnere mich vor allem an die große, herrlich tönende Glocke einer Pagode in der Nähe von Nanking, in der Provinz Kiangsu, die einen so vollen, süßen Klang hatte, daß die Leute von weither kamen, um sie zu hören. Es ging die Legende, sie stamme aus der Werkstatt eines berühmten Glockengießers, aber sie sei diesem beim Guß immer wieder zersprungen. Er goß und goß, aber immer wieder war die Form gesprungen. Zuletzt beschlossen seine drei schönen Töchter, ihr Leben hinzugeben, und ohne es ihrem Vater zu sagen, sprangen sie des Nachts in das geschmolzene Metall. Am anderen Tage gelang der Guß, und als die Glocke anschlug, war es, als sängen Mädchenstimmen. Ein solches Opfer verlangt Kindespflicht, wenn alles andere versagt, und auf Kindespflicht, wie sie vom großen Konfuzius fünfhundert Jahre vor Christus gefordert wurde, gründete sich die alte chinesische Kultur.

Oft ist der magische Gegenstand auch ein Spiegel. Das finden wir in den Märchen jedes Volkes. Vielleicht gab der erste Anblick des eigenen Gesichts den Anstoß dazu. Denn wer von uns kennt sich selbst so, wie er den anderen erscheint, ohne daß er dieses Selbst im Spiegel sieht? Ich glaube, es war vor langer, langer Zeit, als Narziß, zum Trinken niedergebeugt, in einem stehenden Gewässer ein Gesicht sah, das er zuerst gar nicht erkannte, aber von dem er, sobald er es gesehen, den Blick nicht mehr lassen konnte. So muß es den primitiven Menschen ergangen sein, und eigentlich ergeht es uns heute noch immer so, denn selten gehen wir an einem Spiegel vorüber, ohne nicht wenigstens einen verstohlenen Blick auf den zu werfen, der wir selbst sind. Von daher rührt die phantastische Vorstellung, daß einem Spiegel Zauberkraft innewohne, ein Genius, dessen Macht jedes menschliche Wesen für sich erstrebt und der imstande ist, Wünsche und Träume in Erfüllung gehen zu lassen.

Die Rolle der Vögel im Märchen, ihre Nützlichkeit als Ratgeber des Menschen, scheint mir von besonderem Interesse zu sein. Das greift, glaube ich, in ganz frühe Zeiten zurück, wo man die Vögel für Boten der Götter, namentlich des Sonnengottes, hielt. Vor allem im Frühling, wenn aus Feld und Wald das Leben brach, lag es nahe, in den Vögeln, die aus sonnenwarmen Ländern zurückkehrten, die Bringer neuer Fruchtbarkeit zu sehen. Die göttliche Sendung der Vögel lebt noch fort in der Legende vom Storch, der die Kinder bringt, in den Tauben, die sich mit dem Ölzweig des Friedens zu uns niederlassen, ja sogar in den Engeln, deren Körper zwar Menschengestalt angenommen hat, die aber von den Schwingen der Vögel getragen werden.

In jeder Sprache gibt es Märchen von zaubermächtigen Wesen und Werkzeugen, die uns erdgebundene Geschöpfe befähigen, die uns gesetzten Grenzen zu durchbrechen. Unsichtbar zu werden, Raum und Zeit zu überwinden, das Unmögliche möglich zu machen und wunderbare, wertvolle Dinge aus nichts als aus unseren Wünschen zu erschaffen, ohne Mühe Gold zu gewinnen – es sind die ewigen Träume des kindlichen Menschenherzens.

Die Märchen aller Völker, das muß ich wiederholen, spiegeln symbolisch ihre Wünsche und ihre Ängste. Manchmal ist der allen gemeinsame Traum die Sehnsucht nach schönen und wohlgeratenen Kindern, dem größten Geschenk, das eine Frau dem Mann geben kann, den sie liebt. So kostbar ist die Erfüllung dieses Wunsches, daß dem Hoffen auch Fürchten beigemischt ist. Ist es möglich, solches Glück zu erlangen? Gibt es keine übelwollenden Mächte, die irgendwie dagegen wirken? Im Märchen nehmen diese Mächte konkrete Gestalt an in der alten Hexe, die den Kindern nach dem Leben trachtet. Das Gute siegt nicht kampflos, obgleich es siegen muß, wenn wir Menschen nicht alle unsere Träume aufgeben und dem Bösen die Herrschaft über uns und unsere Welt überantworten wollen. Wir müssen für unsere Träume streiten. In einem der Märchen ist dieses Ringen personifiziert durch einen Knaben mit goldenem Haar, der so tapfer und einfallsreich ist, daß die Götter selbst sich bewogen fühlen, ihm beizustehen. Immer ist die Hilfe der Götter ein Teil unserer Träume. Der Mensch fürchtet, allein sein Ziel nicht erreichen zu können, denn er fühlt sich von bösen Mächten umgeben, und, allein gelassen, ist es nahezu gewiß, daß er unterliegen wird.

Im Leben siegt das Gute nicht immer, so scheint es, aber in den Märchen wird das Böse gottlob vernichtet und das Gute triumphiert, und Prinz und Prinzessin leben für ewig glücklich miteinander. Das echte Märchen läßt uns immer diese Gewißheit, und vielleicht ist das auch richtig, denn wenn wir Sterblichen unseren Glauben und unsere Hoffnung auf die obsiegende und ewige Kraft des Guten verlieren, verlieren wir auch Hoffnung und Glauben in uns selbst, und dann scheint das Leben nicht mehr lebenswert zu sein.

In diesem zentralen Thema aller Märchen steckt eine tiefe Wahrheit. Und diese Wahrheit ist durchaus nicht kindlich oder gar einfältig, im Gegenteil, sie verdient, daß wir unser Leben lang darüber nachdenken.

Die Geschichte von Wali Dâd, dem Einfältigen

Dies ist ein Märchen aus Indien. Es erzählt von einem einfachen alten Mann, der in einer Lehmhütte im Dschungel wohnt. Er möchte selbstlos sein und das, was er hat, mit anderen teilen, aber dabei erfährt er so viel Dank, daß er ganz überwältigt ist. Immer wieder verschenkt er, was ihm geschenkt wurde, um nur noch mehr zurückzubekommen. Wie er endlich mit der wunderbaren, aber auch sehr verwirrenden Situation fertig wird, erzählt uns diese Geschichte.

Vor langer Zeit lebte in Indien ein armer, kahlköpfiger alter Mann namens Wali Dâd Gunjay, das heißt »der Kahle«. Er hatte niemand, der zu ihm gehörte, darum lebte er ganz allein in einer Lehmhütte, weit weg von den Städten der Umgebung, und ernährte sich vom Verkauf des Grases, das er im Dschungel als Futter für die Pferde schnitt. Er verdiente nur zwei und einen halben Pfennig am Tag, aber weil er ein so einfacher alter Mann war und so wenig brauchte, konnte er jeden Tag einen halben Pfennig zurücklegen. Die anderen zwei Pfennig brauchte er für sein Essen und seine Kleidung.

So lebte er viele Jahre hindurch, bis er eines Nachts bei sich dachte, er könnte das Geld einmal zählen, das er in dem großen irdenen Topf unter dem Boden seiner Hütte verborgen hatte. Gleich machte er sich an die Arbeit und grub mit vieler Mühe den Topf aus dem Lehmboden. Voll Verwunderung sah er auf den Haufen Münzen, der ihm da entgegenfiel. Was sollte er damit anfangen? Er wäre gar nicht auf den Gedanken gekommen, das Geld für sich auszugeben, denn er war es zufrieden, den Rest seiner Tage so zu verbringen, wie er es gewohnt war, und er trug kein Verlangen nach größerer Bequemlichkeit oder gar nach Wohlleben. Er wollte etwas damit tun, aber er konnte sich nicht denken, wofür er es ausgeben sollte, und so tat er alle Münzen in einen alten Sack, warf den unter sein Bett, wickelte sich in seine alte zerschlissene Decke und schlief ein.

Sonst träumte er nie, aber in dieser Nacht träumte er von einem lieblichen Mädchen. Als er am anderen Morgen erwachte, stand ihm immer noch ihr Antlitz vor Augen. Er nahm den Sack mit dem Geld und machte sich auf den Weg zu einem Juwelier in der nächsten Stadt, den er kannte. Mit dem wurde er handelseinig und erstand ein hübsches kleines Armband von Gold. Sorgsam verbarg er es in seinem baumwollenen Rock und ging damit in das Haus eines reichen Freundes, der als Kaufmann viel herumreiste und mit seinen Kamelen und seinen Waren in viele Länder kam. Wali Dâd hatte Glück, er traf seinen Freund zu Hause an, setzte sich zu ihm und unterhielt sich mit ihm.

Endlich fragte er, wer wohl die schönste und tugendhafteste Dame sei, die er je gesehen habe. Der Kaufmann erwiderte, die Prinzessin von Khaistan sei überall für ihre Schönheit ebensosehr wie für ihre Tugend und Freigebigkeit bekannt.
»So gib ihr dieses kleine Armband, wenn du wieder nach Khaistan kommst«, sagte Wali Dâd, »und sprich ihr die ehrfürchtige Bewunderung eines Mannes aus, der viel mehr die Tugend bewundert, als er Reichtum erstrebt.«
Und damit zog er das Armband aus dem Bund und gab es seinem Freund. Der Kaufmann war natürlich sehr erstaunt, aber er sagte nichts und weigerte sich auch nicht, den Auftrag seines Freundes auszuführen.
Die Zeit verging, und endlich traf der Kaufmann im Verlauf seiner Reisen in der Hauptstadt von Khaistan ein. Als sich die erste Gelegenheit bot, sprach er im Königspalast vor und gab das Armband ab, das er selbst in eine duftende Schachtel verpackt hatte. Dazu ließ er die Botschaft bestellen, die ihm Wali Dâd aufgetragen hatte.
Die Prinzessin konnte sich nicht denken, wer ihr das Geschenk gemacht haben könnte, aber sie ließ dem Kaufmann durch ihre Dienerin bestellen, er möge, wenn er seine Geschäfte in der Stadt abgeschlossen habe, noch einmal ins Schloß kommen, damit sie ihm danken könne. So kam der Kaufmann wenige Tage darauf wieder in den Palast und erhielt von der Prinzessin die Gegengabe. Das war eine Kamelladung voll herrlicher Seide, für ihn selbst aber ein kleines Geldgeschenk.
Es dauerte einige Monate, bis er zu Hause anlangte, und dort überbrachte er sogleich dem Wali Dâd das Geschenk der Prinzessin. Wie groß war da die Überraschung des guten Alten, als er vor seiner Tür eine Kamelladung herrlicher Seide gehäuft sah! Was sollte er mit diesen köstlichen Dingen anfangen? Aber er dachte gar nicht lange darüber nach, sondern bat den Kaufmann, sich zu besinnen, ob er nicht einen jungen Prinzen kenne, dem mit solchen Schätzen gedient wäre.
»Freilich«, erwiderte der Kaufmann belustigt. »Ich kenne alle Prinzen von Delhi bis Bagdad und von Konstantinopel bis Lucknow. Aber keiner unter ihnen ist würdiger als der wohlhabende, ritterliche junge Prinz von Nekabad.«
»Wie gut«, sagte Wali Dâd, »dann nimm die Seide und bringe sie ihm mit allen Glück- und Segenswünschen eines alten Mannes.« Und er war sehr erleichtert, die Sachen wieder losgeworden zu sein.
Bei der nächsten Gelegenheit, als ihn eine seiner Reisen in jene Gegend führte, nahm der Kaufmann die Seide mit, und als er nach lan-

gem Ritt in Nekabad ankam, bat er gleich, vor den Prinzen gelassen zu werden. Nachdem er zu ihm geführt worden war, breitete er die herrliche Seide Wali Dâds aus und bat ihn, dieses Geschenk als eine geringe Würdigung seiner Großmut und seines hohen Ansehens zu betrachten. Der Prinz war sehr gerührt, und er befahl, zwölf der schönsten Pferde, für die sein Land berühmt war, dem Wali Dâd als Gegengabe zu überbringen. Auch gab er dem Kaufmann für seine Dienste reiche Entlohnung.

Wie zuvor kam der Kaufmann endlich wieder in seine Heimatstadt und machte sich gleich am nächsten Tage auf den Weg zu Wali Dâds Hütte; die zwölf Pferde führte er mit. Als der alte Mann ihn aus der Ferne kommen sah, sagte er zu sich: »Was für ein Glück! Da kommt eine ganze Reitertruppe! Sicher werden sie viel Grasfutter für ihre Pferde brauchen, und ich kann alles verkaufen, ohne es auf den Markt tragen zu müssen.« Und er eilte schnell hinaus und schnitt so viel Gras, wie er in der Eile nur schneiden konnte. Als er zurückkam und hörte, die Pferde seien für ihn selbst bestimmt, war er sehr enttäuscht. Zuerst konnte er sich nicht denken, was er damit tun solle, aber dann kam ihm bald ein herrlicher Einfall. Er schenkte zwei der Pferde dem Kaufmann und bat ihn, die anderen der Prinzessin von Khaistan zu überbringen, denn selbstverständlich sei sie am geeignetsten dafür, solch schöne Tiere zu besitzen.

Lachend verabschiedete sich der Kaufmann, aber er erfüllte den Auftrag seines Freundes getreulich und nahm auf die nächste Reise die zehn Pferde mit und machte sie, als sich die erste Gelegenheit bot, der Prinzessin zum Geschenk.

Diesmal ließ die Prinzessin den Kaufmann zu sich kommen und fragte ihn, wer denn der Spender sei. Nun war der Kaufmann eigentlich sehr ehrlich, aber dennoch wollte er Wali Dâd nicht gern als den alten Mann schildern, der am Tage zweieinhalb Pfennig verdient und kaum genug Kleider hat, um seinen Körper zu bedecken. Darum antwortete er, sein Freund habe von der Schönheit und Güte der Prinzessin gehört und habe das Bedürfnis gehabt, ihr das Beste, was er besaß, zu Füßen zu legen. Da zog die Prinzessin ihren Vater ins Vertrauen und bat ihn um Rat, was für eine Gunstbezeigung sie einem Manne erweisen solle, der ihr wiederholt solche Geschenke überreichen ließ.

»Du darfst diese Geschenke nicht zurückweisen«, sagte der König. »Das beste ist, du schickst diesem unbekannten Freunde ein Geschenk, so herrlich, daß er dir kein vergleichbares zurückgeben kann – dann wird er beschämt sein und dir nichts mehr geben.«

Und er ordnete an, die Prinzessin solle für jedes der zehn Pferde zwei mit Silber beladene Maultiere zurücksenden. So kam es, daß der

Kaufmann wenige Stunden später die Obhut einer so prächtigen Karawane übernahm, daß er einige bewaffnete Männer in seine Dienste nehmen mußte, um sich gegen Räuber zu schützen. Und er war wirklich froh, als er wieder wohlbehalten vor Wali Dâds Hütte eintraf.
Als der all den Reichtum vor seiner Tür gehäuft sah, rief er: »Nun kann ich doch diesem freundlichen Prinzen für das herrliche Geschenk seiner Pferde danken! Aber du hattest große Auslagen mit dieser Karawane! Wenn du sechs Maultiere als Entgelt annehmen möchtest und die anderen sogleich nach Nekabad führtest, so wäre ich dir von Herzen dankbar!«
Der Kaufmann fühlte sich hoch belohnt für seine Mühe, und obgleich er sich sehr verwunderte, was für ein Ende diese Sache wohl nehmen werde, wandte er nichts dagegen ein. Sobald er alles gerüstet hatte, machte er sich mit seiner neuen königlichen Gabe auf den Weg nach Nekabad.
Diesmal war auch der Prinz fast bestürzt, und er befragte den Kaufmann streng. Der Kaufmann merkte, daß sein guter Name auf dem Spiel stand, und wenngleich er den Scherz nicht weiterführen wollte, konnte er nun doch nicht anders, als Wali Dâd in so glühenden Farben zu schildern, daß sich der alte Mann schwerlich erkannt hätte, wäre er Zeuge dieser Beschreibung gewesen. Wie zuvor der König von Khaistan, beschloß jetzt der Prinz, eine so wahrhaft königliche Gegengabe zu schenken, daß der unbekannte Spender kaum mehr etwas anderes darauf schicken konnte. Also richtete er eine Karawane aus zwanzig prächtigen Pferden mit goldbestickten Decken, feinen marokkanischen Ledersätteln, silbernem Zaumzeug und silbernen Steigbügeln aus; dazu zwanzig Kamele der besten Zucht, die so schnell waren wie Rassepferde und den ganzen Tag im Trab laufen konnten, ohne müde zu werden, und obendrein noch zwanzig Elefanten mit silberglänzenden Sänften und perlenbestickten Seidendecken. Der Kaufmann nahm eine kleine Armee zu Hilfe, um diese Tiere nach Hause führen zu können, und auf allen Straßen Indiens erregte der Zug großes Aufsehen.
Als Wali Dâd die Staubwolke sah, die die Karawane in der Ferne aufwirbelte, und das Glitzern der Ausrüstung, sagte er zu sich: »Bei Allah! Da kommt eine große Menschenmenge heran, auch Elefanten sind dabei. Sie werden Gras brauchen, viel Gras!« Und er lief in den Dschungel und schnitt das Gras, so schnell er nur konnte. Als er wieder zurückkam, sah er, daß die Karawane vor seiner Tür haltgemacht hatte und daß der Kaufmann aufgeregt auf ihn wartete, um ihm das Neueste zu erzählen und ihn zu seinem Reichtum zu beglückwünschen.

»Reichtum!« rief Wali Dâd. »Was hat ein alter Mann wie ich, der mit einem Fuß im Grab steht, mit Reichtümern zu schaffen! Die schöne junge Prinzessin – ja, die soll sich an solchen Dingen freuen. Nimm du dir zwei Pferde, zwei Kamele und zwei Elefanten mit allem, was dazugehört, und bringe ihr die anderen Tiere.«
Zuerst weigerte sich der Kaufmann und erklärte Wali Dâd, die Mission fange an, ihm ein wenig unangenehm zu werden. Freilich werde er selbst reichlich entlohnt, aber dennoch reise er nicht oft und sei auch allmählich ängstlich geworden. Aber schließlich sagte er zu, sich noch einmal aufzumachen, doch versprach er sich selbst, sich auf kein weiteres Unternehmen mehr einzulassen.
So machte sich, nach ein paar Ruhetagen, die Karawane auf den Weg nach Khaistan. Als der König von Khaistan den prächtigen Zug von Menschen und Tieren in seinen Schloßhof einziehen sah, geriet er in höchstes Erstaunen und eilte selbst hinab, um zu sehen, was es damit für eine Bewandtnis habe. Er war ganz sprachlos, als er hörte, dies sei ein neues Geschenk des königlichen Wali Dâd an seine Tochter, die Prinzessin. Eilends ging er zu ihr in ihre Gemächer und sprach: »Ich kann dir sagen, was es auf sich hat mit diesen Geschenken. Dieser Mann möchte dich heiraten! Darum beschenkt er dich so überreich. Da bleibt uns nichts anderes, als uns aufzumachen und ihn selbst zu besuchen. Er muß ungeheuer wohlhabend sein, und vielleicht ist es gar nicht das schlechteste, wenn du ihn heiratest, nachdem er dir so zugetan ist.«
Die Prinzessin war mit allem, was ihr Vater gesagt hatte, einverstanden. Gleich wurde Befehl erteilt, eine große Anzahl von Elefanten und Kamelen, riesige Zelte und Flaggen, Sänften für die Damen und Pferde für die Männer unverzüglich bereitzustellen, weil der König mit seiner Tochter dem freigebigen, großen Prinzen Wali Dâd einen Besuch abstatte. Und der Kaufmann mußte sich auf des Königs Geheiß dem Zuge anschließen.
Welche Gefühle der arme Kaufmann in dieser argen Lage hatte, kann man sich gar nicht vorstellen. Er wäre gern fortgelaufen, aber als Gesandter des Wali Dâd wurde er mit so viel Gastfreundschaft behandelt, daß er kaum einen Augenblick Ruhe hatte und niemals eine Gelegenheit fand, sich davonzustehlen. Und nach wenigen Tagen gewann die Verzweiflung so sehr Gewalt über ihn, daß er sich in sein Schicksal ergab und einsah, daß ihm nicht zu entkommen sei. Dennoch hoffte er inständig, es möge noch eine Wendung nehmen, die einen Ausweg aus den Schwierigkeiten zeige, die er sich in bester Absicht selbst aufgeladen hatte.
Sieben Tage darnach brachen sie auf, unter donnerndem Salut, der

von den Stadtwällen geschossen wurde, unter viel Staub und Rufen und Trompetenschall. Tag um Tag rückten sie voran, und der arme Kaufmann fühlte sich von Tag zu Tag elender. Er überlegte, welche Todesart der König für ihn wohl erfinden werde, und wenn er nachts wach lag und über seine Lage nachdachte, dann litt er so schlimme Qualen, wie er sie nicht ärger hätte leiden können, wenn sich die Henker des Königs schon über seinen Nacken gebeugt hätten.
Endlich waren sie nur noch eine Tagesreise von Wali Dâds kleiner Lehmhütte entfernt. Da bauten sie ihre Zelte auf, und der Kaufmann wurde zu Wali Dâd gesandt, um ihm die Nachricht von der Ankunft des Königs und seiner Tochter zu bringen und ihn um eine Unterredung zu bitten. Der Kaufmann fand Wali Dâd bei seinem Abendbrot vor, das aus Zwiebeln und trockenem Brot bestand. Nachdem er ihm alles erzählt hatte, brachte er es nicht mehr übers Herz, ihm Vorwürfe zu machen. Denn Wali Dâd war so überwältigt von Kummer und Scham, um seiner selbst willen ebensosehr wie um seines Freundes und des Namens und der Ehre der Prinzessin willen, daß er laut weinte und seinen Bart raufte. Unter Tränen bat er den Kaufmann, sie doch noch einen Tag aufzuhalten und am anderen Morgen zu ihm zurückzukommen, damit sie beraten könnten, was zu tun sei.
Sobald der Kaufmann fort war, erkannte Wali Dâd, daß es nur einen Weg aus der Schande gab, die seine Torheit verursacht hatte, und das war, sich das Leben zu nehmen. Also ging er mitten in der Nacht an eine Stelle des Flusses, wo das Wasser über steiles, felsiges Gestein strömte, und er war fest entschlossen, sich da hinabzustürzen. Als er bei der Stelle angekommen war, ging er ein paar Schritte zurück, nahm einen Anlauf, aber am Rande dieses schrecklichen schwarzen Abgrundes hielt er doch inne. Er brachte es nicht über sich.
Unsichtbar in der Schwärze der Nacht rauschte von unten herauf das Wasser, klatschte an die rauhen Felsen. Er hätte diesen Platz zeichnen können, so gut kannte er die Gegend, nur war die Stelle jetzt bei Nacht zehnmal gefährlicher und erbarmungsloser als am Tage. Der Wind stöhnte und heulte furchterregend in der Schlucht, die Gräser und Büsche, die am Rand des Abgrundes wuchsen, kamen ihm wie lebende Wesen vor, die schattenhaft und dunkel sich verneigten und tanzten. Und wie er in den Abgrund hinunterstarrte, lachte ihm eine Eule fast ins Gesicht: »Uhuu, uhuu!« Der alte Mann wich zurück; er war vor Angst ganz in Schweiß gebadet. Dann wandte er sich schaudernd ab, barg das Gesicht in seinen Händen und weinte herzzerreißend.
Auf einmal bemerkte er einen kleinen Schimmer ganz nah bei sich. Ach, es konnte doch noch nicht der Morgen sein, der nahte, um seine Schmach aufzudecken! Er nahm die Hände vom Gesicht, und da sah

er zwei liebliche Gestalten, von denen ihm eine innere Stimme sagte, daß es keine sterblichen Wesen waren, sondern Feen aus dem Paradies.
»Warum weinst du, alter Mann?« fragte die eine mit einer Stimme, so süß und klar wie die einer Nachtigall.
»Ach, ich weine wegen meiner Schande«, erwiderte er.
»Was willst du hier?« fragte die andere.
»Ich bin hierhergekommen, um zu sterben«, antwortete Wali Dâd. Und als sie ihn weiter fragten, gestand er ihnen alles.
Nachdem er ihnen die ganze Geschichte erzählt hatte, trat die eine Fee auf ihn zu und legte ihm eine Hand auf die Schulter. Da fühlte Wali Dâd, daß etwas Seltsames mit ihm geschah, aber er wußte zunächst nicht, was es war. Seine alten Baumwollfetzen wurden zu feinem Linnen, das mit schöner Stickerei bedeckt war. An seinen schwieligen Füßen fühlte er plötzlich weiche, warme Schuhe. Auf seinem Kopf war ein großer, mit Juwelen besetzter Turban; um seinen Hals lag eine schwere goldene Kette, und die alte kleine Sichel, die er zum Grasschneiden immer bei sich in seinem Rockbund trug, war zu einem gewaltigen Krummsäbel geworden, dessen eiserner Griff wie Schnee im Mondlicht erglänzte. Wie er da verwundert stand, als träume er, winkte die andere Fee mit der Hand und befahl ihm, sich umzudrehen. Und siehe! Vor ihm öffnete sich ein vornehmes Gartentor, und er sah eine breite mit Platanen gesäumte Straße.
Auf diese Straße führten ihn die beiden Feen, und er war stumm vor Erstaunen. Denn am Ende der Straße, genau da, wo einst seine Hütte gestanden hatte, befand sich jetzt ein prächtiger Palast, hell von Lichtern erleuchtet. In den säulengetragenen Vorhallen und auf der Veranda eilten Diener hin und her, Wachen schritten auf und ab und salutierten vor ihm, als er auf das Schloß zuging, über die moosbewachsenen Wege und über weite, grüne Wiesen, auf denen Springbrunnen plätscherten und Blumen die Luft mit ihrem Duft erfüllten. Endlich war Wali Dâd beim Schloß angelangt, und er war noch immer ganz hilflos und benommen. »Fürchte dich nicht!« sagte die eine der Feen. »Geh in dein Haus und wisse, daß Gott den Einfältigen immer belohnt!«
Und in diesem Augenblick verschwanden die beiden Feen, und er war wieder allein. Er betrat den Palast, und noch immer meinte er zu träumen. Dann legte er sich in einem der Zimmer zur Ruhe, und das war größer, als er je ein Zimmer in seinen Träumen erblickt hatte. Als er erwachte, dämmerte es bereits, und da sah er, daß alles wirklich war, das Schloß und auch die Diener!
Wenn Wali Dâd sprachlos gewesen war, so war es der Kaufmann, der

bald nach Sonnenaufgang zu ihm hereingeführt wurde, noch tausendmal mehr. Er erzählte Wali Dâd, er habe die ganze Nacht nicht geschlafen und sei bei Dämmerung aufgebrochen, ihn zu suchen. Und wie habe er ihn suchen müssen! Über Nacht waren aus einem wilden Landstrich kunstvoll angelegte Gärten geworden, und wären nicht einige von den Dienern seines Palastes da gewesen, die ihn schließlich ins Schloß brachten, so wäre er gewiß geflohen, denn er habe gemeint, die Sorgen hätten ihn um den Verstand gebracht, und was er sehe, sei alles nur ein Trugbild.

Da erzählte Wali Dâd dem Kaufmann alles, wie es sich zugetragen hatte. Und auf des Kaufmanns Rat sandte er dem König und der Prinzessin von Khaistan eine Einladung, sie sollten mit ihrem ganzen Gefolge bis hinunter zum niedrigsten Diener in sein Schloß kommen. Und drei Nächte und drei Tage hindurch wurde ein großes Fest zu Ehren der königlichen Gäste gefeiert. Jeden Abend wurden der König und seine Edlen auf goldenen Tellern und mit goldenen Tassen bewirtet, die Geringeren erhielten silberne Teller und Tassen, und alle durften jeden Abend ihre Gedecke zur Erinnerung behalten. Etwas Prächtigeres war nie zuvor geschaut worden! Und außer dem Festessen gab es Turniere und Jagden, Tänze und Vergnügungen aller Arten.

Am vierten Tage nahm der König seinen Gastgeber beiseite und fragte ihn, ob es richtig sei, was er sich gedacht habe, daß Wali Dâd seine Tochter zur Frau haben wolle? Wali Dâd dankte ihm sehr für die große Ehre und sagte, er habe nie von etwas so Wunderbarem geträumt, und er sei viel zu alt und zu häßlich für eine so schöne Dame. Aber er bat den König, noch so lange bei ihm zu bleiben, bis er nach dem Prinzen von Nekabad geschickt habe; dieser sei ein besonders tapferer, ehrenwerter und vornehmer junger Mann, der gewiß überglücklich sein werde, die Hand einer so schönen Prinzessin zu gewinnen. Der König willigte ein, und Wali Dâd sandte den Kaufmann nach Nekabad und gab ihm so viele Diener und so herrliche Geschenke mit, daß der Prinz sogleich mit ihm zurückreiste. Als er die Prinzessin sah, verliebte er sich auf der Stelle von ganzem Herzen in sie, und sie feierten unter großer Freude in Wali Dâds Palast Hochzeit.

Darnach zogen der König von Khaistan und Prinz und Prinzessin von Nekabad wieder in ihre Länder zurück.

Und Wali Dâd lebte noch viele Jahre und half allen, die in Not waren. Er hatte sich in all seinem Reichtum das einfache und freigebige Herz erhalten, das er besessen hatte, solange er nur Wali Dâd Gunjay, der Grasschneider, gewesen war.

Die verzauberte Krähe

Türkische Märchen haben oft einen mehr westlichen als asiatischen Charakter – mit wenigen Ausnahmen. »Die verzauberte Krähe« ist keine dieser Ausnahmen. In dieser Geschichte handelt der Held praktisch und direkt, und er erhält sofort einen greifbaren Lohn für seine Taten. Das einzige Anzeichen asiatischer Symbolik und asiatischen Geistes ist die Leichtigkeit, mit der Menschen in einen Tierleib schlüpfen und sich wieder in Menschen zurückverwandeln können. Dabei versteht es sich natürlich von selbst, daß es besser ist, in einem menschlichen Körper zu wohnen. Die Krähe – sonst ein mißgünstiges, böses Tier in der Märchenwelt – erscheint hier im Gewand der Schönheit und Güte und wird dafür reichlich entlohnt.

Es war einmal ein Mann, der hatte nur einen Sohn. Jeden Tag ging der Mann in den Wald hinaus, um Vögel zu fangen, denn das war sein Lebensunterhalt. Eines Tages starb er, und da war sein Sohn ganz allein. Einmal nahm nun der Sohn die Vogelfallen seines Vaters, ging hinaus in den Wald und setzte die Schlingen auf den Bäumen aus. Da flog eine Krähe vom Himmel herab, und schlau wie die Netze angebracht waren, verfing sich der arme Vogel darin. Der Junge kletterte auf den Baum, aber da fing die Krähe an zu reden und bat ihn, sie doch freizulassen; dafür versprach sie ihm auch etwas viel Schöneres und Wertvolleres, als sie selbst war. Und sie bat so lange und so inständig, daß der junge Mann sie endlich fliegen ließ. Darnach legte er die Schlingen wieder aus und setzte sich unter den Baum und wartete. Da kam ein anderer Vogel geflogen, geradewegs in die Schlinge hinein. Wieder stieg der junge Mann auf den Baum hinauf, hielt aber plötzlich vor Verwunderung inne, denn in seinem ganzen Leben hatte er noch niemals einen schöneren Vogel gesehen als diesen.

Während er das Tierchen noch ganz ehrfürchtig betrachtete, erschien die Krähe wieder und sagte zu ihm: »Bringe diesen Vogel dem Padischah, er wird ihn dir abkaufen.« Der junge Mann tat den Vogel in einen Käfig und trug ihn in den Palast. Als der Padischah das schöne kleine Wesen sah, war er ganz entzückt, und er gab dem Jüngling so viel Geld, daß der kaum wußte, was er damit anfangen sollte. Der Vogel aber kam in einen goldenen Käfig, und der Padischah erfreute sich an ihm, Tag und Nacht.

Nun hatte aber der Padischah einen Ratgeber, der war eifersüchtig auf den jungen Mann, der den Vogel gebracht hatte, und er sann und sann, wie er ihn beseitigen könne. Endlich hatte er einen Plan ausgeheckt.

Er ging eines Tages zum Padischah und sagte: »Ach, wie glücklich müßte der Vogel sein, wenn er nur einen Käfig aus Elfenbein hätte, um darin herumzufliegen!«
»Ja«, erwiderte der Padischah, »aber woher soll ich so viel Elfenbein bekommen, um ihm einen großen Käfig zu bauen?«
»Der den Vogel gebracht hat, wird sicher auch das Elfenbein beschaffen können«, sagte der falsche Ratgeber.
Der Padischah ließ den jungen Mann kommen und befahl ihm, dem Vogel einen großen elfenbeinernen Käfig zu bauen.
»Bei Allah, mein Herr und Padischah!« jammerte der junge Mann. »Wo soll ich so viel Elfenbein hernehmen?«
»Das ist deine Sache«, erwiderte der Padischah. »Ich gebe dir vierzig Tage Zeit zu suchen, aber wenn du dann das Elfenbein nicht herbeigebracht hast, soll dir der Kopf vor die Füße gelegt werden.«
Traurig und voller Sorgen stand der junge Mann da und dachte nach, welchen Weg er nun einschlagen solle. Da kam die Krähe herbeigeflogen und fragte ihn, was ihn so bekümmere. Und der junge Mann erzählte ihr, welch großes Ungemach der kleine Vogel über ihn gebracht habe.
»Ach, das ist kein Grund, sich Sorgen zu machen«, sagte die Krähe. »Geh und bitte den Padischah um vierzig Wagenladungen voll Wein.«
Der junge Mann ging zum Palast zurück und bekam den Wein, und als er mit den vierzig Wagen wiederkam, flog abermals die Krähe herbei.
»In der Nähe ist ein Wald«, sagte sie, »an seinem Rande befinden sich vierzig große Tränken, und alle Elefanten der Welt kommen zu diesen Tränken, um ihren Durst zu löschen. Geh und fülle die Tränken mit Wein statt mit Wasser, dann werden die Elefanten betrunken werden, niedersinken und schlafen, und du kannst ihnen die elfenbeinernen Stoßzähne herausreißen und sie dem Padischah bringen.«
Der junge Mann tat, wie ihm der Vogel geheißen, belud die Wagen, in denen zuvor der Wein gewesen war, mit den elfenbeinernen Stoßzähnen und kehrte in den Palast zurück. Der Padischah war sehr erfreut über den Anblick all des Elfenbeins. Er ließ einen Vogelkäfig bauen, der wie ein Schloß war, entlohnte den jungen Mann mit reichen Gaben und ließ ihn nach Hause zurückkehren.
Der wunderbare Vogel lebte fröhlich in seinem Elfenbeinkäfig, hüpfte von Stange zu Stange, aber nichts konnte ihn veranlassen zu singen.
»Ach«, sagte da der böse Ratgeber, »wenn nur sein früherer Besitzer da wäre, so würde er gewiß herrlich singen.«

»Wer weiß, wer sein Besitzer war und wo man ihn finden kann?« fragte der Padischah traurig.
»Wer die Elefantenzähne gebracht hat, kann auch den Besitzer des Vogels bringen«, erwiderte der böse Ratgeber.
Da schickte der Padischah wieder nach dem jungen Mann und befahl ihm, den Besitzer des Vogels vor ihn zu bringen.
»Wie kann ich wissen, wem er gehörte, wenn ich ihn doch nur zufällig im Walde fing?« sagte der junge Mann.
»Das ist deine Sache«, erwiderte der Padischah. »Wenn du ihn nicht finden kannst, werde ich dich töten lassen. Ich gebe dir vierzig Tage Zeit, das muß genügen.«
Der junge Mann ging nach Hause und weinte laut in seiner Verzweiflung, als auf einmal die Krähe geflogen kam und ihn fragte, warum er weine.
»Warum sollte ich nicht weinen?« sagte der arme junge Mann und begann der Krähe sein neues Unglück zu schildern.
»Nein, das ist doch eine Schande, wegen einer solchen Kleinigkeit zu weinen«, sagte die Krähe. »Geh schnell zum Padischah und bitte ihn um ein Schiff, aber es muß groß genug sein, um vierzig Dienerinnen aufzunehmen und einen Garten und einen Teich zum Baden darin.«
Der junge Mann ging zurück zum Padischah und sagte ihm, was er für seine Reise brauche. Das Schiff wurde hergerichtet, und der junge Mann setzte damit aufs Meer hinaus. Er überlegte gerade, welchen Kurs er nun nehmen solle, als die Krähe zu ihm herabflog.
»Steuere nach Osten und segle so weit, bis du zu einem großen Berg kommst. Am Fuße dieses Berges wohnen vierzig Feen. Sobald sie dein Schiff erblicken, werden sie großes Verlangen haben, alles auf deinem Schiff zu betrachten. Aber nur ihrer Königin darfst du erlauben, an Bord zu kommen, denn ihr gehört der kleine Vogel, und während du ihr das Schiff zeigst, mußt du die Segel setzen und darfst nicht mehr einhalten, bis du mit ihr die Heimat erreicht hast.«
Der junge Mann hielt fest nach Osten und segelte ohne Unterlaß, bis er zu dem Berg kam. Die vierzig Feen wandelten am Ufer, und als sie das Schiff kommen sahen, kamen sie alle gelaufen, um es anzusehen. Die Feenkönigin bat den jungen Mann, ihr das Schiff zu zeigen, besonders sein Inneres, darum setzte er ein kleines Boot aus und holte sie damit an Bord.
Die Fee war entzückt von dem herrlichen Schiff. Sie lustwandelte mit den Dienerinnen im Garten, und als sie den Badeteich sah, sagte sie: »Nun bin ich schon einmal hergekommen und habe alles betrachtet, so will ich auch baden.« Und damit stieg sie in das Wasser des Teiches, und während sie badete, setzte das Schiff seine Segel und fuhr ab.

Als die Feenkönigin gebadet hatte, ging sie wieder an Deck, und da sah sie nichts als das Meer um sich herum. Sie fing bitterlich an zu weinen. Was sollte nun aus ihr werden, und wohin wurde sie gebracht? In wessen Hände war sie gefallen? Aber der junge Mann tröstete sie und sagte ihr, sie komme in den Palast eines Königs und werde unter lauter guten Leuten sein.
Nicht lange darnach landeten sie, und er sandte dem Padischah eine Botschaft. Dann brachte er die Feenkönigin vor ihn, und als sie an dem elfenbeinernen Käfig vorüberging, da begann der Vogel darin so herrlich zu singen, daß alle, die es hörten, außer sich vor Freude waren. Die Fee war beruhigt, als sie den Gesang des Vogels vernahm, der Padischah aber war von heftiger Leidenschaft erfüllt, denn er hatte die schöne Feenkönigin vom ersten Augenblick an geliebt, und er konnte keinen Augenblick mehr ohne sie sein.
Bald war die Hochzeit ausgerichtet, und es gab keinen glücklicheren Mann auf der ganzen Welt als den Padischah, der die schöne Fee zu seiner Rechten und den herrlichen Vogel zu seiner Linken hatte.
Eines Tages aber wurde die neue Sultanin plötzlich sehr krank. Alle Heilmittel wurden versucht, aber keines half, und die Weisen sagten, nichts werde sie heilen können außer einer bestimmten Arznei, und die befand sich im Palast der Feen. Da wurde auf den Rat des bösen Wesirs der junge Mann wieder ins Schloß bestellt, und man befahl ihm, die Arznei zu holen.
Abermals schiffte sich der junge Mann ein, und als er gerade die Segel spannte, kam die Krähe zu ihm, und er erzählte ihr von seiner Not.
»Nun, so segle nur«, sagte die Krähe. »Du wirst den Palast hinter einem Berg finden. An seinen Toren stehen zwei Löwen, aber nimm diese Feder und berühre damit ihren Bart, und sie werden keine Tatze gegen dich erheben.«
Der junge Mann nahm die Feder, kam zu dem Berg, ging an Land und erreichte auch schnell den Palast. Geradewegs schritt er auf das Tor zu, da standen die beiden Löwen. Er zog die Feder aus seinem Wams, und kaum hatte er damit ihre Bärte berührt, als sie sich auch schon niederlegten und ihn eintreten ließen. Als die Feen den jungen Mann erblickten, wußten sie gleich, daß ihre Königin krank sei. Darum gaben sie ihm die Arznei, und er kehrte sofort wieder um, bestieg sein Schiff und segelte nach Hause. Dort eilte er in das Schlafzimmer, wo die kranke Sultanin lag, die Krähe saß dabei auf seiner Schulter.
Die Sultanin lag schon in Todeskrämpfen, aber kaum hatte sie die heilende Arznei gekostet, als sie mit einem Schlag dem Leben wiedergeschenkt war. Sie schlug die Augen auf und erblickte den jungen Mann und die Krähe auf seiner Schulter.

»O du Plagegeist!« sagte sie zur Krähe. »Dauert dich nicht, was der junge Mann deinetwegen erleiden mußte?«
Dann erzählte die Sultanin ihrem Mann, dem Padischah, daß diese Krähe einst eine ihrer Dienerinnen gewesen sei, die sie ihrer Unachtsamkeit wegen in eine Krähc verwandelt habe. »Aber dennoch«, fuhr sie fort, »will ich ihr jetzt verzeihen, denn ich sehe, daß sie im Grunde gut ist und gute Absichten hatte.«
Bei diesen Worten fing die Krähe am ganzen Leibe an zu zittern, und im nämlichen Augenblick stand vor dem jungen Mann ein Mädchen, so schön, daß wahrlich wenig Unterschied zwischen ihr und der Feenkönigin bestand. Und auf die Bitten der Sultanin vermählte der Padischah den jungen Mann mit der verzauberten Krähe. Der böse Ratgeber aber wurde verbannt, und an seiner Stelle wurde der junge Mann zum Wesir ernannt. Und er und seine Frau lebten glücklich bis an ihr Ende.

Wie Koschtschej der Unsterbliche zu Tode kam

Ein junger Prinz muß nach dem Tode seines Vaters seine drei Schwestern verheiraten. Als er dies getan hat, findet er selbst eine Frau. Aber er verliert sie wieder. Wie nun die Suche nach ihr sein Leben ausfüllt, wie er dabei aus seltsamen Quellen Hilfe erfährt – das erzählt diese Geschichte aus Rußland. Und sie erzählt auch, wer Koschtschej der Unsterbliche ist und wie er schließlich doch stirbt.

Es war einmal in einem Königreich, da lebte der Prinz Iwan mit seinen drei Schwestern. Die erste hieß Prinzessin Maria, die zweite Prinzessin Olga, die dritte Prinzessin Anna. Als die Eltern im Sterben lagen, riefen sie ihren Sohn zu sich und befahlen ihm: »Gib deine Schwestern dem ersten besten Freier zur Frau, der kommt, um ihre Hand anzuhalten! Bei dir dürfen sie nicht bleiben!«
Die Eltern starben, und der Prinz begrub sie. Dann ging er mit seinen Schwestern in den blühenden Garten hinaus, um in seinem Schmerz Trost zu finden. Plötzlich überzog sich der Himmel mit einer schwarzen Wolke, und ein furchtbarer Sturm zog auf.
»Kommt schnell ins Haus, meine Schwestern!« rief der Prinz.
Sie waren kaum im Schloß, als der Donner herabrollte und der Himmel sich öffnete. Und da flog ein Falke ins Zimmer, fiel zu Boden und wurde zu einem jungen Ritter, der sagte: »Heil dir, Prinz Iwan! Einmal bin ich als Gast gekommen, aber heute komme ich als Freier! Ich möchte deine Schwester, die Prinzessin Maria, zur Frau.«
»Wenn du vor den Augen meiner Schwester Gnade findest, will ich ihren Wünschen nicht im Wege stehen, sie mag dich mit Gottes Segen heiraten.«
Prinzessin Maria gab ihr Jawort, und der Falke heiratete sie und führte sie in sein Königreich heim. Tag folgte auf Tag, und eine Stunde löste die andere ab. Und so ging ein ganzes Jahr vorüber. Eines Tages ging Prinz Iwan wieder mit seinen beiden Schwestern in seinem herrlichen, grünenden Garten spazieren. Und wieder zog eine Sturmwolke herauf mit Wirbelwind und Blitzen.
»Kommt ins Haus, meine Schwestern!« rief der Prinz.
Und sie waren kaum im Palast, als der Donner herniederkrachte und der Blitz auf das Dach herabfuhr und die Decke teilte, so daß ein Adler ins Zimmer hereinfliegen konnte. Der Adler berührte den Boden, und schon wurde er zu einem schönen Jüngling.
»Heil dir, Prinz Iwan! Einmal bin ich als Gast gekommen, aber heute komme ich als Freier.« Und er bat um die Hand der Prinzessin Olga.

Prinz Iwan erwiderte: »Wenn du Gnade findest vor den Augen der Prinzessin Olga, dann nimm sie zur Frau. Ich will eurem Glück nicht im Weg sein.«
Prinzessin Olga gab ihr Jawort und heiratete den Adler. Der Adler trug sie fort in sein eigenes Reich.
Und wieder verging ein Jahr, da sagte Prinz Iwan zu seiner jüngsten Schwester: »Komm, wir wollen im Garten spazierengehen.«
Sie gingen eine Weile, als sich abermals eine Sturmwolke zeigte und Blitz und Wirbelwind mit sich brachte.
»Laß uns ins Haus zurücklaufen, Schwester!« bat der Prinz.
Sie kehrten rasch in das Schloß zurück, aber sie hatten sich noch kaum niedergesetzt, als der Donner zerbarst und die Decke sich teilte und ein Rabe ins Zimmer geflogen kam. Er berührte den Boden und wurde zu einem jungen Ritter. Die beiden anderen waren schmuck gewesen, aber dieser war der schönste von allen.
»Heil dir, Prinz Iwan! Einmal bin ich als Gast gekommen, heute komme ich als Freier! Gib mir Prinzessin Anna zur Frau.«
»Ich will meiner Schwester nicht dreinreden. Wenn du ihre Liebe gewinnst, mag sie dich heiraten.«
So heiratete denn die Prinzessin Anna den Raben, und er trug sie heim in sein eigenes Königreich. Da war Prinz Iwan allein, und er vermißte die Gesellschaft seiner Schwestern bitter. Nach einem Jahr sprach er zu sich: »Ich will ausziehen und sie besuchen.«
Er bereitete alles für die Reise vor und brach auf. Er ritt und ritt tagelang, bis er in der Ebene auf ein großes Zeltlager stieß. Da rief er laut: »Ich bin Prinz Iwan, wer ist hier Herrscher?«
Ein Jäger erwiderte: »Dies ist das Jagdfest der schönen Prinzessin Maria Morewna.«
Prinz Iwan ritt weiter, bis er zu einem weißen Zelt gelangte, aus dem trat die Prinzessin Maria Morewna.
»Heil dir, Prinz!« sagte sie. »Wohin sendet dich Gott? Und gehst du aus eigenem Entschluß oder gegen deinen Willen?«
»Kein Ritter reitet gegen seinen Willen«, erwiderte Iwan.
»Nun, wenn deine Aufgabe nicht Eile hat, so bleibe eine Zeitlang bei mir.«
Da war Prinz Iwan glücklich. Er blieb zwei Nächte in ihrem Lager, und Maria Morewna fand Gefallen an ihm, und sie feierten Hochzeit. Darnach brachen der Prinz und die schöne Prinzessin auf und ritten in das Reich der Maria Morewna. Dort lebten sie glücklich miteinander, bis eines Tages die Prinzessin beschloß, wieder auf die Jagd zu gehen. Sie übertrug darum dem Prinzen Iwan alle Pflichten ihres Hauses und gab ihm Anweisungen:

»Geh überall herum, gib auf alles acht, nur schaue niemals in dieses Zimmer dort hinein!«
Aber er konnte es doch nicht über sich bringen, er mußte es tun. Kaum war Maria Morewna ausgeritten, als er schon zu dem Zimmer lief, die Tür aufsperrte und hineinsah. Da saß Koschtschej der Unsterbliche, mit zwölf Ketten gefesselt!
»Wasser, gib mir Wasser!« bettelte er. Der Prinz gab ihm einen Eimer voll Wasser, und Koschtschej trank ihn gierig aus. Dann flehte er den Prinzen wieder an: »Ein einziger Eimer Wasser kann meinen Durst nicht stillen – gib mir mehr!«
Und der Prinz gab ihm noch einen Eimer voll. Koschtschej leerte auch diesen und bat um einen dritten, und als er auch den getrunken hatte, hatte er seine alte Kraft wieder erlangt. Er reckte sich, und seine Ketten sprangen, alle zwölf auf einmal.
»Dank, Prinz Iwan!« rief Koschtschej der Unsterbliche. »Jetzt wirst du eher deine eigenen Ohren sehen, ehe du Maria Morewna wiedersiehst!«
Und er floh durch das Fenster wie ein Wirbelsturm, holte die schöne Prinzessin ein, raubte sie und trug sie mit sich in seine Heimat.
Prinz Iwan weinte sehr über ihren Verlust und rüstete sich zur Suche, indem er für sich dachte: »Was auch geschehen mag, ich werde Maria Morewna wiederfinden!«
Ein Tag verging und noch einer, und bei Anbruch des dritten Tages sah er ein wundervolles Schloß, und neben dem Schloß stand eine große Eiche, und auf der Eiche saß ein Falke. Der Falke flog herab, berührte den Boden und verwandelte sich in einen jungen Ritter und rief laut: »Willkommen, lieber Schwager! Wie geht es dir?«
Und seine Frau, die Prinzessin Maria, kam voller Freude gelaufen, um ihren Bruder Iwan zu begrüßen. Sie fragte ihn nach seinem Leben und erzählte von dem ihren.
Drei Tage blieb der Prinz bei ihnen. Dann sagte er: »Ich kann nicht bei euch bleiben, ich muß meine Frau suchen, die schöne Prinzessin Maria Morewna.«
»Es wird schwer für dich, sie zu finden«, erwiderte der Falke. »Laß uns deinen silbernen Löffel da. Wir werden ihn ansehen und uns deiner erinnern.«
Also gab ihm Prinz Iwan seinen silbernen Löffel und zog weiter auf seinem Weg.
Ein Tag verging und noch einer. Und in der Morgendämmerung des dritten Tages sah er einen Palast, fast noch größer als der erste gewesen war, und neben dem Palast stand eine Eiche, und auf der Eiche saß ein Adler. Der Adler flog herab und berührte den Boden und verwan-

delte sich in einen schönen jungen Ritter, der laut rief: »Komm heraus, Prinzessin Olga! Unser lieber Bruder ist hier.«

Die Prinzessin kam sofort herbeigelaufen und küßte und umarmte ihn und fragte ihn um alles und erzählte ihm alles von sich selber. Und Prinz Iwan blieb drei Tage bei ihnen.

Dann aber sagte er: »Ich kann nicht länger bleiben. Ich muß gehen und meine Frau suchen, die wunderschöne Prinzessin Maria Morewna.«

»Es wird schwer sein für dich, sie zu finden«, erwiderte der Adler. »Laß uns deine silberne Gabel da. Wir werden sie ansehen und uns deiner erinnern.«

Also gab ihnen Prinz Iwan seine silberne Gabel und ging des Weges. Er reiste einen Tag und einen zweiten, und bei Anbruch des dritten Tages sah er ein Schloß, größer noch als die beiden vorigen, und neben dem Schloß stand eine Eiche, und auf dieser Eiche saß ein Rabe. Und der Rabe flog vom Baum herab, streifte den Boden und verwandelte sich in einen schönen Ritter. Der rief laut: »Prinzessin Anna, komm schnell, unser Bruder ist da!«

Da lief die Prinzessin Anna herbei und begrüßte ihn voller Freude und küßte und umarmte ihn, fragte ihn auch, wie es ihm ergangen sei, und erzählte ihm, wie es ihr selbst ergangen war. Drei Tage blieb Prinz Iwan bei ihnen.

Dann sagte er: »Lebt wohl! Ich muß meine Frau suchen, die schöne Prinzessin Maria Morewna.«

»Es wird schwer sein für dich, sie zu finden«, erwiderte der Rabe. »Aber laß uns deine silberne Schnupftabakdose hier. Wir werden sie ansehen und uns deiner erinnern.«

Der Prinz gab ihnen seine silberne Schnupftabakdose, verabschiedete sich und ging seines Weges. Ein Tag verging und noch einer, und am dritten Tag kam er dort an, wo sich Maria Morewna befand. Als sie ihren Liebsten sah, flog sie ihm um den Hals und rief unter Tränen: »Ach, Prinz Iwan! Warum hast du mir nicht gehorcht? Warum bist du in das verschlossene Zimmer gegangen und hast Koschtschej den Unsterblichen befreit?«

»Vergib mir, Maria Morewna! Vergiß, was geschah, und fliehe mit mir, solange der unsterbliche Koschtschej uns nicht sehen kann. Vielleicht können wir ihm entkommen.« Und also flohen sie.

Koschtschej war auf der Jagd. Als er gegen Abend heimkehrte, strauchelte sein Pferd.

»Warum stolperst du elendes Vieh? Witterst du eine böse Tat?«

Das Roß antwortete: »Prinz Iwan ist gekommen und hat Maria Morewna mit sich genommen.«

»Können wir sie einholen?«
»Wir können Weizen säen und warten, bis er wächst, wir können ihn schneiden und dreschen, wir können ihn zu Mehl mahlen und fünf Kuchen davon backen, wir können die Kuchen essen und dann die Verfolgung aufnehmen, und noch immer werden wir sie einholen.«
Da ritt Koschtschej davon und erreichte den Prinzen Iwan. »Diesmal will ich dir noch verzeihen, weil du so freundlich warst und mir das Wasser gegeben hast«, sagte er zu ihm. »Und ein zweites Mal kann ich dir auch noch vergeben, aber beim drittenmal wehe dir! Da werde ich dich in Stücke reißen.«
Und damit nahm er Maria Morewna und ritt wie der Wind mit ihr davon. Prinz Iwan setzte sich traurig auf einen Stein und weinte bitterlich. Er dachte und dachte, und schließlich ging er wieder auf die Suche nach Maria Morewna. Und wieder hatte er Glück, und Koschtschej der Unsterbliche war nicht zu Hause.
»Laß uns fliehen, Maria Morewna!«
»Und wenn wir auch nicht entkommen, so haben wir doch ein paar Stunden für uns gehabt.«
So machten sie sich auf und flohen. Als Koschtschej der Unsterbliche nach Hause zurückkehrte, strauchelte sein Pferd.
»Was stolperst du, elendes Vieh? Witterst du eine böse Tat?«
»Prinz Iwan ist gekommen und hat Maria Morewna mit sich genommen.«
»Können wir sie einholen?«
»Wir können Gerste säen und warten, bis sie heranwächst, wir können sie schneiden und dreschen, wir können Bier daraus brauen und uns daran berauschen, und wir können schlafen, bis wir wieder nüchtern sind, und dann die Verfolgung aufnehmen, und sie werden uns doch nicht entkommen.«
Da ritt Koschtschej davon und holte den Prinzen ein. »Habe ich dir nicht gesagt, daß du eher deine eigenen Ohren sehen wirst als Maria Morewna wiedergewinnen?« Und er nahm sie und galoppierte davon mit ihr. Und Prinz Iwan war wieder allein. Zuerst weinte er, aber dann ging er wieder zurück zu Maria Morewna. Und er hatte abermals Glück, denn Koschtschej war eben fort.
»Laß uns fliehen, Maria Morewna!«
»Ach, Prinz Iwan, so gewiß er uns wiederfinden wird, so gewiß wird er dich in Stücke reißen!«
»So laß ihn reißen, soviel er mag, ich kann ohne dich nicht leben.«
Und sie machten sich auf und entflohen.
Als der unsterbliche Koschtschej heimkehrte, strauchelte ihm das Pferd unter den Füßen.

»Was stolperst du, elendes Vieh? Witterst du eine böse Tat?«
»Prinz Iwan ist gekommen und hat Maria Morewna mit sich genommen.«
Da gab Koschtschej seinem Roß die Sporen, und als er den Prinzen fand, riß er ihn in ganz kleine Stücke, steckte sie in ein Faß, dichtete das Faß mit Pech ab und band es mit eisernen Reifen, dann rollte er es in das tiefe blaue Meer hinab. Maria Morewna aber nahm er wieder mit nach Hause.
Im selben Augenblick, da das geschah, wurden die silbernen Gegenstände, die Prinz Iwan bei seinen Schwägern gelassen hatte, schwarz. »Oh!« sagten sie. »Jetzt ist die böse Tat verübt worden.«
Und dann flog der Adler zum blauen Meer, spürte das Faß auf und zog es an Land. Der Falke flog weit und holte das Wasser des Lebens, und der Rabe flog um das Wasser des Todes. Danach trafen sich alle drei, brachen das Faß auf, nahmen die Stücke heraus, wuschen sie und legten sie wieder zusammen, wie sie gehörten. Der Rabe besprengte sie mit dem Wasser des Todes, da wuchsen die Stücke wieder zusammen, und es war ein Körper. Der Falke besprengte den Körper mit dem Wasser des Lebens, da erschauerte Prinz Iwan, erhob sich und sagte: »Oh, wie lange habe ich doch jetzt geschlafen!«
»Wären wir nicht gewesen, so hättest du noch viel länger geschlafen«, erwiderten seine Schwäger. »Jetzt komm und bleibe bei uns.«
»Nein, meine Brüder, ich werde mich aufmachen und Maria Morewna suchen.«
Und als er sie gefunden hatte, sagte er zu ihr: »Horche den unsterblichen Koschtschej aus, woher er sein Wunderroß hat.«
Maria Morewna wartete, bis die Zeit günstig war, dann fragte sie Koschtschej darnach, und Koschtschej gab ihr zur Antwort: »Hinter dreimal neun Ländern im dreißigsten Königreich über einem feurigen Fluß lebt eine Hexe. Sie besitzt eine Stute, mit der sie jeden Tag um die ganze Welt fliegen kann. Und sie hat noch viele andere so prächtige Stuten. Ich habe drei Tage lang ihre Herde gehütet, ohne daß eine einzige Stute verlorenging, und dafür gab mir die Hexe ein Fohlen.«
»Aber wie bist du über den feurigen Fluß gekommen?«
»Das ist eine Kleinigkeit! Ich habe ein Taschentuch – wenn ich es dreimal in meiner rechten Hand schwinge, so wächst eine starke hohe Brücke hervor, die das Feuer nicht mehr erreichen kann.« Und er zeigte ihr das Taschentuch. Maria Morewna hörte sich all dies genau an, und dann ging sie zum Prinzen Iwan und erzählte es ihm wieder. Und während Koschtschej schlief, nahm sie ihm das Taschentuch und gab es dem Prinzen. So gelangte Prinz Iwan über den feurigen Fluß und

konnte weiterreiten, bis er zur Hexe kam. Aber das dauerte lange, und er hatte nichts zu essen und nichts zu trinken.
Endlich begegnete ihm ein wilder Vogel mit seinen Jungen. Da sagte Prinz Iwan: »Ich werde eines der Jungen essen.«
»Tu es nicht, Prinz Iwan«, bat der seltsame Vogel. »Ein übers andere Mal werd' ich dir's vergelten.«
Da ging er weiter und sah im Wald einen Bienenkorb.
»Ich nehme mir ein bißchen aus einer Honigwabe«, sagte er.
»Zerstöre mir die Wabe nicht, Prinz Iwan«, rief die Bienenkönigin. »Ein übers andere Mal werd' ich dir's vergelten.«
Da ließ er es sein und wanderte weiter. Plötzlich begegnete ihm eine Löwin mit ihrem Jungen.
»Mich hungert so, daß ich ganz schwach davon bin«, sagte er. »Ich glaube, ich werde das Löwenjunge essen.«
»Ach, laß uns am Leben bleiben, Prinz Iwan«, bat die Löwin. »Ein übers andere Mal werd' ich es dir vergelten.«
»So geh deiner Wege«, sagte er.
Und er wanderte hungrig weiter und war schon ganz schwach und wanderte und wanderte, bis er endlich zu dem Haus der Hexe kam. Rund um das Haus standen zwölf Pfähle, und auf elfen davon staken Menschenköpfe. Nur der zwölfte stand noch frei.
»Heil dir, Großmütterchen!«
»Heil dir, Prinz Iwan! Was führt dich hierher? Kommst du freiwillig oder gezwungen?«
»Ich bin gekommen, um mir bei dir ein Roß zu verdienen.«
»Also denn, Prinz! Du brauchst mir kein ganzes Jahr zu dienen, nur drei Tage lang. Wenn du gut achtgibst auf meine Stuten, schenke ich dir ein feines Roß. Aber wenn du das nicht tust – dann darfst du nicht klagen, wenn dein Kopf auf den letzten Pfahl hier kommt.«
Prinz Iwan willigte in diesen Vorschlag ein, und die Hexe gab ihm zu essen und zu trinken und schickte ihn an seine Arbeit. Aber kaum hatte er die Stuten herausgetrieben, als sie ihre Schwänze aufrichteten und über die Wiesen in alle Himmelsrichtungen davonsprengten. Und noch ehe sich der Prinz umsehen konnte, waren sie alle seinem Auge entschwunden. Da beklagte er sein Schicksal. Und dann setzte er sich, müde wie er war, auf einen Stein und schlief. Als die Sonne schon am Rande des Horizonts stand, kam ein Vogel zu ihm geflogen und weckte ihn auf: »Steh auf, Prinz Iwan! Die Stuten sind schon zu Hause.«
Der Prinz stand auf und ging zurück zur Hexe. Die stand da und schimpfte und wütete gegen ihre Stuten und schrie: »Warum, in aller Welt, seid ihr zurückgekommen?«

»Wie hätten wir anders gekonnt?« sagten sie. »Aus allen Teilen der Welt kamen Vögel geflogen, und wir hatten unsere Not, daß sie uns nicht die Augen auspickten.«

»So galoppiert morgen nicht über die Wiesen, sondern verteilt euch in den dichten Wäldern!«

Prinz Iwan schlief die ganze Nacht. Am Morgen sagte die Hexe zu ihm: »Merk es wohl, Prinz! Wenn du nicht achtgibst auf die Stuten, wenn dir auch nur eine entkommt, wird dein kecker Kopf auf diesem Pfahl stecken!«

Er führte die Stuten aufs Feld hinaus. Und im Nu stellten sie ihre Schwänze auf und verschwanden in den dichten Wäldern. Wieder setzte sich der Prinz auf einen Stein, wußte sich keinen Rat und schlief endlich ein.

Die Sonne versank hinterm Wald. Da kam eine Löwin: »Steh auf, Prinz Iwan! Alle Stuten sind eingefangen und wieder zu Hause.«

Prinz Iwan stand auf und ging zurück zur Hexe. Die tobte noch ärger als gestern und schrie: »Warum, in aller Welt, seid ihr zurückgekommen?«

»Wie hätten wir anders gekonnt? Raubtiere kamen aus allen Teilen der Welt, und wir hatten unsere Not, daß sie uns nicht in Stücke rissen.«

»So reitet morgen in das blaue Meer.«

Abermals schlief Prinz Iwan die ganze Nacht, und am nächsten Morgen schickte ihn die Hexe fort, die Stuten zu hüten.

»Wenn du nicht aufpaßt auf sie, wird dein frecher Kopf auf diesen Pfahl kommen.«

Er trieb die Stuten hinaus. Und sogleich stellten sie ihre Schwänze auf und entschwanden seinem Blick in das blaue Meer hinein. Da standen sie bis zum Hals im Wasser. Prinz Iwan aber setzte sich auf einen Stein und weinte, bis er einschlief.

Aber als die Sonne hinter den Wald tauchte, kam eine Biene geflogen und sagte: »Steh auf, Prinz! Die Stuten sind alle versammelt. Aber wenn du zurückgehst, laß dich nicht von der Hexe sehen, sondern geh in den Stall und verbirg dich hinter einer Box. Dort wirst du ein junges Fohlen im Schmutze liegend finden. Das mußt du stehlen und mitten in der Nacht damit fortreiten.«

Prinz Iwan stand auf, schlich sich in den Stall und verbarg sich hinter den Boxen. Indessen schimpfte und schlug die Hexe ihre Stuten und schrie: »Warum seid ihr zurückgekommen?«

»Wie hätten wir anders gekonnt? Bienen in unzähligen Scharen kamen aus allen Teilen der Welt geflogen, und sie stachen uns, daß wir bluteten.«

Die Hexe legte sich schlafen. Und mitten in der Nacht nahm Prinz Iwan das Füllen, sattelte es, schwang sich auf seinen Rücken und ritt im Galopp dem feurigen Flusse zu. Als er dort war, winkte er dreimal mit dem Taschentuch in seiner rechten Hand. Und da wölbte sich, Gott mag wissen woher, eine Brücke hoch über den feurigen Fluß. Der Prinz ritt hinüber und schwenkte wieder das Taschentuch, aber diesmal mit der linken Hand und nur zweimal. Da blieb nur eine ganz schmale Brücke zurück.

Als am Morgen die Hexe aufstand, war das junge Füllen nirgends zu sehen. Da machte sie sich gleich an die Verfolgung. Sie flog mit großer Geschwindigkeit auf ihrem eisernen Mörser und lud ihn mit schweren Stößeln. So kam sie zu dem feurigen Fluß, und als sie die Brücke sah, sagte sie: »Was für eine schöne Brücke!« Sie fuhr mitsamt ihrem Geschütz darüber, aber auf halbem Wege brach die dünne Brücke entzwei, und die Hexe stürzte kopfüber ins Feuer und mußte greulich verbrennen.

Prinz Iwan aber mästete das Füllen auf den grünen Wiesen, daß es sich in ein wunderbares Roß verwandelte. Dann ritt er damit zu Maria Morewna. Sie kam ihm entgegengelaufen, warf ihre Arme um seinen Hals und weinte vor Freude: »Durch welches Wunder hat dir Gott das Leben wiedergeschenkt?«

Und Prinz Iwan sagte: »Ich glaube, jetzt können wir entkommen. Schnell, Maria Morewna.«

»Ich habe Angst, Prinz Iwan! Wenn Koschtschej uns findet, wird er dich wieder in Stücke reißen.«

»Er wird uns nimmer finden. Jetzt habe ich ein gutes Roß, das kann wie ein Vogel fliegen.« Und sie setzten sich auf den Rücken des Pferdes und ritten fort.

Koschtschej der Unsterbliche kam nach Hause. Da strauchelte sein Pferd.

»Was stolperst du, elendes Vieh? Witterst du eine böse Tat?«

»Prinz Iwan ist gekommen und hat Maria Morewna weggenommen.«

»Können wir sie einholen?«

»Gott allein weiß es. Prinz Iwan hat ein Roß, das ist tausendmal schneller als ich.«

»Aber ich will es mir nicht gefallen lassen«, sagte der Unsterbliche, »ich werde sie verfolgen!«

Er ritt eine Zeitlang, bis er Prinz Iwan eingeholt hatte. Da sprang er vom Pferd und wollte ihn gerade mit seinem scharfen Schwert durchbohren, aber Prinz Iwans Roß schlug ihn mit seinen Hufen nieder, daß ihm der Schädel barst. Und der Prinz erschlug ihn noch mit einer

schweren Keule. Dann machte er einen Holzstoß, zündete ihn an und verbrannte Koschtschej den Unsterblichen auf diesem Scheiterhaufen und verstreute seine Asche in alle Winde.
Danach setzte sich Maria Morewna auf Koschtschejs Roß und Prinz Iwan auf sein eigenes, und sie ritten fort, um zuerst den Raben und dann den Adler und darauf den Falken zu besuchen. Und überall wurden sie mit vieler Freude empfangen.

Das Mädchen mit der hölzernen Haube

Die Versuchungen, denen ein schönes Mädchen überall in der Welt ausgesetzt ist, werden in diesem kurzen japanischen Märchen sehr glaubwürdig dargestellt. Das Mädchen, von dem uns hier erzählt wird, schützt sich, getreu dem Befehl seiner Mutter, in einzigartiger Weise vor diesen Versuchungen. Eines Tages jedoch, in einem Augenblick des Ungehorsams, enthüllt es seine Schönheit – gerade, als der Zufall einen jungen Mann vorbeiführt.

Vor langer, langer Zeit lebte in einem kleinen Dorf ein Mann mit seiner Frau. Viele Jahre hindurch waren sie glücklich und wohlhabend, aber dann kamen schlimme Zeiten, und zuletzt besaßen sie nichts mehr außer ihrer Tochter, die war so schön wie der junge Morgen. Die Nachbarn waren gut, und sie hätten alles getan, um ihren armen Freunden zu helfen, aber das alte Paar meinte, da sich nun alles in ihrem Leben verändert habe, sei es besser, anderswo hinzuziehen, und so machten sie sich eines Tages auf, um sich irgendwo im Lande zu verbergen, und da nahmen sie auch ihre Tochter mit.
An ihrem neuen Wohnsitz hatten Mutter und Tochter jetzt viel zu tun, um das Haus sauberzuhalten und den Garten zu besorgen, der alte Mann dagegen saß Stunden um Stunden und starrte nur vor sich hin und dachte an die Reichtümer, die ihm verloren waren. Und dabei wurde er von Tag zu Tag kränker, bis er sich endlich niederlegte und nie mehr aufstand. Seine Frau und seine Tochter weinten darum bitterlich, und es dauerte viele Monate, bis sie sich wieder an etwas freuen konnten. Da fiel eines Morgens der Blick der Mutter plötzlich auf das Mädchen, und sie sah, daß es noch schöner und lieblicher geworden war. Früher hätte sich ihr Herz bei diesem Anblick glücklich erhoben, aber jetzt, da sie allein auf der Welt stand, fürchtete sie, es könnte Leid daraus erwachsen. Darum tat sie, wie eine gute Mutter tut, und belehrte ihre Tochter und hielt sie an, immer fleißig zu sein, damit sie niemals Zeit habe, an sich selbst zu denken. Die Tochter war brav und hörte auf den Rat ihrer Mutter, und so vergingen die Jahre.
Einmal war ein besonders regenreicher Frühling, und da erkältete sich die Mutter. Anfangs achtete sie nicht darauf, aber sie wurde kränker und kränker, und zuletzt spürte sie, daß sie nicht mehr lange zu leben hatte. Da rief sie ihre Tochter und sagte ihr, sie werde bald ganz allein in der Welt stehen und auf sich selbst aufpassen müssen. Und weil es für schöne Frauen schwerer ist, unbeachtet und sorglos durchs Leben zu kommen als für gewöhnliche, bat sie die Tochter, eine hölzerne Haube aus dem anderen Zimmer zu holen und sie so aufzusetzen, daß

sie die Haare bedecke und über die Stirn falle und ihr Gesicht beschatte. Das Mädchen tat wie geheißen, und seine Schönheit ward dadurch so verborgen, daß es durch jede Menschenmenge hätte gehen können, ohne daß es einen Blick auf sich gezogen hätte. Als die Mutter das sah, war ihr Herz beruhigt, und sie legte sich nieder und starb.
Das Mädchen weinte viele Tage lang, aber endlich sah es ein, daß es nun gehen müsse und eine Arbeit suchen, da es jetzt ganz auf sich allein gestellt war. Dort, wo es wohnte, konnte es nichts verdienen, also packte es sein Bündel und ging über die Berge, bis es an das Haus eines Mannes kam, dem alle Felder in dieser Gegend gehörten. Bei ihm nahm das Mädchen Dienst und arbeitete von früh bis spät, und jeden Abend, wenn es zu Bett ging, war es glücklich und zufrieden, denn es hatte nichts von dem vergessen, was es seiner Mutter versprochen hatte. Wie heiß die Sonne auch brennen mochte, das Mädchen behielt seine hölzerne Haube immer auf dem Kopf, und darum gaben ihm die Leute den Spottnamen »Hartschädel«.
Aber obgleich es so sorgsam auf der Hut war, verbreitete sich das Gerücht von seiner Schönheit. Freche junge Männer, die es immer gibt auf der Welt, schlichen sich heimlich hinter dem Mädchen her, während es arbeitete, und versuchten, ihm die Haube vom Kopf zu ziehen. Aber das Mädchen sagte nichts weiter zu ihnen, als sie möchten es allein lassen. Und wenn sie ein Gespräch mit ihm versuchten, so gab es ihnen keine Antwort, sondern fuhr fort in seiner Arbeit.
Eines Tages kam zufällig sein Herr an dem Feld vorbei, auf dem es arbeitete. Er war so betroffen von dem Fleiß dieses Mädchens, daß er stehenblieb und ihm zuschaute. Dann fragte er es nach diesem und jenem und nahm es mit in sein Haus, wo es fortan nur mehr seine kranke Frau zu pflegen hatte. Das Mädchen dachte, jetzt hätten seine Plagen ein Ende, aber das Schlimmste stand ihm noch bevor.
Nicht lange darnach kam der älteste Sohn des Hauses aus der Stadt zurück, wo er vielerlei studiert hatte. Er war des Glanzes und der Vergnügungen müde und war froh, wieder auf dem Lande zu sein, auf den grünen Wiesen und unter den Pfirsichblüten. Wie er eines Morgens spazierenging, sah er das Mädchen mit der seltsamen hölzernen Haube auf dem Kopf. Da ging er gleich zu seiner Mutter, um sie zu fragen, wer das Mädchen sei, woher es komme und weshalb es dieses seltsame Ding über seinem Gesicht trage. Die Mutter sagte ihm, das sei eine Grille von dem Mädchen, die ihm niemand ausreden könne. Der junge Mann lachte, aber er behielt seine Gedanken für sich.
An einem besonders heißen Tag jedoch, als er gerade nach Hause ging, bemerkte er die Magd seiner Mutter, wie sie an einem Bach kniete, der durch den Garten floß, und sich das Gesicht mit Wasser

netzte. Sie hatte die Haube ein wenig zur Seite gerückt, und als sich der junge Mann hinter einem Baum versteckte und sie beobachtete, konnte er einen Blick auf ihre große Schönheit werfen. Da beschloß er, daß sie seine Frau werden müsse. Als er seinen Eltern diesen Entschluß mitteilte, waren sie sehr zornig und brachten allerhand boshafte Geschichten über das Mädchen vor. Aber sie hätten sich dieses Bemühen sparen können, denn er wußte, daß alles nur leeres Geschwätz war, und er dachte, er müsse nur fest bleiben, dann würden sie sich schon darein schicken.

Jedermann meinte, das Mädchen werde gewiß seine Einwilligung in diese Heirat geben, weil sie solch ein Glück für das arme Ding sei. Aber das Mädchen willigte nicht ein, es wollte keinen Streit ins Haus bringen, und obgleich es insgeheim bitterlich weinte, konnte der junge Mann seinen Sinn nicht ändern, was er auch vorbringen mochte. Da erschien dem Mädchen eines Nachts im Traum seine Mutter und bat es, den jungen Mann zu heiraten. Und als er das Mädchen, wie alle Tage, wieder fragte, ob es seine Frau werden wolle, sagte es zu seinem Erstaunen und zu seiner Freude ja. Jetzt sahen auch die Eltern ein, daß es besser sei, gute Miene zum bösen Spiel zu machen, und sie trafen große Vorbereitungen für das Hochzeitsfest. Freilich sagten die Nachbarn viel Böses wegen der hölzernen Haube, aber der Bräutigam war zu glücklich, um sich darum zu kümmern.

Als das Fest ausgerichtet war und der Braut das Kleid angetan wurde, mit den schönsten Stickereien, die man sich denken konnte, wollten die Mägde ihre hölzerne Haube abnehmen, um ihr Haar noch zu kämmen. Aber die Haube ging nicht herunter, und je stärker sie daran zogen, desto fester schien sie zu sitzen, bis das arme Mädchen vor Schmerzen aufschrie. Da kam der Bräutigam hereingelaufen und tröstete sie und bestimmte, daß sie mit der hölzernen Haube getraut werden solle, da es doch ohne die Haube nicht gehe. Die Feier begann; das Brautpaar saß nebeneinander und trank miteinander aus einem Becher den Reiswein, wie es der Brauch vorschreibt. Und als sie den Wein ausgetrunken hatten, geschah etwas Wunderbares. Mit lautem Krachen zerbarst die Haube und fiel in Stücken zu Boden. Und als alle hinsahen, bemerkten sie, daß lauter Edelsteine aus der Haube gefallen waren. Aber viel mehr als über die Diamanten staunten die Gäste über die Schönheit der Braut, die größer war als alles, was sie jemals gesehen hatten, und strahlender, als sie es sich hätten träumen können. Die Nacht verging mit Singen und Tanzen, bis das Brautpaar in sein eigenes Haus zog. Und dort lebte es bis zu seinem Tode, und es hatte viele Kinder, die im ganzen Lande für ihre Schönheit und ihre Güte berühmt waren.

Die Geschichte von Ming-Y

Dieses Märchen ist eine Liebesgeschichte aus dem alten China. Es erzählt von einem liebenswürdigen jungen Mann und einer wunderschönen Frau, die aber keine gewöhnliche Sterbliche ist. In einem Holzhaus, das von Blumenduft erfüllt ist, singen die Liebenden alte Lieder, sprechen alte Gedichte und träumen ihren Traum. Doch eines Tages findet dieser Traum ein jähes Ende.

Vor fünfhundert Jahren, unter der Herrschaft des Kaisers Hung-Wu aus der Ming-Dynastie, lebte in der Stadt Genii, der Hauptstadt von Kwang-tschau-fu, ein Mann, berühmt wegen seiner Gelehrsamkeit und Frömmigkeit; sein Name war Tien Pelou. Dieser Tien Pelou hatte einen Sohn, einen schönen Jüngling, dem an Bildung, Anmut und Höflichkeit keiner seines Alters gleichkam. Er hieß Ming-Y.

Als Ming-Y in seinem achtzehnten Sommer stand, wurde sein Vater als Inspektor für das öffentliche Schulwesen in die Stadt Tsching-tou berufen, und Ming-Y begeleitete seine Eltern dorthin. In der Nähe der Stadt lebte ein reicher Mann von vornehmen Stand, ein hoher Regierungsbeamter namens Tschang, der einen geeigneten Lehrer für seine Kinder suchte. Als er von der Ankunft des neuen Schulinspektors hörte, besuchte ihn der vornehme Tschang, um in seinem Anliegen Rat einzuholen; dabei begegnete er auch Pelous gebildetem Sohn, unterhielt sich mit ihm und nahm ihn sogleich als Privatlehrer in seine Dienste.

Das Haus des Herrn Tschang lag einige Meilen von der Stadt entfernt, darum wurde es für das beste erachtet, daß Ming-Y auch dort wohnen sollte. Also packte der junge Mann alles, was er für seinen neuen Aufenthalt brauchte, zusammen, und seine Eltern nahmen Abschied von ihm und gaben ihm weisen Rat, indem sie ihm die Worte des Lao-tse und der alten Sagen ins Gedächtnis riefen:

»Ein schönes Antlitz erfüllt die Welt mit Liebe, aber der Himmel wird dadurch nimmermehr gewonnen. Erblickst du eine Frau von Osten kommend, so neige dich gen Westen. Naht ein Mädchen von Westen, so wende dein Auge nach Osten.«

Wenn Ming-Y diesen Rat später nicht befolgte, so war es nur deshalb, weil er noch so jung und sein Herz von Natur zur Freude geschaffen war. Er schied, um im Hause des Herrn Tschang zu bleiben. Der Herbst verging und auch der Winter. Als der zweite Frühlingsmonat herankam und mit ihm der glückliche Tag, den die Chinesen den »Geburtstag der Hundert Blumen« nennen, überkam Ming-Y die Sehnsucht nach seinen Eltern. Er eröffnete dem gütigen Herrn Tschang

sein Herz, und dieser gab ihm nicht nur die Erlaubnis, sie zu besuchen, sondern drückte ihm auch noch zwei silberne Unzen in die Hand. Er dachte, der junge Mann wolle seinen Eltern gewiß ein kleines Andenken mitbringen, da es in China Brauch ist, zum Fest der Hundert Blumen seine Freunde und Verwandten zu beschenken.
An jenem Tag war die Luft schwer vom Duft der Blüten und bebend von dem vielstimmigen Summen der Bienen. Es kam Ming-Y vor, als sei der Pfad, dem er folgte, seit vielen Jahren von keinem Menschen mehr betreten worden. Das Gras stand hoch über seinem Kopf, und zu beiden Seiten des Weges verschränkten unzählige Bäume ihre mächtigen, moosbewachsenen Äste ineinander und beschatteten so den Pfad. Die Blätter erzitterten unter dem Gesang der Vögel, und die Allee glänzte von goldenen Sonnenstrahlen und war von Duft erfüllt wie ein Tempel von Weihrauch. Die unwirkliche Schönheit dieses Tages drang in das Herz von Ming-Y. Er setzte sich unter die Blumen, um den Duft einzuatmen und sich der tiefen, süßen Stille zu erfreuen, und über ihm schwankten die Äste vor dem tiefblauen Himmel. Plötzlich ließ ihn ein Geräusch aufhorchen. Er sah hinüber, von wo es kam, zu dem schattigen Platz, wo wilde Pfirsichbäume in Blüte standen. Da erblickte er eine junge Frau, die sich hinter den Blüten zu verbergen suchte und die selbst so schön war wie diese rosenfarbenen Blüten. Obgleich er nur einen Augenblick hinsah, prägte sich ihm die Lieblichkeit ihres Gesichtes ein, die goldene Reinheit ihrer Gesichtsfarbe, der Glanz ihrer großen Augen unter den Brauen, die so zierlich geschwungen waren wie die ausgebreiteten Flügel des Seidenspinners. Ming-Y wandte seinen Blick sofort ab und erhob sich schnell, um seine Wanderung fortzusetzen. Dennoch fühlte er sich so gefangen von der Vorstellung ihrer liebreizenden Augen, wie sie zwischen den Blättern auf ihn schauten, daß er, ohne es zu merken, das Geld fallen ließ, welches er im Ärmel trug. Wenig später hörte er leichte Schritte hinter sich und die Stimme einer Frau, die seinen Namen rief. Sehr erstaunt wandte er sich um und sah eine anmutige Dienerin.
»Herr«, redete sie ihn an, »meine Herrin befahl mir, Euch diese Silberstücke wiederzugeben, die Ihr auf dem Wege verloren habt.«
Ming-Y dankte dem Mädchen geziemend und ersuchte es höflich, der Herrin seine Empfehlungen zu überbringen. Dann setzte er seinen Weg fort durch die duftende Stille und die träumerischen Schatten dieses vergessenen Pfades, und er fühlte sein Herz seltsam rasch schlagen, wenn er an das schöne Wesen dachte, das er gesehen hatte.
Als er am anderen Tag auf demselben Pfad zurückging, ruhte er wieder dort aus, wo er die liebreizende Gestalt erblickt hatte, und diesmal

sah er durch die lange Allee riesiger Bäume zu seiner großen Überraschung einen Wohnsitz, den er zuvor nicht wahrgenommen hatte. Es war ein Landhaus, nicht groß, doch schön und geschmackvoll. Die hellblauen Ziegel des geschwungenen und gezackten Daches, das über das Laub hinausragte, schienen ihre Farben mit dem leuchtenden Azur des Himmels zu mischen, und die grüngoldenen Muster des bemalten Säulenganges waren kunstvolle Wiederholungen der in Sonnenschein getauchten Blumen und Blätter. Die Stufen, die zur Terrasse emporführten, waren von porzellanenen Schildkröten bewacht. Auf der obersten Stufe sah Ming-Y die Herrin des Hauses, der seine leidenschaftliche Neigung galt, und hinter ihr stand ihre Dienerin, eben jene, der er seine Dankbarkeit auszurichten aufgetragen hatte. Ming-Y bemerkte, daß ihn die beiden Frauen betrachteten. Sie lächelten, als seien sie eben in einem Gespräch über ihn begriffen, und obwohl er sehr schüchtern war, brachte er den Mut auf, die schöne Dame aus der Ferne zu grüßen. Zu seinem Erstaunen bat ihn die Dienerin, näher zu kommen. Er öffnete die aus Baumstämmen gezimmerte Gartentür, die halb verborgen unter einer üppig rankenden Kletterpflanze mit karmesinroten Blüten war, und stieg über die Stufen zur Terrasse empor, und in seinem Herzen mischten sich Freude und Erstaunen. Als er sich näherte, zog sich die Dame zurück, aber die Dienerin empfing ihn auf der breiten Treppe.
»Herr«, sprach sie, »meine Herrin hat Verständnis dafür, daß Ihr ihr danken möchtet, und bittet Euch darum, ihr Haus zu betreten, denn Ihr seid ihr bereits durch Empfehlungen bekannt, und sie erhofft sich das Vergnügen, Euch einen guten Tag zu wünschen.«
Schüchtern trat Ming-Y ein, seine Füße gingen lautlos auf den Matten, die so federnd und weich wie Waldmoos waren. Er befand sich in einem großen Empfangszimmer. Süße Ruhe erfüllte das Haus, man sah die Schatten der Vögel an den Lichtstreifen, die durch die Bambusvorhänge hereindrangen. Große Schmetterlinge, deren Flügel in feurigen Farben leuchteten, hielten taumelnd auf ihrem Flug über die bemalten Vasen inne und flogen wieder hinaus in den geheimnisvollen Wald. Und ebenso geräuschlos trat jetzt die Herrin des Hauses ein und begrüßte den jungen Mann freundlich. Er legte beide Hände auf die Brust und verneigte sich tief. Sie war größer, als er es sich vorgestellt hatte, und so schlank wie eine Lilie. In ihr schwarzes Haar waren die milchigweißen Chu-sche-kih-Blüten geflochten, ihr Kleid aus blassem Silber nahm bei der geringsten Bewegung verschiedene Farbtöne an, wie Seifenblasen im Licht schillern.
»Wenn ich nicht fehlgehe«, sagte sie, nachdem beide die vorgeschriebenen Höflichkeitsbezeigungen getauscht und sich darnach nieder-

gelassen hatten, »dann ist mein ehrenwerter Besucher kein anderer als Tien-chou, mit Vornamen Ming-Y, der Erzieher der Kinder meines hochgeachteten Verwandten, des Hohen Kommissars Tschang. Da die Familie des Herrn Tschang auch meine Familie ist, kann ich nicht anders, als den Lehrer seiner Kinder so zu betrachten, als gehöre er meiner eigenen Sippe an.«

»Darf ich es wagen, meine Dame, nach dem Namen Eurer sehr ehrenwerten Familie zu fragen und nach dem Grad Eurer Verwandtschaft zu meinem vornehmen Herrn?« erwiderte Ming-Y nicht wenig erstaunt.

»Der Name meiner Familie ist Ping«, entgegnete ihm die Dame. »Es ist eine alte Familie aus der Stadt Tsching-tou. Ich bin die Tochter des Sië von Mun-hiao, und auch mein Name ist Sië. Ich war mit einem jungen Mann aus der Familie Ping verheiratet. Durch diese Heirat wurde ich mit Ihrem vorzüglichen Gönner Tschang verwandt. Aber mein Mann starb bald nach unserer Hochzeit, und ich habe nun diesen einsamen Ort gewählt, um hier als Witwe zu leben.«

Ihre Stimme besaß die einschläfernde Musik der Bäche, sie war wie das Murmeln der Quellen, und es lag eine so unbeschreibliche Anmut in ihrer Rede, wie Ming-Y sie vordem nie vernommen. Aber nachdem er gehört hatte, daß sie eine Witwe war, wollte er nicht länger in ihrer Gesellschaft verweilen, ohne eingeladen zu sein. Darum erhob er sich zum Abschied, als er die Tasse Tee getrunken hatte, welche ihm angeboten worden war.

Sië litt es jedoch nicht, daß er so schnell wieder aufbrach. »Nein, Freund«, sagte sie, »bleibt noch ein wenig in meinem Hause, ich bitte Euch inständig. Wenn Euer sehr ehrenwerter Gönner jemals erführe, daß Ihr hier wart und daß ich Euch nicht als meinen hochgeachteten Gast behandelt habe, so wäre er gewiß außerordentlich verärgert. Bleibt wenigstens noch zum Abendessen da.«

Ming-Y blieb und war insgeheim sehr glücklich darüber, denn Sië schien ihm das lieblichste Wesen zu sein, welches er je kennengelernt hatte, und er fühlte, daß er sie sogar noch heftiger als seine Eltern liebte. Während sie sich unterhielten, tauchten die langen Schatten des Abends in violette Finsternis, und das Zitronengelb der untergehenden Sonne verblaßte. Die »Drei Ratgeber«, jene Sterne, die über Leben, Tod und Schicksal der Menschen entscheiden, öffneten ihre kalten, glänzenden Augen am nördlichen Horizont. In Siës Haus wurden die bemalten Laternen angesteckt, der Tisch für das Abendbrot gedeckt, und Ming-Y nahm daran Platz. Aber er konnte kaum essen, denn er hatte nur mehr das zauberhafte Antlitz vor seinen Augen. Als Sië bemerkte, daß ihr junger Gast die Köstlichkeiten ihrer Tafel kaum berührte, nötigte sie ihn, etwas Wein zu nehmen, und sie tranken nun beide einige Schalen des purpurnen Getränkes, das so kalt war, daß sich die Ränder der Schalen mit eisigem Tau beschlugen. Und doch schienen die Adern plötzlich mit seltsamem Feuer erwärmt; Ming-Y wurden alle Dinge herrlicher, wie verzaubert, als höbe sich das Dach, die Lampen strahlten wie Sternenketten, und wie ein ferner Flötenklang aus der schlafenden Nacht drang Siës Stimme an sein Ohr. Sein Herz schwoll an, und seine Zunge lockerte sich, von seinen Lippen kamen Worte, von denen er geglaubt hatte, er könnte es niemals wagen, sie auszusprechen. Doch Sië wehrte ihm nicht. Ihre Lippen blieben ernst, aber ihre Augen lachten vor Vergnügen über seine Lobpreisungen und erwiderten seine Blicke voll leidenschaftlicher Bewunderung mit Zuneigung und Anteilnahme.

»Ich habe von Eurer einzigartigen Begabung vernommen«, sagte sie, »und von Euren mannigfachen Fertigkeiten. Ich selbst weiß ein wenig zu singen, obgleich ich mich keiner musikalischen Ausbildung rühmen kann. Wollt Ihr ein wenig mit mir singen? Ich wäre glücklich, wenn Ihr Euch herabließet, meine Noten anzusehen.«

»Es wird mir eine hohe Ehre sein, liebe Dame«, erwiderte Ming-Y. »Allein, mich ergreift Hilflosigkeit, wenn ich meinen Dank in Worte fassen soll.«

Ein kleiner silberner Gong ertönte, und sogleich erschien die Dienerin mit den Blättern. Ming-Y nahm sie entgegen und vertiefte sich darein mit Eifer und Entzücken. Das Papier war so zart wie Gaze und von gelblich-bleicher Farbe, die Schriftzeichen waren in den alten Formen gemalt und so schön, als habe Hëisong Che-Tschu selbst, der göttliche Genius der Tinte, sie aufgezeichnet. Die Kompositionen waren von Yuen-tschin, Kao-pien und Thu-mu signiert, den großen Dichtern und Komponisten der Thang-Dynastie. Als Ming-Y die einzigartige Kostbarkeit dieser Schätze erkannte, vermochte er seine Begeisterung kaum mehr zu zügeln, und er wollte die Blätter gar nicht mehr aus den Händen lassen.

»O Herrin!« rief er. »Kein König besitzt dergleichen Kostbarkeiten! Es sind Handschriften der großen Meister, die vor fünfhundert Jahren lebten! Und wie herrlich sie erhalten sind! Es muß die Wundertinte sein, mit der *›Po-nien-ju-tschi, i-tien-ju-ki‹* niedergeschrieben ist: ›Nach Jahrhunderten bleibe ich so fest wie Stein, und meine Buchstaben werden wie Lackarbeiten bestehen.‹ Wie göttlich ist der Zauber der Kompositionen und Gedichte des Kao-pien, jenes Königs der Dichter und Gouverneurs von Sze-tschuen, der fünfhundert Jahre vor uns gelebt hat!«

»Kao-pien, liebster Kao-pien!« flüsterte Sië mit einem seltsamen

Leuchten in ihren Augen. »Kao-pien ist auch mein Lieblingsdichter. Lieber Ming-Y, wir wollen seine Verse singen, nach der alten Melodie jener Zeiten, in denen die Männer vornehmer und weiser waren, als sie es heute sind.«

In der dufterfüllten Nacht erklangen ihre Simmen wie der Gesang von Wundervögeln, stiegen auf und verschmolzen in wohltönender Süße. Nach einer Weile gemeinsamen Gesanges ward Ming-Y vom Zauber der Stimme Siës überwältigt, und er lauschte ihrem Klang in sprachloser Hingabe, während ihm Tränen des Glückes über die Wangen liefen.

So verging die neunte Stunde, und sie unterhielten sich noch immer und tranken den kühlen Purpurwein und sangen Lieder aus der Thang-Zeit, während Stunde um Stunde der Nacht verrann. Jedesmal wenn Ming-Y an den Abschied dachte, begann Sië mit ihrer silbersüßen Stimme herrliche Geschichten zu erzählen, von den großen Dichtern und den Frauen, die sie geliebt hatten, daß Ming-Y ganz in jene vergangenen Zeiten entrückt ward; oder sie sang ihm ein Lied von so eigentümlicher Art, daß Ming-Y alle seine Sinne erloschen fühlte bis auf den einen des Hörens.

Die Vögel erwachten, und die Blumen hoben der aufgehenden Sonne ihr Antlitz entgegen, da mußte Ming-Y von der liebreizenden Zauberin Abschied nehmen. Sië begleitete ihn bis auf die Terrasse und küßte ihn zärtlich. »Liebster«, sagte sie, »komme, sooft du kannst, sooft dir dein Herz zu kommen gebietet. Ich weiß wohl, daß bei dir ein Geheimnis in guter Obhut ist, aber du bist so jung, und Jugend ist manchmal gedankenlos. Ich bitte dich innig, vergiß nie, daß nur die Sterne unserer Liebe Zeuge waren. Sprich zu keinem Lebenden von dieser Nacht, mein Liebster, und nimm dieses kleine Andenken an unser Glück mit dir.«

Sie reichte ihm einen herrlichen Briefbeschwerer, einen Löwen aus gelber Jade, der mit erhobenem Kopf dalag. Das Gelb war so leuchtend wie das des Regenbogens zu Ehren des Konfu-tse. Der junge Mann küßte voll Hingabe das Geschenk und die schöne Hand seiner Spenderin.

»Die Geister mögen mich bestrafen, wenn ich dir jemals wissentlich Anlaß gebe, mich zu schelten«, versprach er.

So schieden sie unter gegenseitigen Versprechen. An diesem Morgen sprach Ming-Y die erste Lüge aus, die ihm über die Lippen kam. Er sagte, als er in das Haus des Herrn Tschang zurückkehrte, seine Mutter habe ihn gebeten, fortan die Nächte zu Hause zu verbringen, zwar sei der Weg weit, aber jetzt, da das Wetter warm und angenehm geworden, werde ihm die Anstrengung nur guttun, zumal er doch jung

und kräftig sei. Tschang glaubte alles, was Ming-Y sagte, und wandte auch nichts dagegen ein. So konnte der Jüngling alle Nächte im Hause der schönen Siё verbringen. Und sie verbrachten ihre Stunden in demselben Zauber, der ihr erstes Beisammensein erfüllt hatte. Sie unterhielten sich und sangen, und sie spielten Schach – jenes gelehrte Spiel, das Wu-Wang erfunden, als eine Nachbildung des Krieges. Und sie ersannen Gedichte, achtzig Verse über Blumen, Bäume, Wolken, Flüsse, Vögel und Bienen. Siё übertraf ihren Geliebten in all diesen Künsten. Wenn sie Schach spielten, war es immer Ming-Ys König, sein Tsiang, der eingekreist und endlich besiegt wurde. Wenn sie Gedichte reimten, waren Siёs Gedichte stets den seinen an Harmonie, Vollendung der Form und Erhabenheit der Gedanken überlegen. Dabei wählte sie die schwierigsten Themen, Themen aus der Thang-Dichtung, und auch die Lieder, welche sie anstimmte, waren fünfhundert Jahre alt, Lieder des Yuen-tschin, Thu-mu und Kao-pien. Dessen Lieder sang sie am häufigsten.
Über ihrer Liebe ging der Sommer hin, wuchs und verfiel, und der prächtige Herbst zog herauf mit seinem goldenen Dunst und den zauberischen purpurnen Schatten. Da begab sich das Unerwartete, daß Ming-Ys Vater dem Dienstherrn seines Sohnes begegnete und von diesem gefragt wurde: »Warum muß Ihr Sohn immer noch jeden Tag den langen Weg in die Stadt auf sich nehmen, obgleich der Winter schon nahe ist? Die Anstrengung des langen Weges macht sein Gesicht bleich und schmal vor Müdigkeit. Wollt Ihr ihm nicht erlauben, wieder in meinem Hause zu nächtigen, sobald es zu schneien beginnt?«
Ming-Ys Vater erwiderte verwundert: »Herr, mein Sohn war nicht in der Stadt. Wir haben ihn den ganzen Sommer über nicht gesehen. Ich fürchte, er hat üble Gewohnheiten angenommen und seine Nächte in schlechter Gesellschaft verbracht. Vielleicht hat er gespielt oder mit den Frauen der Blumenboote getrunken.«
»Nein! Daran ist kein Denken!« entgegnete der Hohe Kommissar mit Überzeugung. »Ich habe an dem Jüngling nie etwas Böses gefunden, und es gibt auch in dieser Gegend keine Schenken oder Blumenboote oder sonst Orte ausschweifenden Lebenswandels. Gewiß hat Ming-Y einen Freund gefunden, mit dem er die Abende verbringt, und er hat mir die Unwahrheit gesagt, weil er fürchtete, ich würde ihn sonst nicht aus dem Hause lassen. Ich bitte Euch, sagt nichts zu ihm, ehe ich nicht versucht habe, sein Geheimnis zu entdecken. Noch heute abend werde ich ihm einen Diener nachschicken, der beobachten soll, wohin Ming-Y geht.«
Damit war auch Pelou einverstanden, und er versprach, Herrn

Tschang am darauffolgenden Morgen zu besuchen; jetzt kehrte er heim. Als Ming-Y an diesem Abend das Haus verließ, folgt ihm in einiger Entfernung ein Diener. Aber dort, wo der Weg am schattigsten war, verschwand Ming-Y plötzlich, als habe ihn die Erde verschluckt. Nachdem der Diener vergeblich nach ihm gesucht hatte, kehrte er sehr verwirrten Sinnes zurück und gab getreulich wieder, was sich ereignet hatte. Davon sandte Tschang sogleich eine Botschaft an Pelou.

Unterdessen betrat Ming-Y das Gemach seiner Liebsten und fand sie zu seiner Verwunderung und seinem Schmerze in Tränen. »Mein Geliebter«, schluchzte sie, »wir werden getrennt für immer. Ich kann dir die Gründe nicht erklären. Von Anbeginn wußte ich, daß uns dies bevorstand, dennoch kommt der Abschied so plötzlich und grausam, daß ich über unser Unglück weinen muß. Wir werden uns nie mehr sehen nach dieser Nacht, mein Geliebter. Ich weiß, du wirst mich dein Lebtag nicht vergessen, aber ich weiß auch, daß dich eine schöne Frau liebevoll für meinen Verlust trösten wird, denn du wirst ein großer Gelehrter, und Ehren und Reichtümer werden auf dich kommen. Nun laß uns nicht mehr von Jammer reden, wir wollen diese Nacht in Freuden verbringen, damit deine Erinnerung an mich kein Schmerz trübe und dir mein Lachen lauter im Ohr klinge als mein Weinen.«

Sie trocknete die schimmernden Tränen, brachte Wein und Noten, holte die wohlklingende *Kin* aus sieben seidenen Saiten und verbot Ming-Y, noch weiter von ihrer bevorstehenden Trennung zu sprechen. Sie sang ihm ein altes Lied vor, das erzählte von der Stille eines sommerlichen Sees, in dem sich nur der blaue Himmel spiegelt, und von der Ruhe und Stille des Herzens, ehe es von Wolken der Trauer verdunkelt wird. Bald vergaßen die Liebenden ihre Sorge über Wein und Gesang, und diese letzten Stunden schienen Ming-Y noch himmlischer als die ersten Stunden ihrer Seligkeit.

Als die gelbe Schönheit des Morgens aufstieg, kehrte auch die Trauer wieder, und sie weinten. Noch einmal begleitete Sie ihren Geliebten auf die Terrasse hinaus, küßte ihn zum Abschied, und noch einmal legte sie ihm ein Geschenk in die Hand. Es war ein kleiner Pinselkasten aus Achat, wunderbar ziseliert und so wertvoll, daß er eines großen Dichters würdig gewesen wäre. So schieden sie für immer voneinander und vergossen viele bittere Tränen.

Allein, Ming-Y konnte noch nicht glauben, daß es ein Abschied für immer sei. Er dachte: nein, ich werde sie morgen wieder besuchen, denn ich vermag nicht mehr ohne sie zu leben. Gewiß wird sie sich nicht weigern, mich zu empfangen. Das waren die Gedanken, die sein Herz erfüllten, als er im Hause des Herrn Tschang anlangte und seinen Vater und seinen Gönner an der Tür auf ihn warten sah. Noch ehe er ein Wort sagen konnte, verlangte Pelou zu wissen: »Mein Sohn, wo hast du deine Nächte zugebracht?«

Da er nun seine Lüge entdeckt sah, wagte Ming-Y nicht zu antworten, sondern blieb beschämt und stumm, mit gesenktem Haupt, vor seinem Vater stehn. Da schlug Pelou seinen Sohn heftig und verlangte noch einmal, daß er sein Geheimnis entdecke. Aus Furcht vor seinem Vater und dem Gesetz, welches fordert: »Der Sohn, der seinem Vater den Gehorsam verweigert, soll mit hundert Bambushieben bestraft werden«, erzählte Ming-Y endlich stammelnd die Geschichte seiner Liebe. Tschang erbleichte bei den Worten des Jünglings und rief: »Kind, ich habe keinen Verwandten namens Ping. Und ich habe nie von einer Frau gehört, wie du sie beschreibst, noch von einem Haus, wie du es uns schilderst. Aber ich weiß, du würdest nicht wagen, deinen Vater zu belügen. Es ist ein seltsamer Tag in der Geschichte.«

Nun zeigte ihnen Ming-Y die Geschenke, welche er von Sië erhalten: den Löwen aus gelber Jade, den Pinselkasten aus graviertem Achat und einige Musikblätter, welche sie selbst verfaßt. Jetzt verwunderte sich auch sein Vater. Herr Tschang und Pelou bemerkten, daß der Pinselkasten und der Jadelöwe aussahen wie Gegenstände, welche lange Jahrhunderte unter der Erde gelegen hatten und daß beides mit so viel kunstreicher Vollendung gefertigt war, wie es ein heute Lebender nicht einmal nachzuahmen vermöchte. Die Kompositionen gar waren Meisterwerke der Poesie aus der Thang-Zeit.

»Freund Pelou«, rief der Hohe Kommissar, »wir wollen Euren Sohn sogleich dorthin begleiten, wo er diese wunderbaren Dinge empfangen hat, damit wir das Unglaubliche mit dem Zeugnis unserer Sinne erfassen. Es ist kein Zweifel, daß der Jüngling die Wahrheit spricht, und doch geht es über meinen Verstand.« Und so machten sich die drei Männer auf den Weg zum Landhaus der Sië.

Als sie den schattigsten Teil des Pfades erreicht hatten, wo der Duft am süßesten und das Moos am grünsten war, wo die Früchte der wilden Pfirsichbäume die tiefste Farbe hatten, blickte Ming-Y durch die Bäume und schrie auf vor Entsetzen. Dort, wo sich vor Stunden noch das azurgedeckte Dach gegen den Himmel erhoben hatte, war jetzt nur die leere blaue Luft. Wo die grüngoldene Fassade geleuchtet hatte, zitterten jetzt nur mehr die Blätter der Bäume, wo sich die breite Terrasse gedehnt hatte, war nur mehr eine Ruine zu sehen, ein Grab, so alt und so tief unter dem Moos verborgen, daß der Name des Toten nicht mehr zu entziffern war. Das Haus von Sië war verschwunden!

Plötzlich schlug sich der Hohe Kommissar mit dem Rücken seiner Hand gegen die Stirn und sprach die wohlbekannten Verse des alten Tsching-Kou:

»Pfirsichblüten werden blühen, gewiß, über dem Grab von Sië-Thao.« Dabei sah er Pelou an und fuhr fort: »Mein Freund, die Schöne, welche Euren Sohn bezauberte, war keine andere als die, deren Grab hier vor uns liegt. Sagte sie nicht, sie sei mit Ping-Khang verheiratet gewesen? Es gibt keine Familie dieses Namens, aber eine breite Allee nahe der Stadt heißt Ping-Khang. In allem, was sie sagte, war ein dunkles Rätsel enthalten. Sie nannte sich Sië von Mun-hiao – es gibt keine Person dieses Namens, auch keine Straße, die so heißt, aber die chinesischen Schriftzeichen *Mun* und *Hiao* ergeben zusammengelesen das Schriftzeichen Kiao. Merkt auf! Die Ping-Khang, welche von der Kiao-Straße wegführt, war der Ort, wo die großen Kurtisanen der Thang-Dynastie wohnten. Hat sie nicht die Lieder des Kao-pien gesungen? Und stehen nicht auf dem Pinselkasten und dem Briefbeschwerer die Schriftzeichen: ›Kunstgegenstände, Kao gehörend, aus der Stadt Phohai?‹ Diese Stadt gibt es nicht mehr. Aber das Andenken Kao-piens besteht fort, denn er war ein großer Dichter und Statthalter der Provinz Szetschuen. Und war nicht Sië, *Sië*-Thao, die Buhlerin, seine Favoritin, als er in Chou lebte? *Sië*-Thao, deren Lieblichkeit einzigartig war zu ihren Lebzeiten, unerreicht von allen Frauen. Kao-pien war es, der ihr diese Blätter gegeben hat, er war es auch, der ihr diese seltenen Kunstgegenstände verehrte. Sië-Thao starb, aber nicht so, wie andere Frauen sterben. Ihre Glieder mögen zu Staub zerfallen sein, und dennoch lebt etwas von ihr in diesen tiefen Wäldern fort, und ihr Schatten sucht diesen schattigen Ort noch immer heim.«
Tschang hielt inne. Unbestimmbare Furcht überfiel die drei Männer. Die feinen Morgennebel hüllten alles in ihre Schleier, so daß dem Wald eine geisterhafte Schönheit anhing. Ein schwacher Luftzug strich vorüber und hinterließ eine duftende Spur, den letzten Geruch sterbender Blumen, schwach wie der Duft, der in einem vergessenen Seidengewand hängt. Und als der Geruch verflogen, schienen die Bäume in der Stille zu flüstern: »Sië-Thao.«
Pelou sandte seinen Sohn sogleich in die Stadt Kwang-tschau-fu, denn er hatte große Angst um ihn. In dieser Stadt kam Ming-Y in späteren Jahren zu hohen Ehren und Ansehen, wegen seiner Begabung und seiner Gelehrtheit. Er heiratete die Tochter eines berühmten Hauses und wurde durch sie Vater von Söhnen und Töchtern, die ob ihrer Tugend und Bildung überall geachtet waren. Aber Ming-Y vergaß Sië-Thao niemals, obgleich es heißt, er habe nie mehr von ihr gesprochen, nicht einmal dann, wenn seine Kinder ihn um die Geschichte der beiden schönen Dinge baten, welche immer auf seinem Schreibtisch lagen: des Löwen aus gelber Jade und des Pinselkastens aus graviertem Achat.

Die Geschichte von dem König, der stärker sein wollte als das Schicksal

Von einem abenteuerlustigen König, der keine Strapazen scheut, handelt diese Geschichte aus Ostindien. Das Lieblingsvergnügen des Königs ist die Jagd, und auf einer Jagd sieht er einen weißen Hirsch, dem er vergeblich nachsetzt. Dabei trifft er einen alten Eremiten, der ihm die Zukunft seiner Tochter voraussagt. Aber dem König gefällt diese Prophezeiung nicht, und er weiht sein ganzes Leben dem Entschlusse, die Erfüllung der Voraussage zu verhindern. Das gelingt ihm nicht. Und doch führen sein Kampf und sein Unterliegen ins Glück.

Es lebte einmal, weit weg im Osten von Indien, ein König, der liebte die Jagd so sehr, daß er alle Gefahren vergaß, wenn er ein Rotwild sah. Oft trennte er sich dabei von seinen Begleitern, den Edlen und Dienern, denn er mochte am liebsten einsame Abenteuer bestehen. Sein anderes Lieblingsvergnügen war es, zu verkünden, er sei krank und könne nicht unter Menschen gehen. Dann verkleidete er sich als Bettler, belud einen Esel mit billigen Waren und zog im Land umher. Das wußte aber nur sein Großwesir. Auf diese Weise erfuhr der König, was die einfachen Leute über ihn sprachen und wie seine Statthalter und Richter ihre Pflichten erfüllten.

Eines Tages schenkte ihm seine Gemahlin eine kleine Tochter, die so schön war wie die Morgenröte. Der König freute sich, und in seinem Glück vergaß er eine ganze Woche lang die Jagd und verbrachte seine Zeit mit öffentlichen und privaten Feiern. Aber es währte nicht lange, dann ritt er wieder aus, um ein Rotwild zu jagen, das sich im fernsten Winkel seiner Wälder versteckt hielt. Auf dieser Jagd spürten seine Hunde einen wunderschönen schneeweißen Hirsch auf. Sobald der König dieses Tier sah, war er entschlossen, es in seinen Besitz zu bringen. Er gab seinem Pferd die Sporen und verfolgte den Hirsch, so schnell er nur reiten konnte. Freilich setzte sein Troß hinterdrein, aber der König war so vorzüglich zu Pferd und der Hirsch so leichtfüßig und schnell, daß nach einer Stunde schon der königliche Jagdherr mit seinem Lieblingshund allein war und alle anderen weit zurücklagen und nicht mehr zu sehen waren.

Doch der König ließ sich durch nichts entmutigen, er galoppierte immer weiter, bis er endlich inne wurde, daß er sich in einem Tal befand, welches auf allen Seiten von hohen Felsen umgeben war. Sein Pferd war schon müde und zitterte bei jedem Schritt. Der Abend zog herauf, bald mußte die Sonne untergehen. Umsonst hatte er Pfeil auf Pfeil nach dem schönen Hirsch ausgesandt, er hatte immer zu kurz getrof-

fen, und als endlich Dunkelheit hereinbrach, verlor er das Tier ganz aus den Augen. Zu der Zeit konnte sich sein Pferd kaum mehr bewegen vor Erschöpfung, und sein Hund keuchte neben ihm. Er befand sich weit draußen, in einer Gebirgsgegend, die er nie zuvor gesehen hatte, und nirgends war eine menschliche Behausung anzutreffen. Dies alles hätte ihn bekümmern müssen, aber der König empfand nur den Verlust des schönen Hirsches. Aber er war keiner von denen, die sich lange um etwas grämen, was nicht zu ändern ist. Er stieg von seinem Pferd und führte es den rauhen Pfad zu Fuß weiter, in der Hoffnung, bald auf eine Schäferhütte zu stoßen oder eine andere Zuflucht zu finden, worin er die Nacht hätte verbringen können.
Da hörte er auf einmal ein Wasser rauschen und ging gleich in die Richtung dieses Geräusches. Bald kam er zu einem reißenden Bach und sah dort einen alten Eremiten mit einem langen weißen Bart stehen. Der sprach nicht und rührte sich nicht von der Stelle, als der König näher kam, sondern fuhr fort, die vertrockneten Blätter, die um ihn herum auf dem Boden lagen, in den Bach zu werfen.
»Friede sei mit dir«, begrüßte ihn der König nach Landessitte.
»Und auch mit dir«, erwiderte der Eremit, aber er sah auch jetzt nicht auf und hielt nicht inne.
Der König schaute ihm eine Weile zu, beobachtete, wie der Eremit immer zwei Blätter gleichzeitig in den Bach warf und sie genau verfolgte. Manchmal wurden beide gleichzeitig von der heftigen Strömung fortgerissen, manchmal nur eines, und das andere kam zurück vor die Füße des Eremiten, nachdem es am Rande eines Strudels verblieben war.
Endlich fragte der König: »Was tust du da?« Der Eremit antwortete, er lese das Schicksal der Menschen. Jedes Menschen Schicksal sei von Anbeginn vorbestimmt, sagte er, und was auch geschehe, es gebe kein Entrinnen.
Der König lachte. »Mein Schicksal kümmert mich wenig, aber ich wäre neugierig, wie es meiner kleinen Tochter ergehen soll.«
»Ich kann es nicht sagen«, entgegnete der Eremit.
»Weißt du es denn nicht?« fragte der König.
»Vielleicht«, sagte der Eremit, »ist es nicht immer weise, alles zu wissen.«
Damit war der König nicht zufrieden, er nötigte den alten Mann zu sagen, was er wisse, aber lange wollte ihm dieser nicht willfahren. Schließlich bedrängte ihn der König so heftig, daß er nachgab.
Und er sagte: »Die Königstochter wird den Sohn einer armen Sklavin heiraten. Sie heißt Puruna und gehört dem König des nördlichen Landes. Es gibt keinen Ausweg aus diesem Geschick.«

Bei diesen Worten wurde der König wild vor Zorn, aber da er schon sehr müde war, lachte er nur und sagte, er hoffe, daß es aus *diesem* Schicksal wohl einen Ausweg gebe. Dann bat er den Eremiten, ihn und seine Tiere für diese Nacht zu beherbergen, gab dem Pferd Wasser, band es an und legte sich in die Höhle, nachdem er Brot und getrocknete Erbsen gegessen hatte. Der Hund lag schlafend zu seinen Füßen, und auch der König versuchte zu schlafen. Aber er blieb wach und konnte nur immer an die Prophezeiung des Eremiten denken, und je länger er daran dachte, desto heftiger wurde sein Grimm, bis er mit den Zähnen knirschte und sich schwur, es dürfte nie und nimmermehr so kommen.

Der Morgen nahte, und der König stand bleich und mürrisch von seinem Lager auf. Er ließ sich von dem Eremiten den Weg zeigen, stieg auf sein Pferd und ritt ohne Aufenthalt nach Hause. Kaum war er in seinem Palast angelangt, schrieb er dem König des nördlichen Landes einen Brief, in welchem er ihn bat, ihm die Sklavin Puruna samt deren Sohn zu verkaufen. Ein Bote werde das Mädchen mit seinem Kind am Ufer des Flusses, der ihrer beider Länder schied, erwarten.

Fünf Tage wartete der König auf die Antwort, und in dieser Zeit aß er kaum und schlief wenig und war so verdrossen, wie er nur sein konnte. Am sechsten Tag kam der Bote mit einem Brief zurück, welcher besagte, der König des nördlichen Landes wolle die Sklavin nicht verkaufen, sondern sie und ihren Sohn seinem Freund schenken.

Da war der König überglücklich vor Freude. Er ließ seinen Großwesir kommen und sagte ihm, er gehe nun wieder auf eine seiner einsamen Fahrten, der Großwesir möge für die Abwesenheit des Königs einen Vorwand finden. Danach verkleidete er sich in einen gewöhnlichen Boten, bestieg ein schnelles Kamel und sprengte fort zu dem Fluß, wo ihm die Sklavin ausgehändigt werden sollte. Dort gab er den Boten, die das Mädchen mit dem Kinde gebracht hatten, ein prächtiges Geschenk für ihren Herrn und Lohn für sie selbst, hob die arme Sklavin und das Knäblein auf sein Kamel und ritt fort mit ihnen in eine wilde, verlassene Gegend. Er ritt einen Tag und eine Nacht und rastete kaum einmal, bis er zu einer großen Höhle kam. Dort ließ er die Frau absteigen und mit ihrem Knäblein in die Höhle gehen, dann zog er sein Schwert und schlug ihr mit einem Streich den Kopf ab. Aber obgleich der Zorn über die Prophezeiung den König grausam gemacht hatte, konnte er doch sein großes Schwert nicht auch gegen das hilflose Knäblein erheben, und er war zudem sicher, das Kind werde an einem so einsamen Platz ohne seine Mutter gewiß bald sterben. Also ließ er es in der Höhle zurück, schwang sich auf den Rücken seines Kamels und sprengte, so schnell er konnte, in sein Schloß zurück.

Nun wohnte aber in einem kleinen Dorf seines Königreiches eine alte Witwe, die weder Kinder noch andere Verwandte besaß. Sie lebte hauptsächlich von der Ziegenmilch, welche sie verkaufte. Da sie aber sehr arm und auch nicht besonders gesund war, dachte sie oft voll Sorge, wovon sie wohl leben solle, wenn sie einmal zu krank und schwach würde, um ihre Ziegen noch halten zu können. Jeden Morgen trieb sie die Tiere hinaus in eine verlassene Gegend, wo nur Sträucher und Büsche wuchsen, und jeden Abend kamen sie von selber wieder nach Hause, um sich melken und die Nacht über einschließen zu lassen. Eines Abends bemerkte die alte Frau voll Verwunderung, daß ihre beste Geiß ohne einen Tropfen Milch heimgekehrt war. Sie meinte, ein ungezogener Knabe oder ein vorwitziges Mädchen hätte ihr einen Streich gespielt, der Geiß auf dem Heimweg aufgelauert und ihre Milch getrunken. Als aber die Geiß Abend für Abend schier ohne einen Tropfen Milch von der Weide zurückkam, beschloß die alte Frau, den Dieb aufzuspüren. Darum schlich sie eines Tages hinter den Ziegen her und beobachtete sie, während sie grasten. Endlich, es war schon Nachmittag geworden, bemerkte die alte Frau, wie sich die Geiß von der Herde fortstahl, und sie machte sich gleich an die Verfolgung. Die Geiß trottete eine Weile dahin, dann verschwand sie in einer Höhle. Und was sah da die alte Frau? Neben einer toten Frau lag ein Knäblein, welches die Geiß mit ihrer Milch nährte! Die alte Frau war verwundert und sehr erschrocken, aber dann fiel ihr ein, der Knabe wäre wohl recht für einen Sohn, der ihr im Alter eine Stütze gäbe. Deshalb trug sie das Kind in ihre Hütte, nahm am nächsten Tag einen Spaten mit hinaus und grub für die arme tote Mutter ein Grab.

Die Jahre vergingen, aus dem Knäblein wurde ein schöner Bursche, so tapfer wie ansehnlich und so fleißig wie brav und tapfer. Die alte Frau hatte ihn Nur Mahomed genannt. Eines Tages, er war schon siebzehn Jahre alt, kam er von seiner Feldarbeit zurück und sah, wie ein fremder Esel den Kohl aus ihrem kleinen Gemüsegarten vor dem Häuschen fraß. Da nahm er einen großen Stock und schlug den Eindringling, um ihn aus dem Garten zu vertreiben. Ein Nachbar, der gerade des Weges kam, rief: »Hoho! Warum schlägst du den Esel des Bettlers?«
»Der Bettler sollte aufpassen, daß sein Esel nicht unseren Kohl frißt. Wenn er mir noch einmal in unseren Garten kommt, schneide ich ihm den Schwanz ab!« gab Nur Mahomed zurück und ging fröhlich pfeifend ins Haus.
Der Zufall wollte, daß dieser Nachbar ein mißgünstiger Unruhestifter war. Als er den Bettler am selben Abend in der *Serai,* wie man in Indien das Gasthaus nennt, traf, erzählte er ihm den Vorfall und fügte hinzu:

»Ja, und der Bursche hat gesagt, wenn der Esel wiederkommt, wird er auch dich schlagen und dir wie einem Dieb die Nase abschneiden!«
Der Bettler zog weiter. Aber wenige Tage darauf erschienen zwei Männer im Dorf und fragten, wer dem fahrenden Bettler so üble Behandlung angedroht habe. Sie erklärten, der Bettler habe aus Angst um sein Leben beim König Klage geführt, und sie seien nun hier, um den gesetzlosen Menschen vor den König zu bringen. Bald erfuhren sie, was sich zugetragen hatte und daß Nur Mahomed die Drohungen ausgestoßen habe. Sie hatten Befehl, ihn gefangenzunehmen, obgleich dieser versicherte, niemals jemanden mit dem Tode bedroht zu haben. Nur Mahomed wurde trotz der Proteste und Wehklagen seiner Pflegemutter fort und bald vor den König gebracht. Er konnte freilich nicht wissen, daß jener Bettler kein anderer als der König selbst gewesen war, es wußte auch sonst niemand davon.
Der König war sehr aufgebracht, und er wollte an diesem jungen Mann ein Exempel statuieren und ihn und seinesgleichen lehren, daß in *seinem* Lande sogar arme Wanderbettler zu ihrem Recht kämen und vor Ungesetzlichkeiten geschützt seien. Er wollte gerade einen strengen Richtspruch fällen, als im Schloß Unruhe aufkam. Nur Mahomeds alte Pflegemutter drang weinend und wehklagend herein und bat den König inständig, er möge sie anhören. Der König befahl ihr zu sprechen, und sie berichtete, wie brav der junge Mann sei und daß sie außer ihm keine Stütze für ihr Alter besitze und umkommen müsse, wenn man ihn in Gefangenschaft behalte. Der König fragte sie, wer sie denn sein, und sie antwortete: die Mutter des Angeklagten.
»Seine Mutter?« fragte der König verwundert. »Aber du bist doch viel zu alt, um einen so jungen Sohn zu haben.«
In ihrer Verwirrung und Furcht bekannte die alte Frau die ganze Geschichte, wie sie das Knäblein gefunden und gerettet und wie sie es aufgezogen habe, und sie endigte damit, daß sie den König abermals um Gnade anflehte.
Während des ganzen Berichtes verfinsterte sich des Königs Blick immer mehr, und er meinte vor Zorn rasend werden zu müssen. Dies also war der kleine Knabe, den er ausgesetzt hatte, nachdem er ihm die Mutter grausam ermordet! Wahrhaftig, das Schicksal hätte ihm dies ersparen können! Der König hätte gern einen Vorwand gehabt, um den jungen Mann auf der Stelle töten zu lassen, denn nun kam ihm die Prophezeiung des Eremiten ernster denn je vor. Doch hatte der junge Mann nichts verbrochen, was eine so strenge Strafe verdient hätte. Das Volk würde seinen König einen Tyrannen nennen, wenn er solche Befehle erteilte, deshalb wagte er nicht, den Tod des Jünglings anzuordnen.

Schließlich gewann der König so viel Gewalt über sich, daß er ruhig sprechen konnte: »Wenn er sich in mein Heer einstellen läßt, so soll er straffrei ausgehen. Wir brauchen dort Männer seines Schlages, und ihm wird die Zucht guttun.«
Die Vorstellung, der Jüngling könne Soldat werden, ängstigte die alte Pflegemutter fast ebensosehr wie der Gedanke, er müsse im Gefängnis bleiben. Sie jammerte wiederum, daß sie ohne ihren Sohn nicht weiterleben könnte. Schließlich versprach ihr der König eine ansehnliche Pension, von der sie gut leben konnte, denn er war entschlossen, den jungen Mann in seine Hände zu bringen. So wurde Nur Mahomed in das königliche Heer verpflichtet, und er freute sich sehr darüber.
Ja, er glaubte, jetzt sein Glück gemacht zu haben. Denn er bemerkte zu seiner Überraschung und Freude, daß er stets zu den schwierigsten und gefährlichsten Aufgaben herangezogen wurde. Manchmal hing es nur an einem Faden, daß er mit dem Leben davonkam, aber all die Gefahren gaben ihm Gelegenheit, seinen Mut zu beweisen. Und weil er zugleich bescheiden und freundlich war, wurde er schnell zum Liebling seiner Kameraden und Offiziere. So war es nicht mehr erstaunlich, daß Nur Mahomed sich bald unter den ausgewählten Männern der königlichen Leibwache befand. In Wahrheit war es aber so, daß der König im stillen gehofft hatte, der junge Mann würde bei einem der Kämpfe getötet werden, und als dies nicht geschah, vielmehr der junge Mann es war, der tödliche Streiche austeilte, da beschloß der König, geradewegs auf sein Ziel zuzugehen.
Eines Tages, bald nach seiner Einstellung in die Leibwache, wurde Nur Mahomed auserwählt, den König durch die Stadt zu begleiten. Der Zug schritt voran, da stürzte sich plötzlich ein Mann hervor, der mit einem Dolch bewaffnet war, und lief auf den König zu. Nur Mahomed warf sich in seinen Weg und erhielt den Stoß, der scheinbar für den König bestimmt war. Glücklicherweise zersplitterte der Dolch an seinem Brustbein. Er wurde zwar schwer verwundet, aber seine Jugend und seine kräftige Natur halfen ihm, bald wieder gesund zu werden. Wohl oder übel mußte der König von der tapferen Tat Kenntnis nehmen, und er machte ihn zum Dank dafür zu seinem Leibdiener.
Von da an waren die Abenteuer, denen der junge Mann ausgeliefert war, ohne Zahl. Die Offiziere der Leibwache wurden oft auf schwierige, geheime Botengänge ausgeschickt, die aufs seltsamste immer dann dringlich wurden, wenn Nur Mahomed Dienst tat. Einmal brach auf einer solchen Reise eine Brücke unter ihm zusammen, ein anderes Mal wurde er von bewaffneten Räubern überfallen. Als er an einem Berge vorüberritt, stürzte ein Felsbrocken herab. Eine schwere stei-

nerne Mauerkrönung löste sich von einem Dach, als er sich gerade darunter in einer engen Gasse befand. Nur Mahomed erkannte wohl, daß er einen Feind haben müsse, aber er war leichten Herzens und machte sich nicht viel Sorgen darum. Stets entkam er auf irgendeine Weise allen Gefahren, und er wartete mehr belustigt als geängstigt auf das nächste Abenteuer.

Es war Brauch am Hofe, daß der diensthabende Offizier der Leibwache sein Essen aus der königlichen Küche bekam. Eines Tages, als Nur Mahomed Dienst tat und er sich gerade niedersetzte, um zu essen, steckte ein hungriger Hund seinen Kopf in das Wachtzimmer. Er sah Nur Mahomed mit wäßrigem Munde an. Der war gutmütig, fischte einen Brocken Fleisch heraus und warf ihn dem Hund zu. Gierig verschlang das Tier den Bissen, wandte sich und wollte eben davontrotten, als er taumelte, fiel und sich zur Seite neigte und starb. Nur Mahomed, der solange gelassen zugesehen hatte, stand leise pfeifend auf, tat den Rest seiner Mahlzeit zusammen, wickelte ihn sorgfältig ein und trug ihn fort, um ihn irgendwo einzugraben. Dann schickte er den leeren Teller zurück.

Der König war außer sich vor Wut, als am anderen Morgen Nur Mahomed frisch und munter lächelnd wie immer vor ihm erschien. Da wollte er es noch ein letztes Mal versuchen und befahl dem jungen Mann, am Abend zu ihm zu kommen. Nur Mahomed tat wie geheißen und bekam eine geheime Sendung übertragen, die er dem Statthalter einer fernen Provinz überbringen sollte.

»Bereite sogleich alles vor«, fügte der König dem Befehl hinzu. »Morgen früh wirst du abreiten. Ich selbst werde dir im letzten Augenblick die Depesche aushändigen.«

Nun war diese Provinz vier oder fünf Tagreisen vom königlichen Palast entfernt, und der dortige Statthalter war der ergebenste Diener des Königs. Er konnte schweigen wie ein Grab, und er war stolz auf seinen unbedingten Gehorsam. Seine Frau aber war der Prinzessin fast eine zweite Mutter geworden, seit die Königin vor einigen Jahren gestorben war. Zu der Zeit war die Prinzessin um ihrer Gesundheit willen in eine andere Provinz geschickt worden, doch die Frau des Statthalters hatte sie gebeten, recht bald zu ihnen zu kommen und ein wenig bei ihnen zu bleiben. Gern hatte die Prinzessin in die Einladung eingewilligt, und so traf es sich, daß sie sich gerade im Hause des Statthalters aufhielt, als der König Nur Mahomed mit der geheimnisvollen Depesche dorthin sandte.

Wie befohlen, erschien Nur Mahomed am nächsten Morgen zu früher Stunde in den Privatgemächern des Königs. Sein bestes Pferd war gesattelt, Proviant in der Satteltasche, unter seinem Gürtel das Geld versteckt, er war zur Reise bereit. Der König übergab ihm einen versiegelten Brief und trug ihm auf, ihn nur in die Hände des Statthalters zu legen und niemandem sonst zu geben. Nur Mahomed verbarg den Brief sorgfältig in seinem Turban, schwang sich auf den Sattel, und schon fünf Minuten später ritt er durch das Stadttor hinaus auf seine weite Reise.

Es war sehr heiß, aber Nur Mahomed dachte, je eher er die kostbare Depesche übergebe, desto besser sei es. Er ritt fast die ganze Nacht hindurch und rastete nur während der heißesten Stunden des Tages und erreichte darum schon gegen Mittag des dritten Tages seinen Bestimmungsort.

Keine Menschenseele war zu sehen, als Nur Mahomed, müde und steif vom langen Ritt, voll Verlangen über die Gartenmauern auf das grüne Gras blickte, zu den Brunnen hin und den schattigen Aprikosenbäumen, den riesigen Maulbeerbäumen und nichts wünschte, als sich dort zu befinden.

Als er endlich vor dem Tor des prächtigen Hauses stand, ließ ihn die Wache sogleich ein, weil ihn seine Uniform als ein Mitglied der königlichen Leibwache auswies. Aber der Wachsoldat erklärte, der Statthalter habe sich zur Ruhe gelegt und könne ihn vor Abend nicht empfangen. Nur Mahomed überließ einem Diener sein Pferd und spazierte durch den herrlichen Garten, den er schon von draußen gesehen hatte. Endlich setzte er sich unter einen schattigen Baum, um auszuruhen. Er legte sich auf den Rücken und sah den Vögeln zu, die in den Ästen über ihn zwitscherten. Durch das Gezweig konnte er den blauen Himmel sehen, wo Drachenvögel mit schrillen Pfiffen kreisten. Bienen saßen auf den Blumen und summten einschläfernd, und nach wenigen Minuten schlief Nur Mahomed tief und fest.

Während dieser heißen Nachmittagsstunden pflegten der Statthalter und seine Frau einige Stunden zu ruhen, und so hielten es alle, die im Schloß wohnten. Nur die Prinzessin, ruhelos, wie junge Mädchen oft sind, lief lieber im Garten herum, als sich auf die weichen Daunenkissen zu legen. Es war für ihre dicken, alten Dienerinnen eine rechte Mühsal, wenn die junge Herrin wach bleiben wollte und von ihnen Unterhaltung erheischte, während sie doch kaum ihre Augen offenhalten konnten. Aber manchmal gab die Prinzessin vor, schlafen zu wollen. Wenn dann alle Hofdamen ihrem Beispiel gefolgt waren, erhob sie sich vom Lager und lief, mit locker gebundenem Schleier, allein in den Garten hinaus. Wenn dann später ihre alte Amme etwas davon merkte, schalt sie die Prinzessin sehr, die aber lachte nur und tat ein andermal wieder das gleiche.

Gerade an diesem Nachmittag hatte die Prinzessin ihre schlafenden

Hofdamen verlassen und war hinausgeschlüpft, um in dem großen Garten umherzustreifen und sich in ihren Lieblingsnischen zu verstecken. Sie fühlte sich ganz sicher, denn weit und breit war niemand zu sehen. Sie bog um eine Ecke, und da lag ein Mann vor ihr fest schlafend im Gras! Beinahe wäre sie über ihn gestolpert! Der Mann war sehr jung und braungebrannt, er trug die Uniform von ihres Vaters Leibwache, die von der langen Reise staubig war. Aus einer Falte seines Turbans lugte ein Eckchen weißen Papiers. Die Prinzessin war ein braves Mädchen, aber sie war sehr neugierig, und weil ihr Leben so müßig verlief, hatte sie auch viel Zeit für ihre Neugierde. Zu gern hätte sie gewußt, ob dies ein Brief sei, wer ihn geschrieben und was darin stand. Sie zog den Schleier ein wenig dichter um ihr Antlitz, stellte sich auf die Zehenspitzen und faßte das Papier, zog ein wenig daran und noch ein wenig stärker. Da kam ein großes Siegel zum Vorschein, welches sie als ihres Vaters Siegel erkannte. Einen Augenblick hielt sie beschämt inne. Aber das Vergnügen, einen Brief zu lesen, der nicht für sie bestimmt war, war zu groß, als daß sie hätte widerstehen können. Und im nächsten Augenblick befand sich der Brief ganz in ihrer Hand. Da fiel ihr ein, es bedeutete den Tod des jungen Offiziers, wenn er den Brief verloren hatte. Sie mußte ihn wieder zurückstecken! Aber wie brannte sie vor Verlangen, diesen Brief zu lesen! Sie prüfte das Siegel, es war von der Hitze weich geworden, und es kostete wenig Mühe, den Brief zu öffnen, ohne das Siegel zu verletzen. Und nun las sie:

»Du sollst den Boten, der diese Depesche überbringt, sofort und heimlich enthaupten. Stelle keine Fragen!«

Das Mädchen erbleichte. Welch ein Jammer, dachte sie. *Sie* würde einen so hübschen Burschen wie diesen nicht enthaupten lassen. Aber noch wußte sie nicht, wie sie es verhindern könnte. Sie mußte einen Plan schmieden. Und nun wünschte sie nichts sehnlicher, als sich irgendwo einschließen zu können, um ungestörter als hier im Garten nachzudenken. Sie schlich sich leise in ihr Zimmer, nahm ein Blatt Papier und schrieb darauf: »Du sollst den Überbringer dieser Depesche sofort und öffentlich mit meiner Tochter verheiraten. Stelle keine Fragen!« Und es gelang ihr sogar, das ursprüngliche Siegel auf diesem Blatt wieder zu befestigen, so daß niemand denken konnte, dies sei nicht ein Brief des Königs. Zitternd vor Aufregung und Furcht schlüpfte sie wieder hinaus in den Garten, wo der junge Offizier noch immer schlief, steckte den Brief in seinen Turban zurück und eilte wieder in ihr Zimmer. Nun war es geschehen!

Spät am Nachmittag wachte Nur Mahomed auf, und als er sich vergewissert hatte, daß sich die wichtige Depesche noch im sicheren Ver-

steck befand, machte er sich auf, um vor dem Statthalter zu erscheinen. Und wie es ihm aufgetragen war, gab er ihm den Brief. Der Statthalter war freilich erstaunt über das, was er da las, weil ihm aber noch besonders ans Herz gelegt wurde, keine Fragen zu stellen, und weil er ein so überaus gehorsamer Diener seines Königs war, ließ er sogleich seine Frau herbeiholen. Ihr befahl er, die Prinzessin wie eine Braut zu schmücken, damit sie alsbald Hochzeit feiern könne.
»Unsinn«, schalt die Frau. »Was in aller Welt soll das bedeuten?«
»Befehl des Königs«, gab der Statthalter zur Antwort. »Geh und tu, wie dir geheißen. Der König befiehlt in seinem Brief: ›sofort‹ und ›keine Fragen‹. Darum muß die Prinzessin noch heute abend verheiratet werden.«
Vergebens wandte seine Frau noch dies und jenes ein. Je mehr sie vorbrachte, desto fester wurde die Entschlossenheit ihres Mannes.
»Ich weiß, wie man einem Befehl Folge leistet«, sagte er, »und dieser Befehl ist so deutlich, wie die Nase in meinem Gesicht ist.«
Also wurde die Prinzessin hereingerufen, und zum Staunen der Statthaltersleute schien sie die Nachricht sehr gelassen aufzunehmen. Darauf wurde Nur Mahomed der Königsbefehl verkündet, und er war sehr überrascht, aber freilich auch entzückt über die hohe Ehre, die er sich von seinem Herrn, dem König, erwiesen glaubte. Im ganzen Schloß wurde das Oberste zuunterst gekehrt, und kaum hatte sich die Nachricht in der Stadt verbreitet, geschah dort dasselbe. Jedermann lief gleichzeitig überallhin, nur der Statthalter ging in dem allgemeinen Taumel still auf und ab und murmelte vor sich hin: »Gehorchen, gehorchen.«
Das Paar wurde getraut, und man feierte im Schloß ein großes Fest, und ein weiteres Fest wurde unter den Soldaten gefeiert, und die ganze Stadt war hell erleuchtet und ebenso der herrliche Garten. Alle Leute sagten, sie hätten etwas Prächtigeres nie gesehen, und sie redeten davon noch bis zum Ende ihres Lebens.
Am nächsten Tag sandte der Statthalter die Prinzessin mit ihrem jungen Ehemann zum König zurück. Ein Troß wunderbar geschmückter Reiter und Pferde begleitete sie, und voran sprengte ein Bote mit dem Brief, in dem der Statthalter seinem Herrn den Vollzug des Befehles mitteilte.
Als der König den Brief empfing, wurde er so rot im Gesicht, daß alle Umstehenden meinten, der Schlag werde ihn treffen. Sie waren besorgt, was wohl in dem Brief stehen werde, aber der König sagte kein Wort, er lief in sein Zimmer und schloß sich dort ein und wütete und raste, bis er ganz erschöpft davon war. Nach einer Weile dünkte es ihn das klügste, sich darein zu schicken, vor allem auch deshalb, weil der

Statthalter so gescheit gewesen war, ihm seinen eigenen Brief wieder zurückzusenden. Und da erkannte der König die Handschrift seiner Tochter. Was sie auch getan haben mochte, *ihr* Haupt wollte er nicht abschlagen lassen, und er wollte auch nicht, daß die Wahrheit bekannt würde, weil man ihn sonst für einen Toren gehalten hätte. Je länger er die Sache bedachte, desto gewisser wurde ihm, daß es weise sei, ein freundliches Gesicht zu machen und die Leute glauben zu lassen, die Heirat sei sein Wunsch gewesen.

Deshalb empfing der König das Paar bei seiner Ankunft mit allem Glanz und gab seinem Schwiegersohn eine Provinz zu verwalten. Bald erwies sich Nur Mahomed als ein ebenso ehrenwerter und fähiger Statthalter, wie er einst ein tapferer Soldat gewesen war, und nach dem Tod des alten Königs wurde er König im östlichen Land und regierte lange und sehr glücklich.

Nur Mahomeds alte Mutter aber lebte noch lange im Schloß ihres Sohnes und starb in Frieden. Und die Prinzessin, die ihren Mann durch List gewonnen hatte, bemerkte sehr bald, daß sie bei ihm mit List nichts ausrichten konnte, sie versuchte es darum auch niemals, sondern ließ ihre Tage damit ausgefüllt sein, daß sie ihre Kinder erzog und ihre Mägde schalt. Von dem alten Eremiten jedoch ward nie mehr eine Spur gesehen. Aber die Höhle gibt es noch immer, und bis auf den heutigen Tag ist der Boden davor dicht mit vertrockneten Blättern besät.

Der dankbare Dachs

Es war einmal ein alter Priester, der sich weder durch besondere Gelehrsamkeit noch durch besondere Weisheit auszeichnete. Seine Tage vergingen mit Gebet und Betrachtung, und er hatte nicht einmal ein Kind, das ihm hätte aufwarten können, sondern mußte sich seine tägliche Mahlzeit selbst zubereiten. Er sprach jeden Abend und jeden Morgen seine Gebete, darauf war sein ganzes Leben ausgerichtet. Obgleich der Ruf seiner Tugendhaftigkeit nicht weit drang, achteten und verehrten ihn seine Nachbarn und schenkten ihm oft Kleidung und Nahrung, und wenn etwas an seinem Dach oder an seinen Mauern fehlte, so setzten sie es wieder instand. Und so war der Priester mit allem, was er brauchte, wohl versorgt.

Eines Nachts, als es sehr kalt war und der Priester gewiß niemanden draußen vermutet hätte, hörte er eine Stimme rufen: »Ehrwürden, Ehrwürden!« Er erhob sich, um nachzusehen, wer es sei, und da erblickte er neben seiner Tür einen Dachs. Jeder gewöhnliche Mensch wäre darüber sehr erschrocken, aber weil der Priester von solcher Art war, wie wir es eben gehört, zeigte er gar keine Furcht. Vielmehr fragte er das Tier, was es wolle. Da kniete sich der Dachs ehrfürchtig nieder und erwiderte: »Bisher, edler Herr, wohnte ich in den Bergen, aber Schnee und Frost haben mich meiner Behausung beraubt. Ich werde allmählich alt, und diese strenge Kälte ist mehr, als ich ertragen kann. Ich bitte Euch, laßt mich ein und an Eurem Feuer wärmen, damit ich diese bitterkalte Nacht überlebe.« Als der Priester vernahm, in welch hilfloser Lage sich das Tier befand, wurde er von Mitleid erfüllt.

»Komm nur herein«, sagte er, »komm und wärme dich.«

Der Dachs war sehr glücklich über die freundliche Aufnahme. Er sprang in die Hütte und setzte sich ans Feuer, während der Priester mit verstärkter Inbrunst seine Gebete wiederaufnahm und vor dem Buddhabild die Glocke läutete und seinen Blick nicht von ihm wandte.

Zwei Stunden danach verabschiedete sich der Dachs mit überschwenglichen Dankesworten. Und von da an kam er jede Nacht in die Hütte und brachte immer dürre Zweige und trockene Blätter für das Feuer mit. Der Priester gewöhnte sich an das Tier und gewann es so lieb, daß er seine Gesellschaft jedesmal vermißte, wenn die Nacht vorüberging, ohne daß der Dachs gekommen war.

Als der Winter vorüber war und gegen Ende des zweiten Monats im neuen Jahr wieder der Frühling nahte, ließ sich der Dachs nicht mehr sehen, bevor es wieder Winter wurde. Da nahm er dann die alte Gewohnheit wieder auf und kam in die Hütte des Priesters.

Zehn Jahre vergingen so, als eines Tages der Dachs sagte: »Durch Eure Güte, Ehrwürden, habe ich all diese Winternächte angenehm verbringen können. Das werde ich mein Lebtag nicht vergessen und selbst nach meinem Tode nicht. Was kann ich tun, um Euch das zu vergelten? Bitte, sagt mir, wenn es etwas gibt, was Ihr Euch wünscht.« Der Priester lächelte, als er dies hörte, und sagte: »Es freut mich, daß du es so gut mit mir meinst, aber es gibt nichts, worum ich dich bitten könnte. Du brauchst dir deshalb keine Sorgen zu machen. Solange ich lebe, wirst du mir jeden Winter hier willkommen sein.«
Als der Dachs des Priesters Antwort vernommen hatte, konnte er seine Bewunderung für diese selbstlose Güte nicht verbergen, aber es schmerzte ihn auch, daß er seine Dankesschuld nicht abtragen konnte. Deswegen war von dieser Sache noch oft zwischen ihnen die Rede, und endlich fühlte sich der Priester so gerührt von der Gutherzigkeit des Dachses, daß er sagte: »Ich habe keine Bedürfnisse mehr, seit ich mein Haar geschoren und der Welt und den Freuden dieses Lebens abgeschworen habe. Und doch besäße ich gern drei Goldstücke. Gewand und Nahrung erhalte ich von den freundlichen Dorfleuten, darum brauche ich mich nicht zu sorgen, und wenn ich morgen sterbe und in der anderen Welt wiedergeboren werde, wie ich es mir wünsche, so haben diese freundlichen Menschen auch versprochen, meinen toten Körper zu verbrennen. Und obgleich ich sonst keine Verwendung für das Geld habe, wünschte ich doch, es zu besitzen, um es in einem heiligen Schrein zu hinterlegen, damit nach meinem Tode Opfer gebracht und Gebete gesprochen würden für das Heil meiner Seele. Aber ich möchte das Geld nicht durch Gewalttat oder ungesetzliche Mittel, ich habe nur meine Träume gehabt, wie es wäre, wenn ich es besäße. Nun siehst du, ich habe dir diesen Wunsch erzählt, weil du mir so freundlich zugeredet hast.«
Nachdem der Priester dies gesagt hatte, legte der Dachs seinen Kopf auf die Seite und blickte ihn verwirrt und besorgt an. Dem alten Mann tat es leid, daß er einen Wunsch geäußert hatte, der das Tier quälte, und er versuchte darum, seine Worte wieder zurückzunehmen. »Aber eigentlich sind all diese Ehrungen nach dem Tode nur für gewöhnliche Menschen. Ich als Priester sollte an dergleichen gar nicht denken und mir gar Geld dazu wünschen! Ach bitte, vergiß, was ich da gesagt habe.« Und der Dachs schien zuzustimmen und kehrte wie gewöhnlich in seine Berghöhle zurück.
Von da an kam der Dachs nie mehr in die Hütte. Der Priester verwunderte sich sehr darüber, aber dann meinte er, der Dachs bleibe entweder deshalb weg, weil er ohne die Goldstücke nicht wiederkommen wolle, oder deshalb, weil er bei einem Versuch, das Geld zu stehlen,

erschlagen worden sei. Er grämte sich sehr, weil er diesen Wunsch ausgesprochen hatte, und da er allmählich immer mehr von der Überzeugung ergriffen wurde, der Dachs sei getötet worden, wandte er seine ganze Zeit dafür auf, für den Dachs zu beten.
Drei Jahre gingen ins Land, da hörte der alte Mann eines Nachts eine Stimme vor seiner Tür: »Ehrwürden! Ehrwürden!«
Er sprang heraus, lief zur Tür und öffnete sie. Es war natürlich der Dachs. Der Priester rief voll Freude: »Du bist ja lebendig und gesund! Warum bist du so lange nicht mehr gekommen? Ich habe die ganze Zeit über voll Bangen auf dich gewartet.«
Der Dachs sprang in die Hütte und sagte: »Wenn Ihr das Geld für etwas Unzulässiges gebraucht hättet, hätte ich Euch mit Leichtigkeit so viel herbeischaffen können, wie Ihr nur gewollt hättet. Aber als ich hörte, das Geld solle einem Tempel vermacht werden, damit Eurer Seele Gebete gelesen werden, da dachte ich, ich könnte doch nicht eines anderen verborgenen Schatz stehlen. Denn Ihr könntet niemals solches Geld für einen heiligen Zweck nehmen, wenn eines anderen Menschen Sorge daran hinge. Darum ging ich auf die Insel Sado und durchsuchte den Sand und das Erdreich, das von den Bergleuten dort als nutzlos weggeworfen wird, und schmolz es noch einmal im Feuer. So habe ich diese langen Monate verbracht.«
Der Priester betrachtete das Gold und sah wohl, daß es ganz neu war und glänzte. Ehrfürchtig nahm er es entgegen und sagte: »So viel Arbeit und Plage hast du gehabt wegen meiner törichten Worte. Mein Herzenswunsch ist nun erfüllt, und ich bin dir wahrhaft dankbar.«
Nachdem er dem Dachs mit großer Höflichkeit und vielen Verbeugungen seinen Dank gesagt hatte, sprach das Tier: »Ich habe nur meinen eigenen Wunsch erfüllt, als ich das tat. Aber ich hoffe, daß du es keinem Menschen sagst, damit ich nicht gezwungen werde, für einen anderen diese Mühsal noch einmal auf mich zu nehmen.«
»Aber ich muß es ja erzählen«, erwiderte der Priester. »Wenn ich das Gold hier in meiner Hütte aufbewahre, können Diebe es rauben. Darum muß ich es entweder jemand anderem zur Aufbewahrung geben, oder ich muß es gleich dem Tempel überlassen. Und wenn ich dies tue, werden die Leute Verdacht schöpfen, denn wie sollte ein alter Priester eine solche Summe Geldes besitzen? Aber wenn ich ihnen berichte, wie es sich zugetragen hat, werde ich hinzufügen, daß dieser Dachs, von dem ich das Gold bekam, nicht mehr in meiner Hütte Unterschlupf sucht. Du brauchst also nicht zu fürchten, daß man dir auflauert, und kannst weiterhin hier vor der Kälte Schutz suchen.«
Damit war der Dachs einverstanden, und er kam, solange der alte Priester lebte, und verbrachte alle Winternächte mit ihm.

Der knisternde Berg

Es waren einmal ein alter Mann und eine alte Frau, die hielten sich einen weißen Hasen, und sie hingen sehr an diesem Tier. Eines Tages schlich sich ein Dachs heran, der in der Nähe seine Höhle hatte, und fraß das Futter, welches die alten Leute für den Hasen hinausgestellt hatten. Da wurde der alte Mann sehr zornig, er packte den Dachs und band ihn an einen Baum. Dann ging er auf den Berg, um dort Holz zu fällen. Die alte Frau blieb zu Hause, um das Mehl zu mahlen für den Brei, den sie am Abend aßen. Kaum war der alte Mann gegangen, fing der Dachs mit Tränen in den Augen zu bitten an: »Ach, liebe Frau, ich bitte Euch, laßt mich los, ach, ich bitte Euch.«

Die alte Frau, die kein Tier leiden sehen konnte, band ihn los. Kaum befand sich der undankbare Dachs in Freiheit, als er rief: »Das werdet Ihr mir noch büßen!« und war im Nu verschwunden.

Als der Hase das hörte, lief er schnell zum Berge hin, um den alten Mann zu warnen. Aber während er ihn suchte, kehrte der Dachs zurück und tötete die alte Frau.

Der alte Mann kam heim und war entsetzt über das, was er sah, und weinte und jammerte sehr. Unterdessen kam der Hase nach Hause. Als er sah, was sich ereignet hatte, beschloß er, den Tod seiner Herrin zu rächen. Er lief zum Berg zurück und begegnete dort dem Dachs, der ein Bündel Holz auf seinem Rücken trug. Da zündete der Hase einen Span an und setzte das Bündel in Feuer, aber er merkte wohl darauf, daß ihm der Dachs nicht zusehen konnte. Als der Dachs das knisternde Geräusch hörte, welches die brennenden Zweige auf seinem Rücken verursachten, rief er: »Was ist das für ein Geräusch?«

»Ach«, meinte da der Hase, »das ist der knisternde Berg. Hier hört man dieses Geräusch oft.«

Das Feuer brannte lustig weiter, und das Holz fing an, leise zu knallen und zu knacken. Wieder rief der Dachs: »Lieber Himmel, was ist denn das für ein Geräusch?«

»Das ist der knackende Berg«, erwiderte der Hase.

Da griff das Feuer plötzlich auf den Rücken des Dachses über und sengte ihm das Fell. Vor Schmerz laut heulend floh er und sprang in einen nahen Bach. Aber obschon das Wasser das Feuer löschte – sein Rücken war verbrannt und so schwarz wie Schlacke. Da fand der Hase eine neue Gelegenheit, den Dachs so zu schinden, wie es ihn gelüstete. Er lief nach Hause und bereitete einen Umschlag, den er mit einem Brei aus Cayennepfeffer bestrich. Den trug er nun zur Höhle des Dachses und stellte sich so, als bringe er da ein vortreffliches Heilmit-

tel gegen Verbrennungen. Der Hase legte seinem Feind den heißen Umschlag auf den geschundenen Rücken. Oh, wie der Pfeffer brannte! Wie das schmerzte! Und wie der Dachs schrie und jammerte!
Als der Dachs schließlich wieder gesund war, lief er zu dem Haus, wo der Hase wohnte, und wollte ihm Vorwürfe machen wegen der schrecklichen Schmerzen, die ihm dieser bereitet hatte. Als er hinkam, sah er, daß sich der Hase ein Boot gezimmert hatte.
»Wofür haben Sie sich das Boot gebaut, Herr Hase?« fragte der Dachs.
»Ich fahre damit zur Hauptstadt des Mondes«, erwiderte der Hase. »Wollen Sie mitkommen?«
»Ich habe noch genug von der Gesellschaft, die Sie mir am knisternden Berg leisteten, wo Sie mir so übel mitspielten. Lieber will ich mir selbst ein Boot machen.« So entgegnete der Dachs und ging gleich daran, sich ein Boot aus Ton zu fertigen.
Wie der Hase das sah, lachte er sich ins Fäustchen. Sie zogen ihre Boote in den Fluß, und die Wellen schlugen an die Bootswände. Das Schiffchen des Hasen war aus Holz, das des Dachses aus Ton, und wie sie den Fluß hinuntertrieben, zerbröckelte das tönerne Boot, und der Dachs ging unter.
Als der alte Mann hörte, daß der Tod seines Weibes gerächt war, liebte er den Hasen noch mehr als zuvor und hielt ihn als Haustier in hohen Ehren, solange er lebte.

Prinz Achmed und die Fee Peribanu

Im Mittelpunkt dieses persischen Märchens stehen drei edle Prinzen, Söhne eines indischen Sultans, eine schöne Prinzessin und eine noch schönere Fee. Alle drei Brüder lieben die Prinzessin, die unter der Obhut des Sultans aufwächst. In seiner Not ersinnt der Sultan ein Mittel, um den Sohn zu finden, der am würdigsten ist, die Prinzessin zu heiraten. Schließlich schlichtet die Fee den Streit der Brüder.

Es war einmal ein Sultan, der besaß drei Söhne. Der älteste Prinz hieß Hussein, der zweite Ali, der jüngste war Prinz Achmed genannt. Daneben wuchs aber auch noch eine Nichte des Sultans an seinem Hofe auf, sie hieß Nuronnibar.

Prinzessin Nuronnibar war die Tochter von des Sultans jüngerem Bruder. Dieser starb, als das Mädchen noch ein Kind war. Der Sultan nahm die Waise zu sich und ließ sie in seinem Schloß erziehen, zusammen mit den drei Prinzen. Wenn die Zeit gekommen war, wollte der Sultan seine Nichte einem Prinzen aus dem Nachbarland zur Frau geben. Eines Tages erkannte er, daß seine drei Söhne von leidenschaftlicher Liebe zu der Prinzessin ergriffen waren. Das erfüllte ihn mit großer Besorgnis, denn er sah die Schwierigkeiten voraus, die entstehen würden, wenn zwei Brüder dareinwilligen sollten, daß der dritte die Hand der Prinzessin erhielt. Der Sultan meinte, die beiden jüngeren Prinzen sollten nachgeben und das Mädchen dem ältesten Bruder lassen. Als er aber sah, daß sie damit nicht einverstanden waren, befahl er alle drei Söhne zu sich.

Und er sagte: »Liebe Kinder, da ihr euch nicht gütlich einigen konntet, wer die Hand der Prinzessin bekommen soll, wäre es wohl am besten, jeder von euch reiste in ein anderes Land, so daß ihr nicht miteinander streiten könnt. Wie ihr wißt, bin ich sehr neugierig und habe mein größtes Entzücken an allem Seltenen und Merkwürdigen. Ich verspreche daher die Prinzessin dem, der mir das Außergewöhnlichste zu bringen weiß. Für den Kauf und die Reise will ich jedem von euch eine Summe Geldes geben.«

Weil die drei Prinzen ihrem Vater stets gehorchten und jeder auch fest daran glaubte, das Schicksal werde ihm günstig sein, stimmten sie dieser Abmachung zu. Der Sultan gab ihnen das versprochene Geld, und noch am selben Tage ließen die drei Prinzen von ihren Dienern alles zur Reise vorbereiten und nahmen von ihrem Vater Abschied, denn sie wollten schon am nächsten Morgen abreiten. Da zogen sie zu dritt durch dasselbe Stadttor hinaus, jeder wie ein Kaufmann gekleidet, und mit ihnen ritten drei vertrauenswürdige Offiziere, die als Sklaven verkleidet waren. Sie waren mit allem Notwendigen wohlversehen und übernachteten in einer Herberge, hinter der sich die Straße in drei Gabelungen verzweigte. Während sie beim Nachtmahl saßen, kamen sie überein, sich übers Jahr in derselben Herberge wieder zu treffen, und wer zuerst hier erscheine, solle auf die beiden anderen warten. Da sie aber alle drei zur gleichen Zeit wegritten, war es wahrscheinlich, daß sie auch zur gleichen Zeit wiederkämen. Am anderen Morgen, bei Tagesanbruch, umarmten sie sich noch einmal, wünschten einander guten Erfolg, bestiegen ihre Pferde, und ein jeder ritt auf einer anderen Straße davon.

Prinz Hussein, der älteste Bruder, kam nach Bisnagar, der Hauptstadt eines Königreiches gleichen Namens, wo sich auch die Residenz des Herrschers befand. Der Prinz kehrte in einer Karawanserei ein, die für fremde Kaufleute bestimmt war. Dort erfuhr er, daß es vier Bezirke in der Stadt gebe, wo sich nur Geschäfte befänden und die verschiedenartigsten Kaufleute ihre mannigfaltigen Waren feilböten. In der Mitte des Marktplatzes befinde sich der Königspalast. Am nächsten Tag begab sich Prinz Hussein dorthin. Der Anblick des Platzes erfüllte sein Herz mit Bewunderung. Jeder der anliegenden vier Geschäftsbezirke teilte sich in viele überwölbte Straßen, die zwar von Sonnenlicht mit Helligkeit erfüllt, dennoch aber schattig und kühl waren. Die Kaufleute hatten je nach ihren Waren eine ganze Straße für sich, und jedes Geschäft war von gleicher Größe. Auch die Handwerker hatten, je nach dem Gewerbe, ihre eigenen Straßen, aber diese waren schmaler und weit weniger prächtig.

Man sah die mannigfachsten Waren ausgebreitet: feinstes Linnen aus Indien, in köstlichen Farben mit vielerlei Getier, Bäumen und Blumen bemalt; Seide und Brokat aus Persien und China; Porzellan aus Japan und China und die herrlichsten Gobelins. Prinz Hussein meinte beim Anblick all der Pracht, seine Augen trögen. Als er aber zu den Geschäften der Juweliere gelangte und die ungeheuer vielfältigen Goldschmiedewaren und Silberschalen sah, kannte seine Begeisterung keine Grenzen mehr. Er war vom Glanz der Perlen, Diamanten, Rubine und Smaragde und all der anderen Kostbarkeiten, die hier feilgeboten waren, geblendet.

Daneben erregten die zahllosen Rosenverkäufer des Prinzen Bewunderung. Überall in den Straßen waren sie anzutreffen, denn die Inder lieben Rosen über alles, und jeder möchte davon einen Strauß besitzen oder eine Girlande um den Hals tragen. Auch in den Geschäften standen überall große Krüge voll Rosen, und ihr Duft erfüllte die Räume.

Nachdem Prinz Hussein diesen einen Bezirk Straße für Straße durchwandert hatte, war sein Sinn ganz berauscht von all den Köstlichkeiten. Und weil er schon müde war, lud ihn ein Kaufmann ein, sich in seinem Laden niederzusetzen. Er hatte noch nicht lange dort gesessen, als er einen Ausrufer vorbeigehen sah, der einen kleinen Teppich über dem Arm trug, etwa sechs Fuß im Quadrat. Der Mann verlangte dreißig Beutel Gold dafür. Prinz Hussein rief ihn zu sich und wollte den Teppich näher betrachten, denn der Preis kam ihm für ein so kleines Stück und für das dünne Material unerhört hoch vor. Nachdem er sich den Teppich aufmerksam angesehen hatte, erklärte er dem Ausrufer, er könne nicht verstehen, warum ein so kleiner, unscheinbarer Teppich so teuer zu erstehen sein solle.
Der Ausrufer, welcher ihn für einen Kaufmann hielt, erwiderte: »Wenn Euch der Preis ungewöhnlich erscheint, so wird Euer Erstaunen noch wachsen, wenn Ihr hört, daß ich diesen Teppich nur für vierzig Beutel Gold hergeben darf und für keinen Heller weniger.«
Prinz Hussein entgegnete: »Es muß gewiß eine besondere Bewandtnis damit haben, von welcher ich nichts weiß.«
»Ihr habt es erraten!« antwortete der Ausrufer. »Die besondere Bewandtnis ist die: Wer immer sich auf diesen kleinen Teppich setzt, gelangt sogleich dorthin, wohin es ihn gelüstet, und kein Hindernis kann dem im Wege stehen.«
Da fiel dem Prinzen wieder ein, was der Zweck seiner Reise war, und er glaubte, keine ungewöhnlichere Kostbarkeit mehr finden zu können, als es dieser Teppich war.
»Wenn der Teppich wirklich die Fähigkeit besitzt, die du ihm zusprichst«, sagte er zu dem Ausrufer, »sollen mir vierzig Beutel Goldes nicht zuviel dafür sein, und du erhältst obendrein noch eine Belohnung.«
»Herr«, entgegnete der Ausrufer, »ich habe Euch die Wahrheit berichtet. Es wird ein leichtes sein, Euch davon zu überzeugen. Laßt uns den Handel mit vierzig Beuteln Goldes abschließen, unter der Bedingung, daß ich Euch das Wunder vorführe. Da ich aber annehme, daß Ihr nicht so viel Geld bei Euch habt, will ich mit Euch zu Eurer Unterkunft fliegen. Ich lege jetzt den Teppich auf den Boden. Sobald wir beide darauf Platz genommen haben, müßt Ihr den Wunsch aussprechen, zu Eurer Herberge gebracht zu werden. Werden wir nicht dorthin getragen, seid Ihr von dem Handel entbunden. Euer Geschenk will ich gern als Zeichen Eurer Gunst entgegennehmen, obgleich mich der Besitzer dieses Teppichs für meine Arbeit schon entlohnt hat.«
Der Prinz war mit diesen Bedingungen einverstanden, und so wurde der Handel abgeschlossen. Sie setzten sich auf den kleinen Teppich,

und kaum hatte der Prinz seinen Wunsch ausgesprochen, siehe da, schon befand er sich mitsamt dem Ausrufer in seinem Quartier. Da er keinen weiteren Beweis für die Zauberkraft des Teppichs verlangte, zahlte er dem Ausrufer die vierzig Beutel voll Gold und gab ihm noch zwanzig Goldstücke obendrein.
So wurde Prinz Hussein Besitzer dieses wunderbaren Teppichs. Er war überglücklich vor Freude, daß er in dieser kurzen Zeit seines Aufenthaltes in Bisnagar schon eine so seltene Kostbarkeit gefunden hatte, und er war überzeugt, damit die Hand Nuronnibars zu gewinnen. Denn er hielt es für unmöglich, daß seine beiden jüngeren Brüder etwas finden könnten, was diesem vergleichbar wäre. Nun hätte er vermöge seines Teppichs sogleich an dem vereinbarten Treffpunkt anlangen können, weil er aber dort doch nur hätte warten müssen, wie die Brüder es sich versprochen hatten, und weil er auch gern den König von Bisnagar und seinen Hofstaat gesehen hätte, beschloß er, noch einige Monate zu verweilen und seine Neugierde nach der Macht dieses Königtums, seinen Gesetzen, Bräuchen und seiner Religion zu befriedigen.
Die Zeit verging. Gern wäre Prinz Hussein noch länger am Hof von Bisnagar geblieben, aber sein Verlangen, Prinzessin Nuronnibar näher zu sein, war so groß, daß er den Teppich ausbreitete und sich mitsamt dem ihn begleitenden Offizier darauf setzte. Kaum hatte er seinen Wunsch geäußert, als sie auch schon zu dem Gasthof getragen wurden, wo er sich mit seinen Brüdern treffen wollte.
Der zweite Bruder, Prinz Ali, wollte nach Persien ziehen und wählte die Straße, die dahin führte. Bald schloß er sich einer Karawane an und erreichte nach vier Tagen die Stadt Schiras, die Hauptstadt des Königreiches. Dort wollte er einen Goldschmied aufsuchen. Am nächsten Morgen kleidete er sich an und ging in den Basar von Schiras.
Unter all den Marktschreiern, die mit ihren Waren die Straßen auf und ab zogen, fiel ihm vor allem einer auf, der trug ein eisernes Fernrohr, über einen Fuß lang und daumendick, das pries er für dreißig Beutel Gold an. Im Anfang hielt der Prinz den Mann für verrückt, aber da er es genau wissen wollte, trat er auf einen Kaufmann zu, welcher vor der Tür seines Geschäftes stand, und fragte diesen: »Verzeiht, Herr, ist dieser Mann dort verrückt? Ich wäre sehr verwundert, wenn er es nicht wäre.«
»Herr«, erwiderte der Kaufmann, »noch gestern war er ganz bei Sinnen, und ich kann Euch versichern, daß er einer der besten Ausrufer ist, die es hier gibt. Wenn etwas Besonderes verkauft werden soll, zieht man stets ihn heran. Wenn er das eiserne Fernrohr für dreißig Beutel Gold ausruft, so muß es ebensoviel, wenn nicht mehr wert

sein. Gleich wird er vorbeikommen, dann will ich ihn hereinholen, daß Ihr Euch selbst überzeugen könnt. Setzt Euch inzwischen auf das Sofa hier und ruht Euch aus.«

Prinz Ali nahm das freundliche Anerbieten des Kaufmannes gern an, und da kam auch schon der Marktschreier vorüber. Der Händler rief ihn beim Namen und sagte, indem er auf den Prinzen wies: »Erkläre diesem Herrn, was du dir dabei denkst, das eiserne Fernrohr für dreißig Beutel Goldes auszurufen. Es würde mich wirklich selbst interessieren, das zu hören!«

Der Marktschreier wandte sich an den Prinzen und sagte: »Herr, Ihr seid nicht der einzige, der mich wegen dieses Fernrohres für einen Narren hält. Aber urteilt selbst, wenn ich Euch die Eigenart dieses Rohres erklärt habe. Zuerst, Herr«, fuhr der Ausrufer fort und zeigte dem Prinzen das eiserne Rohr, »merkt, daß dieses Rohr an beiden Enden mit einem Glas versehen ist, und bedenkt, daß Ihr alles sehen könnt, was Euer Herz begehrt, wenn Ihr durch eines dieser Gläser schaut.«

»Darauf möchte ich wohl gern die Probe machen«, erwiderte der Prinz und fragte, während er das eiserne Rohr in Händen hielt: »Zeige mir, durch welches Glas ich schauen muß, damit ich meinen Wunsch erfüllt sehe.«

Der Ausrufer zeigte es ihm, und der Prinz schaute und wünschte sich dabei, er möge seinen Vater sehen – und sogleich erblickte er ihn, wie er auf seinem Thron saß inmitten seiner Räte und gesund und zufrieden aussah. Da ihm aber nichts auf der Welt so lieb war wie die Prinzessin Nuronnibar, so wünschte er sich auch, diese zu sehen. Und da war sie schon, in ihrem Ankleidezimmer, umgeben von ihren Hofdamen, lachend und in bester Laune. Da verlangte Prinz Ali keinen weiteren Beweis dafür, daß dieses Fernrohr das Wertvollste war, was es auf der Welt geben konnte. Und er war sicher, daß er eine größere Seltenheit gewiß nicht mehr finden würde. Deshalb nahm er den Marktschreier mit in seine Karawanserei, gab ihm das Gold und erhielt dafür das zauberische Fernrohr.

Überglücklich war nun Prinz Ali wegen dieses großartigen Kaufes, und er redete sich ein, seine beiden Brüder würden gewiß etwas Vergleichbares nicht auftreiben können und Prinzessin Nuronnibar werde die Seine. Sobald die Karawane sich auf den Rückweg machte, schloß er sich an und erreichte endlich die Herberge, gesund und ohne Zwischenfall und ohne andere Widrigkeiten als die einer langen, ermüdenden Reise. Im Gasthaus fand er Prinz Hussein vor, und sie warteten nun zusammen auf ihren Bruder Achmed.

Prinz Achmed war die Straße nach Samarkand geritten. Als er dort an-

gekommen war, hörte er einen Ausrufer, welcher einen Apfel für fünfundfünfzig Beutel Goldes anpries. Er hielt den Mann an und sagte zu ihm: »Zeigt mir den Apfel und erklärt mir seine außerordentlichen Eigenschaften, die einen so ungeheuren Preis rechtfertigen!«
»Herr«, erwiderte der Ausrufer und übergab ihm den Apfel, »wenn Ihr den Apfel nur von außen betrachtet, so ist er freilich wertlos, wenn Ihr aber seine Eigenschaften bedenkt, den großen Nutzen und die Wohltaten, welche er zu erweisen imstande ist, werdet Ihr sagen, fünfundfünfzig Beutel Goldes seien kein Preis dafür, und der, welcher den Apfel besitze, werde dadurch Herr über ein gewaltiges Vermögen. Rundheraus: der Apfel heilt alle kranken Menschen von den tödlichsten Krankheiten. Selbst wenn der Kranke schon im Sterben liegt, wird ihm dieser Apfel sogleich zu voller Gesundheit verhelfen. Er braucht nur an dem Apfel zu riechen.«
»Wenn das wirklich wahr ist, hat dieser Apfel allerdings wunderbare Fähigkeiten«, entgegnete der Prinz. »Aber das mußt du mir erst zeigen, damit ich es glauben kann.«
»Herr«, erwiderte der Ausrufer, »den Apfel kennt man in ganz Samarkand, und alle Leute glauben an ihn. Fragt alle Händler, denen Ihr hier begegnet, und hört Euch an, was sie sagen. Manche unter ihnen werden Euch erzählen, daß sie nicht mehr am Leben wären, hätten sie nicht schon an dem Apfel gerochen. Er ist die Frucht langen Studiums und vieler Experimente eines berühmten Philosophen dieser Stadt. Er hat sein ganzes Leben dem Studium und der Erkenntnis pflanzlicher und mineralischer Kräfte gewidmet und zuletzt diesen Apfel gezüchtet, mit dessen Hilfe er viele überraschende Heilungen zustande brachte. Er selbst aber starb ganz plötzlich, noch ehe er das Heilmittel bei sich selbst anwenden konnte. Er hinterließ ein Weib und viele kleine Kinder. Sie befinden sich in Not, darum will die Frau den Apfel verkaufen.«
Unterdessen hatten sich viele Menschen um sie angesammelt, die dem Handel zusahen und des Ausrufers Worte bestätigten. Einer dieser Leute sagte, er habe einen Freund, der gefährlich erkrankt sei und dessen Leben man bereits aufgegeben habe, dies sei eine günstige Gelegenheit für den Prinzen, die Probe auf die wunderbare Eigenschaft des Apfels zu machen. Da sagte Prinz Achmed zu dem Marktschreier, er werde vierzig Beutel voll Gold geben, wenn er den Kranken heile.
Der Ausrufer entgegnete: »Kommt, Herr, wir wollen den Kranken wieder gesund machen. Darnach soll der Apfel Euch gehören, und ich kann Euch versichern, daß er immer nach Eurem Wunsche handeln wird.«

Die Heilung gelang, und der Prinz bezahlte dem Ausrufer die vierzig Beutel voll Gold und empfing den Apfel. Geduldig wartete er, bis die nächste Karawane nach Indien zog, schloß sich ihr an und erreichte glücklich und gesund die Herberge, in welcher seine beiden Brüder bereits auf ihn warteten.
Als die drei Prinzen wieder beisammen waren, zeigten sie einander ihre Schätze. Aber wie bestürzt waren sie, als sie durch das Fernrohr schauten und sehen mußten, daß Prinzessin Nuronnibar im Sterben lag! Gleich setzten sie sich auf den kleinen Teppich und wünschten sich zu ihr, und im nächsten Augenblick waren sie auch schon dort.
Kaum war Prinz Achmed in Nuronnibars Schlafzimmer, als er auch schon an das Bett der Prinzessin eilte und ihr den Apfel unter die Nase hielt. Einige Augenblicke darnach schlug die Prinzessin ihre Augen auf, wandte den Kopf von einer Seite zur anderen und betrachtete alle Leute, die um sie herumstanden. Dann setzte sie sich auf und bat, man möge ihr beim Ankleiden helfen, gerade so, als sei sie aus einem besonders tiefen und langen Schlaf erwacht. Die Hofdamen aber erklärten ihr, daß sie den drei Prinzen für ihre plötzliche Genesung danken müsse, vor allem dem Prinzen Achmed. Und die Prinzessin dankte allen und versicherte ihnen, wie sehr sie sich freue, sie alle wiederzusehen. Besonders dankte sie dem Prinzen Achmed.
Während die Prinzessin sich ankleidete, gingen die drei Prinzen zu ihrem Vater und wollten sich vor ihm niederwerfen und ihm ihre Ergebenheit bekunden. Aber als sie zu ihm kamen, sahen sie, daß der Prinzessin oberster Eunuch dem König bereits alles berichtet hatte. Der Sultan umarmte seine Söhne und empfing sie mit herzlichster Freude, denn ihn beglückte ihre Rückkehr ebensosehr wie die Heilung der Prinzessin, welche er wie eine Tochter liebte. Nach den Begrüßungszeremonien wies jeder der drei Prinzen seine Kostbarkeit vor – Prinz Hussein den Teppich, Prinz Ali das eiserne Fernrohr und Prinz Achmed den Wunderapfel. Sie legten die Entscheidung in des Sultans Hände und baten ihn, über ihr Schicksal den Spruch zu fällen: wem unter den drei Prinzen er, seinem väterlichen Versprechen gemäß, die Prinzessin Nuronnibar zur Frau geben wolle.
Nachdem der Sultan sich von seinen Söhnen hatte berichten lassen, was es mit ihren seltenen Kostbarkeiten und der Rettung der Prinzessin auf sich habe, schwieg er lange und dachte angestrengt nach.
Endlich hub er zu sprechen an: »Wie gern gäbe ich sie einem von euch, meine Söhne, wenn ich gerecht sein könnte. Aber sagt selbst, kann ich es sein? Es ist wahr, Achmed, die Prinzessin dankt ihre Heilung deinem wunderbaren Apfel. Aber hättest du ihr Leben retten können, wenn du nicht durch das Fernrohr deines Bruders Ali die Gefahr gese-

hen hättest und wenn dich nicht der Teppich deines Bruders Hussein sofort hierhergebracht hätte?
Dein Fernrohr, mein Sohn Ali, zeigte dir und deinen Brüdern, daß Prinzessin Nuronnibar auf den Tod krank war, deshalb schuldet ihr alle dem Fernrohr großen Dank. Aber du mußt auch zugeben, daß dein Fernrohr allein nichts genützt hätte ohne den wundertätigen Apfel und den Teppich.
Und endlich zu dir, mein Sohn Hussein: die Prinzessin wäre sehr undankbar, wenn sie den Dienst deines Teppichs nicht würdigte, der so notwendig war für die Rettung. Aber bedenke, wie wenig dein Teppich genützt hätte, hättest du nicht durch das Fernrohr deines Bruders von ihrer Krankheit Kunde bekommen und hätte nicht dein Bruder Achmed den wunderbaren Apfel besessen. Da weder der Teppich noch das eiserne Fernrohr, noch der wunderbare Apfel Vorrang besitzen, sondern im Gegenteil allen drei Dingen gleiche Bedeutung zukommt, kann ich keinem von euch die Prinzessin versprechen, und die einzige Frucht eurer Reise ist der Ruhm, daß ihr alle der Prinzessin in gleichem Maße die Gesundheit wiedergeschenkt habt.
Darum müßt ihr einsehen«, fuhr der Sultan fort, »daß ich zu anderen Mitteln greifen muß, um die Wahl unter euch entscheiden zu können. Geht hinaus auf das weite Feld, wo die Pferde eingeritten werden! Nehmt auch Pfeil und Bogen mit euch! Ich erkläre hiermit, daß ich dem die Prinzessin zur Frau geben werde, der am weitesten mit seinem Pfeile trifft.«
Gegen diesen Beschluß des Sultans hatten die drei Prinzen nichts einzuwenden. Sie verließen ihren Vater, und jeder stattete sich mit Pfeil und Bogen aus und ging auf den Platz hinaus, welcher für die Austragung ihres Wettkampfes vorgesehen war. Und mit ihnen zogen viele Menschen, die das Schauspiel sehen wollten.
Als auch der Sultan erschienen war, nahm Prinz Hussein, der Älteste, Pfeil und Bogen und gab den ersten Schuß ab. Nach ihm schoß Prinz Ali, und er traf viel weiter als sein Bruder. Zuletzt spannte Prinz Achmed seinen Bogen, aber da geschah es, daß niemand sehen konnte, wohin sein Pfeil gefallen war. Man erblickte ihn nirgends, nicht nah, nicht fern. Und obwohl man glaubte, daß er am weitesten geschossen habe und deshalb ihm die Hand der Prinzessin gebühre, konnte dies nicht bewiesen werden. Der Sultan entschied zugunsten des Prinzen Ali und ließ auch sogleich die Hochzeit vorbereiten. Wenige Tage darauf wurde das Fest mit großer Pracht begangen.
Prinz Hussein wollte nicht dabeisein, sein Gram war so tief, daß er den Hof sogleich verließ und auf alle Rechte eines ältesten Sohnes verzichtete, um Einsiedler zu werden. Auch Prinz Achmed fehlte beim

Hochzeitsfest, doch schwor er auch der Welt nicht ab. Er war entschlossen, den Pfeil zu suchen, den sein Bogen entsandt hatte. Heimlich stahl er sich von seinen Dienern fort und ging zuerst zu dem Platz, wo die Pfeile der Prinzen Hussein und Ali gefunden worden waren. Von dort wanderte er immer weiter, wobei er aufmerksam nach links und nach rechts sah, um den verlorenen Pfeil zu finden. Und je weiter er kam, desto mehr verlor er die Hoffnung, ihn jemals wiederzufinden. Und doch konnte er nicht anders, als immer weiterschreiten, bis er endlich in einer öden Umgebung zu steil abfallenden Felsen kam, etwa vier Meilen von dem Platz, von dem er seine Wanderung begonnen. Am Fuß dieser Felsen fand er einen Pfeil. Er hob ihn auf und betrachtete ihn genau. Wie groß war sein Erstaunen, als er feststellte, daß dies der Pfeil war, welchen er abgeschossen. Gewiß kann kein Mensch, weder ich noch ein anderer, so weit mit einem Pfeil treffen! sagte er bei sich. Weil aber der Pfeil flach am Boden gelegen hatte und nicht darin gesteckt war, nahm Prinz Achmed an, er müsse an dem Felsen abgeprallt sein. Das kann nicht mit rechten Dingen zugegangen sein, dachte er. Vielleicht war es zu meinem Besten, vielleicht hat das Schicksal selbst meinen Pfeil hierher fliegen lassen, um mich für den Verlust dessen zu entschädigen, was ich für mein größtes Glück gehalten habe.

In die Felsen führten viele Höhlen, manche davon waren sehr tief. Der Prinz betrat eine dieser Felsenhöhlen, und als er sich darin umsah, entdeckte er eine eiserne Tür, die nicht verschlossen schien. Wie er ein wenig dagegen stieß, öffnete sie sich, und dahinter tat sich ein sanft abwärts führender Weg auf, welchen er hinabstieg, den Pfeil noch immer in der Hand haltend. Zuerst war es dunkel und dämmerig, als er aber weiter voranging, sah er einen Lichtschein vor sich. Auf einmal mündete der schmale Gang in einen großen weitgedehnten Platz, und fünfzig Schritte weiter erblickte er einen prächtigen Palast. Und da kam auch schon eine wunderschöne Frau auf ihn zu, mit majestätischem Gebaren und von vielen Damen begleitet. Alle waren so herrlich gekleidet und so schön von Gestalt, daß es schwer war, zu entscheiden, welcher der Vorrang gebührte. Als Prinz Achmed die schöne Frau erblickte, verbeugte er sich gleich. Die Schöne aber redete ihn an: »Kommt näher, Prinz Achmed, Ihr seid willkommen.«

Des Prinzen Verwunderung war nicht gering, als er in einer Umgebung, welche er noch nicht einmal vom Hörensagen kannte, seinen Namen aussprechen hörte. Er konnte sich nicht erklären, wie er einer Dame bekannt sein könne, welche ihrerseits ihm gänzlich fremd war. Prinz Achmed erwiderte die Freundlichkeit der schönen Frau, indem er sich ihr zu Füßen warf. Nachdem er sich wieder erhoben hatte, sprach er: »Ich danke Euch tausendmal für den freundlichen Willkommensgruß, edle Herrin. Aber darf ich mich unterfangen, Euch zu fragen, durch welchen Zufall Ihr von mir Kenntnis habt und warum Ihr mir ganz fremd seid, obgleich Euer Schloß nicht weit von dem meines Vaters gelegen ist?«

»Kommt mit in meinen Palast, dort will ich Euch alles erklären, mein Prinz«, erwiderte die schöne Frau.

Sie führte ihn in ihr Schloß, setzte sich auf ein Sofa und bat den Prinzen, neben ihr Platz zu nehmen. Dann sprach sie: »Ohne Zweifel wißt Ihr, was Eure Religion Euch zu glauben lehrt: daß diese Welt nicht nur von Menschen, sondern auch von Geistern bewohnt ist. Ich bin die Tochter eines der mächtigsten Geisterfürsten, mein Name ist Peribanu. Ihr schient mir eines besseren Schicksales würdig als der Heirat mit Prinzessin Nuronnibar. Wie Ihr Euren Bogen spanntet und den Pfeil zum Fluge schicktet, war ich gegenwärtig. Ich wußte, Euer Pfeil würde nicht weiter treffen als der Eures Bruders Hussein. Darum fing ich ihn in der Luft und trug ihn bis hierher, wo Ihr ihn fandet. Nun liegt es in Eurer Macht, diese günstige Gelegenheit zu Eurem Glücke zu nützen.« Während die Fee Peribanu diese letzten Worte aussprach, nahm ihre Stimme einen zärtlichen Klang an, und ihre Wangen röteten sich leise, als sie den Prinzen ansah. Der Prinz verstand wohl, was für ein Glück sie meinte. Da bedachte er, daß ihm die Prinzessin Nuronnibar nie mehr gehören könne und daß die Fee Peribanu sie bei weitem an Schönheit, Freundlichkeit und Klugheit übertreffe – und wohl auch an Reichtum, wenn er nach der Pracht des Schlosses schließen durfte. Er segnete den Augenblick, in dem ihm eingefallen war, noch einmal nach seinem Pfeil zu suchen, und sich seiner Liebe ergebend, erwiderte er: »Herrin, ich würde mich für den reichsten Menschen unter der Sonne halten, wenn ich mein ganzes Leben dem Glück weihen dürfte, Euer Sklave zu sein und der Bewunderer all Eures Zaubers, welcher meine Seele entzückt. Vergebt mir die Kühnheit, dies auszusprechen, aber verweigert nicht einem Prinzen, welcher Euch ganz ergeben ist, die Gunst, an Eurem Hofe zu leben.«

Die Fee antwortete darauf: »Prinz, wollt Ihr mir nicht Treue geloben, wenn ich Euch Treue gelobe?«

»Ja, Herrin«, entgegnete der Prinz voller Freude, »was könnte ich lieber tun? Ja, meine Sultanin, meine Königin, ich will Euch mein ganzes Herz schenken und nichts mehr für mich behalten.«

»Dann sollt Ihr mein Gemahl sein und ich Eure Gemahlin«, erwiderte die Fee. »Aber Ihr habt gewiß heute noch gar nichts gegessen! Ich lasse Euch eine kleine Mahlzeit bringen, unterdessen wird unsere Hochzeit vorbereitet, sie soll noch heute abend gefeiert werden.«

Gleich eilten einige Dienerinnen aus dem Saal und kehrten bald darauf mit köstlichem Braten und herrlichem Weine wieder. Nachdem Prinz Achmed alles verzehrt hatte, führte ihn die Fee Peribanu durch ihre Gemächer, da sah er Diamanten und Rubine, Smaragde und andere kostbare Juwelen, Perlen, Achate, Jaspisse, Porphyre und die kostbarsten Marmorsorten. Der Prinz gestand, daß er so viel Pracht nicht einmal hätte träumen können.

Die Fee erwiderte: »Was würdet Ihr da erst zu den Palästen unseres Geisterfürsten sagen, die tausendmal schöner und größer sind als mein Schloß, welches Ihr so sehr bewundert? Gewiß würden Euch auch meine Gärten entzücken, aber wir wollen sie ein andermal besuchen. Die Nacht bricht schon herein, und wir wollen zu Abend essen.«

Das letzte Gemach, in welches ihn die Fee führte, war ein riesiger Saal. Dort war schon die Tafel für das Fest gedeckt. Beim Eintreten bewunderte der Prinz die zahllosen Leuchter, in denen Wachskerzen einen zarten Ambraduft verströmten. Die Lichter waren so aufgestellt, daß kein verwirrender Eindruck entstand, sondern vielmehr eine liebliche Ordnung zu erkennen war. Ein großer Tisch war gedeckt mit den verschiedensten goldenen Tellern und Platten, deren kunstvolle Goldschmiedearbeit noch viel kostbarer war als ihr Material. Dann hub ein Konzert an, mit herrlich klingenden Instrumenten und Chören. Als sie sich zu Tisch setzten, legte die Fee Peribanu dem Prinzen das beste Fleisch vor, und es schmeckte ihm so gut, daß er ihre Küche überschwenglich lobte. Er sagte ihr auch, die Tafelmusik sei lieblicher, als Menschen sie je hätten erfinden können. Der Nachtisch bestand aus feinstem Zuckerwerk und Früchten, und darnach tranken sie den besten Wein, den der Prinz je gekostet hatte. Die Hochzeitsfeier dauerte bis zum anderen Tage, und auch an allen folgenden Tagen schien dem Prinzen alles festlich.

So vergingen sechs Monate. Da überkam den Prinzen, der seinen Vater nicht vergessen hatte, große Sehnsucht und das Verlangen zu wissen, wie es ihm ergehe. Aber dieses Verlangen konnte nicht gestillt werden, wenn er ihn nicht besuchte. Darum erzählte Prinz Achmed der Fee von seiner Sehnsucht und bat sie, ihn ziehen zu lassen.

»Geht, wenn Euch darnach ums Herz ist, Prinz Achmed«, erwiderte die Fee. »Aber nehmt es mir nicht übel, wenn ich Euch für Euer Verhalten Ratschläge erteile. Ihr dürft Eurem Vater nichts von unserer Heirat erzählen, auch nichts davon, wer ich bin und wo ich wohne. Bittet ihn, damit zufrieden zu sein, daß er Euch glücklich weiß, und nichts weiter von Euch zu erfragen. Sagt ihm, der einzige Grund Eures Kommens sei es, ihn von Eurem Wohlergehen zu unterrichten.«

Sie rüstete zwanzig Edle für ihn aus, wohlgekleidet und auf guten Pferden, die sollten ihn begleiten. Als alles bereit war, nahm Prinz Achmed Abschied von der Fee, umarmte sie und versprach, bald wiederzukehren. Dann wurde ihm sein Pferd übergeben, so prächtig ausgestattet und von so edler Rasse wie nur irgendeines aus des Sultans Ställen, und es war ein anmutiges Bild, wie er nun zu Pferde saß. Noch einmal sagte er der Fee zärtlich Lebewohl, dann machte er sich auf die Reise.

Bald erreichte er die Hauptstadt seines Vaters, denn die war nicht weit von dem Feenschloß entfernt. Das Volk freute sich, als es den Prinzen wiedersah, empfing ihn mit Jubel und begleitete ihn bis vor den Palast des Sultans. Der Sultan begrüßte seinen jüngsten Sohn voller Freude und beklagte die lange Abwesenheit seines geliebten Kindes.

Der Prinz erzählte von seinen Abenteuern, ohne jedoch die Fee zu erwähnen, denn so hatte er es versprochen, und sagte schließlich: »Ich bitte Eure Majestät nur um eine Gunst: Euch oft besuchen zu dürfen, um Euch meine Verehrung zu erweisen und mich Eurer Gesundheit zu versichern.«

»Mein Sohn«, entgegnete der Sultan von Indien, »ich vermag dir diese Bitte nicht abzuschlagen, aber tausendmal lieber wäre mir, wenn du dich entschlössest, bei mir zu bleiben. Sag mir wenigstens, wohin ich dir Botschaft senden kann, wenn du mich einmal nicht besuchst oder wenn ich deiner Nähe bedarf.«

»Was Ihr zu wissen begehrt, Majestät, ist ein Teil des Geheimnisses, von dem ich Euch erzählte. Ich bitte Euch, erlaubt mir, davon zu schweigen, denn ich werde gewiß so oft kommen, daß ich eher fürchte, Euch zur Last zu fallen, als wegen Vernachlässigung gescholten zu werden.«

Da drang der Sultan nicht weiter in ihn, sondern sagte: »Mein Sohn, ich will in deine Geheimnisse nicht eindringen, vielmehr dir Freiheit gewähren. Du kannst mir kein größeres Vergnügen bereiten, als mich oft zu besuchen und mich für deine lange Abwesenheit ein wenig zu entschädigen. Stets wirst du mir willkommen sein.«

Der Prinz verweilte drei Tage am Hofe seines Vaters, dann kehrte er zur Fee Peribanu zurück.

Einen Monat darnach sagte die Fee zum Prinzen Achmed: »Habt ihr den Sultan, Euren Vater, vergessen, mein Prinz? Erinnert Ihr Euch nicht mehr des Versprechens, welches Ihr ihm gegeben habt: ihn oft zu besuchen? Ich habe nicht vergessen, was Ihr mir davon bei Eurer Rückkehr erzähltet, und darum rufe ich es Euch jetzt ins Gedächtnis zurück!«

Am anderen Morgen zog Prinz Achmed fort, noch prächtiger ausge-

rüstet als das erste Mal, und der Sultan empfing ihn wieder mit der gleichen Freude wie das erste Mal. So ging es über einige Monate hin, der Prinz wiederholte seine Besuche, und jedesmal war seine Ausstattung prächtiger als das vorige Mal. Das fiel einigen Wesiren, bevorzugten Ratgebern des Sultans, wohl auf, und nun gingen sie zu ihm und wollten ihn eifersüchtig auf den Prinzen Achmed machen. Sie behaupteten, der Prinz wolle das Volk verführen, sich in seine Gunst einschleichen und den Sultan, seinen Vater, entthronen.
Aber der Sultan dachte nicht daran, seinem Sohn einen so schrecklichen Plan zuzutrauen. Er sagte zu seinen Räten: »Ihr irrt. Mein Sohn liebt mich, und ich bin überzeugt von seiner Liebe und Treue.«
Die Wesire aber fuhren fort, Prinz Achmed zu schmähen, bis der Sultan endlich sagte: »Ich glaube nicht, daß mein Sohn Achmed so böse ist, wie Ihr mir einreden wollt. Aber ich bin Euch dennoch zu Dank verpflichtet für Eure guten Ratschläge, und ich bezweifle nicht, daß sie guten Absichten entspringen.«
Ohne seinem Großwesir etwas davon zu sagen, entschloß sich der Sultan, Prinz Achmed beobachten zu lassen. Er schickte nach einer Zauberin, die sich heimlich in seine Gemächer stahl. Ihr trug er auf: »Geh meinem Sohn sogleich nach, wenn er sich von mir verabschiedet. Laß ihn nicht aus den Augen, ergründe, wo er lebt, und überbringe mir die Nachricht.«
Die Zauberin ging, und weil sie wußte, wo Prinz Achmed seinen Pfeil gefunden hatte, eilte sie sogleich dorthin und versteckte sich hinter einem Felsen.
Am nächsten Morgen, bei Tagesanbruch, verabschiedete sich Prinz Achmed von seinem Vater und ritt zurück.
Die Zauberin sah ihn wohl kommen und ließ ihn auch nicht aus den Augen, aber er war plötzlich verschwunden, mitsamt seinen Begleitern. Die Zauberin meinte, der Prinz sei entweder in eine Höhle geschlüpft oder von einer Fee oder einem Geisterfürsten aufgenommen worden. Sie kam aus ihrem Versteck und sah sich überall um, aber sie konnte beim besten Willen nirgends eine Öffnung erblicken. Das eiserne Tor, welches Prinz Achmed entdeckt hatte, konnte nämlich nur von dem gefunden und aufgeschlossen werden, der der Fee Peribanu willkommen war. Als die Zauberin einsah, daß es keinen Sinn habe, weiterzusuchen, gab sie sich mit dem zufrieden, was sie herausgefunden, und eilte zum Sultan zurück, um ihm alles mitzuteilen.
Der Sultan war sehr zufrieden mit ihr und sprach: »Tu weiterhin, was du für richtig hältst. Ich warte in Geduld auf deine Berichte.« Und um sie anzuspornen, schenkte er ihr einen großen Diamanten, welcher sehr wertvoll war.

Seit Prinz Achmed die Erlaubnis der Fee, jeden Monat seinen Vater zu besuchen, erhalten, hatte er niemals mehr versäumt, am Hofe des Sultans von Indien einzukehren. Einen Tag vor einem dieser Besuche schlich die Zauberin wieder zum Fuß jener Felsen und wartete dort die ganze Nacht über.
Am Morgen darauf kam Prinz Achmed wie gewöhnlich aus dem eisernen Tor, wieder begleitet von seinen Dienern. Da erblickte er die Zauberin mit dem Kopf auf dem harten Gestein liegend und laut stöhnend vor Schmerzen. Voll Mitleid hielt er sein Pferd an, um sie zu fragen, was ihr fehle.
Die listige Hexe sah den Prinzen mit einem Blick an, der Steine hätte erweichen können, und ohne ihren Kopf zu heben, sagte sie mit gebrochener Stimme, sie sei auf dem Wege zur Hauptstadt und hier plötzlich von einem heftigen Fieber befallen worden, ihre Kräfte hätten sie verlassen und sie habe sich hier niederlegen müssen, wo nirgends Hilfe zu finden sei.
»Gute Frau«, erwiderte der Prinz, »Hilfe ist dir näher, als du glaubst. Ich werde dir beistehen und dafür sorgen, daß du dorthin gebracht wirst, wo man dich schnell heilen kann. Steh auf, einer meiner Leute wird dich auf sein Pferd setzen.«
Diesem hilfreichen Anerbieten konnte sich die Alte nicht widersetzen, obgleich sie ihre Krankheit nur vortäuschte. Einer der Diener hob sie zu sich aufs Pferd und setzte sie hinter sich, so folgten sie dem Prinzen, der zurück zum eisernen Tor ritt, und so gelangten sie in den Vorhof des Feenpalastes. Ohne von seinem Pferde zu steigen, befahl Prinz Achmed einem seiner Männer, der Fee Peribanu zu sagen, daß er sie zu sprechen wünsche.
Eilig kam diese herbei, denn sie war sehr verwundert über des Prinzen rasche Rückkehr. Doch Prinz Achmed ließ ihr keine Zeit zu fragen, sondern sprach sogleich: »Prinzessin, ich bitte Euer Herz um Erbarmen mit dieser alten Frau.« Dabei wies er auf die Zauberin, die von zweien seiner Diener auf dem Pferd gehalten wurde. »Ich fand sie in dieser üblen Verfassung und versprach ihr Hilfe, die Ihr gewiß nicht verweigern werdet.«
Während seiner Worte betrachtete die Fee die falsche Kranke unausgesetzt, und als er geendigt hatte, rief sie zwei ihrer Frauen und trug ihnen auf, die Alte in das Schloß zu bringen und für sie zu sorgen.
Und während die beiden Frauen die Befehle der Fee ausführten, trat Peribanu an den Prinzen heran und flüsterte ihm zu: »Die Alte ist nicht so krank, wie sie sich stellt, mein Prinz. Ich fürchte, sie ist eine Betrügerin, durch welche Euch viel Ungemach erwächst. Aber fürchtet Euch nicht, ich werde Euch aus allen Fallstricken lösen, in

welchen man Euch fangen will. Und nun geht und setzt Eure Reise fort.«
Die Worte der Feenkönigin erschreckten Prinz Achmed nicht. Er sprach: »Liebste Prinzessin, ich kann mich an kein Unrecht erinnern, welches ich einem Menschen getan haben könnte, und ich glaube auch nicht, daß mir jemand Unrecht zufügen will.«
Inzwischen hatten die beiden Feen die Hexe in ein prächtig ausgestattetes Zimmer geführt. Sie legten sie auf ein Sofa und stützten ihren Rücken mit Goldbrokatkissen und gaben ihr eine Decke aus goldbestickter Seide und ein Bettuch aus feinstem Linnen. In dieses Bett legten sie die Alte, die sich so krank stellte, daß sie sich selbst kaum rührte. Eine der beiden Feen verschwand darauf und kehrte bald mit einer Tasse zurück.
»Trinkt dies«, sagte sie, »es ist Wasser aus dem Löwenbrunnen, das beste Mittel gegen Fieber. Ihr werdet den Erfolg spüren, noch ehe eine Stunde vorüber ist.«
Die Alte zierte sich noch eine Weile, aber schließlich legte sie den Kopf zurück und leerte die ganze Tasse mit einem Zug. Darnach deckten die beiden Feen sie zu und sagten: »Bleibt ruhig liegen und schlaft ein wenig, wenn Ihr könnt. Wir lassen Euch jetzt allein und hoffen, daß wir Euch geheilt wiederfinden, wenn wir in einer Stunde nach Euch sehen.«
Nach einer Stunde kamen die beiden Feen und sahen die Alte angekleidet auf dem Bett sitzen. »Was für ein großartiger Trank!« rief sie. »Er hat mir noch viel schneller Heilung gebracht, als Ihr mir sagtet. Jetzt kann ich meinen Weg wieder fortsetzen.«
Die beiden Feen führten sie durch viele Räume, die alle noch viel prächtiger waren als der, in welchem die Zauberin gelegen hatte, bis sie in einen großen Saal gelangten, den prächtigsten, welchen das Schloß aufzuweisen hatte.
Dort saß Peribanu auf einem goldenen Thron, der mit Diamanten und Rubinen geschmückt war und mit Perlen von nie gesehener Größe, und die Feenkönigin war von einer großen Anzahl von Dienerinnen umgeben, alle schön von Antlitz und Gestalt und herrlich gekleidet. Der Anblick raubte der alten Zauberin fast den Atem, und sie war so entzückt, daß sie sich der Königin zu Füßen warf und gar keine Worte für ihren Dank finden konnte. Da sprach Peribanu: »Gute Frau, ich freue mich, daß ich dir helfen konnte und daß du jetzt deine Reise fortsetzen kannst. Aber vielleicht willst du zuvor noch mein Schloß sehen. Folge meinen Hofdamen, sie werden dir alles zeigen.«
Nachdem die Zauberin wieder zurückgekehrt war, berichtete sie dem Sultan alles, was geschehen war und wie reich Prinz Achmed durch

seine Heirat mit der Feenkönigin geworden war, reicher als alle Könige der Welt, und wie groß die Gefahr sei, daß er komme und seinem Vater, dem Sultan, den Thron raube.
Obgleich der Sultan von Indien in seinem Herzen wußte, daß Prinz Achmed guten Gemütes war, verwirrten ihn die Worte der alten Zauberin. Und als sie sich von ihm verabschiedete, sagte er: »Ich danke dir für die Mühen, welche du um meinetwillen auf dich genommen hast, und für deinen guten Rat. Ich werde seiner eingedenk bleiben und mit meinen Ministern die Sache erwägen.«
Die mißtrauischen Ratgeber des Sultans meinten, der Prinz müsse getötet werden, aber die Zauberin riet anders: »Verlangt von ihm alle möglichen herrlichen Dinge, die er Euch nur mit Hilfe der Feenkönigin wird beschaffen können. Er wird ihr dadurch lästig werden, und sie wird ihn wegschicken. Wenn Eure Majestät zum Beispiel in den Krieg zieht, so habt Ihr große Kosten für die Zelte und Pavillons, auch für Maultiere und Kamele, welche diese Lasten tragen müssen. Verlangt von Prinz Achmed, daß er Euch ein Zelt beschaffe, so groß, daß es Euer ganzes Heer bei schlechtem Wetter bergen kann, und so klein, daß es in eines Mannes Hand Platz findet.«
Da fragte der Sultan seine Minister, ob sie einen besseren Vorschlag als die Zauberin hätten, da sie aber schwiegen, folgte er ihrem Rat.
Als Prinz Achmed am anderen Tag vor ihm erschien, tat der Sultan, wie es die Zauberin gewollt. Nie hätte Prinz Achmed von seinem Vater geglaubt, daß er dergleichen von ihm fordern würde, etwas in der Tat Unmögliches! Obgleich er nicht wußte, wie groß die Macht der Geister und Feen war, bezweifelte er, daß sie ihm ein solches Zelt beschaffen könnten, wie sein Vater es wünschte.
Schließlich antwortete er seinem Vater: »Ich will meine Frau Gemahlin gern um die Gunst bitten, welche Eure Majestät begehrt, aber ich kann Euch nicht versprechen, ob Euer Wunsch erfüllbar ist. Sollte ich nicht wiederkehren, um Euch meine Verehrung auszudrücken, so wißt Ihr, daß mir kein Erfolg beschieden war. Darum laßt mich im voraus Eure Verzeihung erflehen und Euch zu bedenken geben, daß Ihr selbst mich in diese Lage gebracht habt.«
»Mein Sohn«, erwiderte der Sultan von Indien, »ich wäre sehr traurig, wollte mir mein Begehren das Mißvergnügen einbringen, dich nie mehr wiederzusehen. Ich meine jedoch, daß du dich der Macht noch nicht bewußt bist, welche ein Mann über sein Weib hat. Würde deine Gemahlin nicht deinem Wunsche willfahren, so zeigte sie damit wenig Liebe, denn für sie, die mit der Macht der Feen ausgestattet, ist dieser Wunsch nur eine Kleinigkeit.«
Tief bekümmert kehrte der Prinz in das Feenreich zurück, denn er

fürchtete, seine Gemahlin zu beleidigen. Sie aber ließ ihm keine Ruhe, bis er ihr endlich den Grund seiner Traurigkeit erzählte: »Herrin, gewiß habt Ihr bemerkt, daß ich allzeit mit Eurer Liebe zufrieden war und Euch nie um eine Vergünstigung gebeten habe. Bedenkt, ich bitte Euch, daß nicht ich es bin, sondern mein Vater, der Sultan von Indien, der den unbescheidenen Wunsch nach einem Zelt trägt, groß genug für seine ganze Armee und doch so klein, daß ein Mann es in seiner Hand halten kann. Bitte, vergeßt nicht, daß mein Vater solches von Euch erbittet.«
»Mein Prinz«, lächelte die Fee, »es tut mir leid, daß Euch eine so geringe Sache Kummer bereitet.«
Dann ließ die Feenkönigin ihre Schatzmeisterin kommen und sagte: »Nurdschihan, bring mir den größten Pavillon meines Schatzes.«
Nurdschihan eilte fort und kam gleich darauf wieder mit einem Pavillon, den sie nicht nur in Händen tragen konnte, sondern sogar auf einem ihrer zarten Handteller, wenn sie die Finger darum schloß. Sie gab das Zelt ihrer Herrin, und diese gab es dem Prinzen.
Als Prinz Achmed dieses Zelt sah, welches Peribanu als das größte ihres Schatzes bezeichnet hatte, meinte er, sie treibe Scherz mit ihm. Die Feenkönigin lachte beim Anblick seiner Miene.
»Ihr meint, ich scherze mit Euch, Prinz? Gleich werdet Ihr sehen, daß mir ganz Ernst ist. Nurdschihan«, sagte sie zu ihrer Schatzmeisterin, »geh und stelle das Zelt auf, Prinz Achmed mag selbst urteilen, ob es groß genug ist für einen Sultan.«
Die Schatzmeisterin nahm das Zelt entgegen und trug es aus dem Schloß, weit weg, und als sie es niedersetzte, reichte es mit seinem Ende bis an die Mauern des Feenschlosses. Und der Prinz sah, daß es groß genug gewesen wäre für zweimal soviel Armeen, als sein Vater hatte.
»Ich bitte meine Prinzessin tausendmal um Vergebung für meine Ungläubigkeit«, sagte er zu Peribanu. »Nun aber glaube ich, daß Euch nichts unmöglich ist.«
»Ihr seht, das Zelt ist größer, als es Euer Vater braucht«, erwiderte die Fee, »aber es hat die wunderbare Eigenschaft, daß es größer oder kleiner werden kann, je nachdem man seiner bedarf.«
Die Schatzmeisterin nahm das Zelt wieder auf und gab es dem Prinzen, der sogleich sein Pferd bestieg und mitsamt seinem Gefolge zurück zum Sultan ritt.
Der Sultan, welcher in Wirklichkeit selbst nicht daran geglaubt hatte, daß es dergleichen geben könne, war sehr erstaunt über den Erfolg Prinz Achmeds. Er nahm das Zelt und stellte es auf, und da war seine Verwunderung so groß, daß er sich gar nicht mehr fassen konnte. Als

es aber gar noch auf einem großen freien Felde aufgestellt wurde, sah er, daß es eine zweimal so große Armee hätte bergen können.

Und doch war er nicht zufrieden, und er sprach: »Mein Sohn, ich habe dir schon versichert, mit welcher Dankbarkeit mich dieses Geschenk erfüllt. Ich betrachte es als den kostbarsten unter allen meinen Schätzen. Aber du mußt noch etwas für mich tun. Ich weiß, daß deine Gemahlin, die Feenkönigin, ein bestimmtes Wasser benützt, man nennt es das Wasser des Löwenbrunnens, und es heilt alle Fieberkrankheiten, auch die gefährlichsten. Und da ich dessen gewiß bin, daß dir meine Gesundheit lieb ist, zweifle ich auch nicht, daß du deine Gemahlin gern um dieses Wasser bitten wirst, damit ich es immer habe, wenn ich es brauche. Tu mir diesen Gefallen und erfülle damit die Pflichten eines guten Sohnes gegen seinen zärtlichen Vater.«

Der Prinz kehrte zur Fee zurück und berichtete, was sein Vater verlangte. »In diesem gefährlichen Begehren steckt viel Bosheit«, erwiderte sie. »Das wirst du gleich einsehen, wenn ich dir sage, daß der Löwenbrunnen in der Mitte eines Schloßhofes liegt, dessen Eingang von vier wilden Löwen bewacht wird. Zwei schlafen, während die anderen beiden wachen. Aber fürchte dich nicht. Ich werde dir etwas geben, was dich ohne Gefahr dort eindringen läßt.«

Die Feenkönigin hatte mehrere Knäuel Garn neben sich liegen, einen gab sie dem Prinzen Achmed und sprach: »Nimm dies, ich werde dir gleich sagen, wozu du es brauchst. Nimm auch zwei Pferde mit, auf dem einen mußt du reiten, das andere mußt du führen. Das mußt du mit einem frisch geschlachteten Lamm beladen, welches gevierteilt ist. Als drittes will ich dir einen Krug mitgeben, in welchem du das Wasser heimbringen kannst. Morgen in aller Frühe mußt du ausziehen. Wenn du das eiserne Tor hinter dir hast, wirf das Knäuel auf den Boden, es wird dir den rechten Weg zeigen, bis vor das Schloßtor. Reite immer dem Garn nach, und wenn du vor dem Schloßtor bist und die vier Löwen siehst, so werden die beiden wachen mit ihrem Brüllen die beiden schlafenden wecken. Aber fürchte dich nicht. Wirf jedem ein Viertel des Lamms hin, dann gib deinem Pferd die Sporen und reite zur Quelle. Fülle deinen Krug, ohne zu verweilen, und reite denselben Weg wieder zurück. Die Löwen werden noch immer fressen und dich nicht behelligen, wenn du vorüberreitest.«

Am anderen Morgen ritt der Prinz zu früher Stunde fort, wie es Peribanu befohlen hatte, und tat alles nach ihrem Geheiß. Vor dem Schloßtor warf er den Löwen das Lammfleisch vor und sprengte tapfer durch ihre Mitte, gelangte zum Brunnen, füllte seinen Krug und machte sich wohlbehalten auf den Rückweg. Als er schon ein Stück Weges vom Schlosse weggeritten war, wandte er sich noch einmal um

und sah, daß ihm zwei der Löwen folgten. Er zog seinen Säbel, um sich gegen sie zu verteidigen, aber da wandte sich einer der beiden Löwen ab und trottete zurück, der andere zeigte ihm mit Bewegungen von Kopf und Schwanz, daß er ihm nicht übel gesinnt sei, sondern nur vor ihm herziehen wolle. So ritt er denn in die Hauptstadt des Sultans von Indien ein: ein Löwe vor ihm, der andere hinter ihm als Nachhut. Die beiden Tiere begleiteten ihn bis zum Schloß des Sultans. Da kehrten sie wieder um, und alle, die sie sahen, erschraken fürchterlich, obgleich die beiden Löwen sich nicht wild, vielmehr ganz sanftmütig und gesittet zeigten.
Offiziere eilten herbei, als Prinz Achmed von seinem Pferde stieg, und führten ihn in die Gemächer des Sultans. Der Sultan saß da, umgeben von seinen Räten. Prinz Achmed näherte sich dem Thron und stellte seinem Vater den Krug zu Füßen, küßte den Teppich seines Schemels und sprach: »Ich habe Eurer Majestät das heilkräftige Wasser gebracht, nach welchem Euch verlangte. Zugleich wünsche ich Euch eine Gesundheit, welche den Gebrauch dieser Heilkraft entbehrlich machen möge.«
Der Sultan zog seinen Sohn auf seine rechte Seite und gab ihm zur Antwort: »Mein Sohn, ich bin dir sehr dankbar für dieses wertvolle Geschenk und danke dir auch, daß du dich um meinetwillen solchen Gefahren ausgesetzt hast. Eine Zauberin, die den Brunnen der Löwen kennt, hat mir darüber berichtet. Nun aber berichte du mir, durch welche unglaubliche Macht du dieses heilkräftige Wasser davontragen konntest, ohne selbst Schaden zu nehmen.«
»Herr«, erwiderte Prinz Achmed, »nicht mir gebühren die hohen Worte des Lobes, denn ich verdanke dies alles meiner Gemahlin, der Feenkönigin Peribanu, deren Rat ich befolgte.«
Er erklärte dem Sultan, wie sich alles zugetragen habe, und als er geendigt hatte, war der Sultan insgeheim nur noch eifersüchtiger geworden. Er zog sich zurück und ließ abermals die Zauberin zu sich kommen.
Am anderen Tage sprach der Sultan zu Prinz Achmed: »Mein Sohn, ich muß dich noch einmal um etwas bitten, dann werde ich deine kindliche Ergebenheit nicht weiter prüfen. Mein Verlangen ist, daß du mir einen Mann herbeibringst, welcher nicht größer als ein und einen halben Fuß ist, dessen Bart aber dreißig Fuß lang ist und der eine Eisenstange auf seiner Schulter trägt, fünf Zentner schwer, welche er als Maßstab benützt.«
Prinz Achmed glaubte nicht, daß es einen solchen Mann überhaupt auf der Welt gebe. Aber der Sultan bestand auf seinem Wunsch und erklärte ihm, die Fee könne noch viel Unglaublicheres leisten. Am Tag

darauf kehrte Prinz Achmed zu seiner geliebten Peribanu zurück und erzählte ihr von seines Vaters neuem Wunsch, welcher ihm noch unerfüllbarer schien als die beiden vorigen.
»Einen solchen Mann, wie ihn mein Vater beschreibt, kann es nicht geben«, fügte er hinzu. »Ich glaube, er will nur sehen, ob ich ein solcher Tor bin, daß ich wirklich einen derartigen Mann suche, oder er will mich ganz vernichten. Wie, glaubt er, könnte ich einen Mann besiegen, der so stark ist und eine so wuchtige Waffe trägt, obgleich er ein Zwerg ist? Was für eine Waffe könnte ich gegen einen solchen Mann führen? Ach, wenn es irgendeinen Weg gibt, ich flehe dich an, nenne ihn mir, daß ich mich auch dieser Aufgabe in Ehren entledigen kann.«
»Fürchte dich nicht, mein Prinz«, erwiderte die Feenkönigin. »Du hast dich in Gefahr begeben, als du das heilkräftige Wasser holtest vom Brunnen der Löwen. Aber du mußt dich in keine Gefahr begeben, um diesen Mann zu suchen, der mein Bruder Schaibar ist. Er sieht mir nicht ähnlich, obgleich wir denselben Vater haben. Wenn er in Zorn gerät, kann ihn niemand mehr halten, so heftig ist seine Natur. Aber zugleich ist er so gutmütig, daß er einem keinen Wunsch abschlagen kann. Er entspricht in allem genau der Beschreibung deines Vaters. Ich werde ihn rufen, aber ich bitte dich sehr, bereite dich auf seinen Anblick vor, daß du nicht erschrickst.«
»Hast du nicht gesagt, er sei dein Bruder?« entgegnete Prinz Achmed. »Ach, meine liebste Königin, er mag so häßlich und verkrüppelt sein wie nur immer, ich werde niemals bei seinem Anblick erschrecken, sondern ihn ehren und lieben als deinen Bruder.«
Die Feenkönigin ließ eine goldene Wärmepfanne mit brennendem Feuer darin unter die Säulengänge ihres Schlosses stellen, nahm aus einem goldenen Büchschen einen Duftstoff und streute ihn in das Feuer. Da erhob sich eine dicke Rauchwolke.
Und gleich darauf sagte Peribanu, die Fee: »Sieh, hier kommt mein Bruder.«
Prinz Achmed sah Schaibar kommen, mit der schweren eisernen Stange auf den Schultern, dem langen Bart, welchen er vor sich hertrug, einem dicken Schnurrbart, der hinter den Ohren festgebunden war und fast sein ganzes Gesicht verdeckte. Seine Augen waren klein und saßen in tiefen Höhlen, auf dem Kopf trug er eine Soldatenmütze. Zu allem übrigen war er sehr bucklig. Wenn Prinz Achmed nicht gewußt hätte, daß er der Bruder der Feenkönigin Peribanu war, hätte er ihn nicht ohne Grauen betrachten können. Da er es aber wußte, stand er ruhig neben seiner Gemahlin.
Wie er sich so näherte, sah Schaibar den Prinzen mit einem Blick an,

welcher ihm das Blut in den Adern hätte gerinnen lassen, wäre er nicht schon mit ihm vertraut gewesen. Der Bruder fragte die Schwester, wer der Mann sei. Und sie erwiderte: »Er ist mein Gemahl, mein Bruder. Seine Name ist Achmed, er ist der jüngste Sohn des Sultans von Indien. Ich habe dich nicht zu meiner Hochzeit eingeladen, weil ich dich nicht in deinen Unternehmungen stören wollte, aus denen du siegreich und gesund zurückgekehrt bist. Aber jetzt nahm ich mir die Freiheit, dich zu rufen.«

Bei diesen Worten blickte Schaibar den Prinzen freundlich an und fragte: »Kann ich ihm bei irgend etwas behilflich sein? Wenn er dein Mann ist, kann er mich für jede Tat gewinnen.«

»Sein Vater, der Sultan, will dich sehen«, erwiderte Peribanu. »Und ich möchte, daß mein Gemahl dich an seinen Hof begleitet.«

»Er muß mir nur den Weg zeigen, ich werde ihm folgen.«

»Mein Bruder, es ist zu spät am Tage, um heute noch an den Hof des Sultans zu ziehen. Warte bis morgen früh, und ich will dir bis dahin von allem berichten, was sich seit unserer Heirat begeben hat.«

Am anderen Morgen ritten Schaibar und Prinz Achmed zum Palast des Sultans. Als sie vor den Toren der Stadt ankamen und das Volk Schaibar erblickte, lief es davon und verbarg sich. Die einen versperrten ihre Türen und schlossen ihre Läden, andere rannten, um es allen mitzuteilen. Und diese liefen wiederum. Schaibar und Prinz Achmed fanden darum alle Straßen menschenleer, bis sie zum Palast kamen. Und auch dort flohen die Wachen, statt die Tore zu verschließen. So gelangten der Prinz und Schaibar ohne Behinderung in den Saal, wo der Sultan mit seinen Ministern Rat hielt. Und auch hier liefen die Türhüter davon und ließen dem Prinzen und seinem Begleiter freien Eintritt.

Wild und kühn ging Schaibar auf des Sultans Thron zu, ohne zu warten, bis ihn Prinz Achmed vorstellte.

»Ihr habt mich zu sehen verlangt. Seht, hier bin ich. Was wollt Ihr von mir?«

Der Sultan erwiderte nichts, sondern hielt sich die Hand vor die Augen, um dem schrecklichen Anblick zu entgehen. Über diesen ungehörigen Empfang war Schaibar erzürnt, er war von weither gekommen, weil ihn der Sultan zu sehen verlangt hatte, und nun bedeckte sich dieser die Augen! Da erhob er seine eiserne Stange und erschlug den Sultan, noch ehe Prinz Achmed ein Wort einwenden konnte. Als Schaibar aber auch den Großwesir töten wollte, konnte ihm Achmed gerade noch in den Arm fallen, und der Großwesir beteuerte, er habe dem Sultan stets nur guten Rat erteilt.

»So sind es jene, die ihm schlecht geraten haben!« rief Schaibar.

Und er hatte es kaum ausgesprochen, als er auch schon die anderen Wesire erschlug, welche dem Sultan geschmeichelt und Böses eingeflüstert hatten, um Prinz Achmed zu schaden. Bei jedem Streich fiel einer, und niemand entkam, außer er konnte noch rechtzeitig fliehen.
Nach diesem schrecklichen Gericht trat Schaibar aus dem Schloßsaal in den Hof hinaus, seine eiserne Stange wieder geschultert. Und er blickte mit Strenge auf den Großwesir und sprach: »Ich weiß, daß es in diesem Lande eine Zauberin gibt, die mehr als alle anderen meinem Schwager feind war. Schafft sie herbei!«
Sogleich schickte der Großwesir einen Diener aus, der die Zauberin vor Schaibar bringen sollte. Und als sie gekommen war, erhob der Geist abermals seine eiserne Stange und schrie: » Das ist der Lohn für deine tückischen Ratschläge.«
Darnach sprach Schaibar mit fürchterlicher Stimme: »Nicht genug damit! Ich werde die ganze Stadt vernichten, wenn sie nicht sogleich meinem Schwager, dem Prinzen Achmed, als ihrem Sultan huldigt!«
Da ertönte aus allen Kehlen ein lautes: »Lang lebe Sultan Achmed, Sultan von Indien!« Und sogleich verbreitete sich in der ganzen Stadt die Kunde von dem neuen Sultan.
Schaibar ließ Achmed in prächtige königliche Gewänder kleiden, befahl ihm, auf dem Throne Platz zu nehmen, und zwang alle Anwesenden, dem jungen Sultan Treue und Ergebenheit zu schwören. Darnach holte er seine Schwester Peribanu, die mit aller Pracht und allem Pomp in die Hauptstadt einzog und von Schaibar zur Sultanin von Indien ernannt wurde.
Prinz Ali aber und seine Gemahlin Nuronnibar wurde eine Provinz des Landes zur Verwaltung zugewiesen, denn die hatten von allem Bösen nichts gewußt und keinen Anteil daran gehabt. Und sie lebten noch lange und glücklich in der Hauptstadt ihres kleinen Landes.
Und Prinz Achmed sandte auch einen Offizier aus, seinen Bruder Hussein zu suchen, um ihm alles zu berichten und ihm die Provinz zum Geschenk zu machen, die er sich wünschte. Aber Hussein dankte freundlich für seines Bruders Güte und ließ ihm bestellen, er sei so glücklich in seiner Einsamkeit, daß er nichts anderes wünsche, als ungestört so weiterleben zu dürfen.
Sultan Achmed und seine Gemahlin Peribanu lebten lange und glücklich und regierten ihr Volk gerecht und weise.

Das fliegende Schiff

Fliegende Teppiche sind eine alte Märchenerfindung, aber hier handelt es sich um ein fliegendes Schiff! Dadurch erhält das russische Märchen kuriose Aktualität. Wie der Tölpel dem Zwerg begegnet, der ihm zu dem fliegenden Schiff verhilft, wie der Tölpel zu der Mannschaft kommt, welche ihn in seinem Schiff begleitet, wie er zum König kommt, trotz seiner Torheit rechte Heldentaten vollbringt und dafür reich belohnt wird – dies alles schildert das folgende Märchen, welches dazu angetan scheint, allen Toren Mut zu machen.

Es war einmal ein altes Ehepaar, das hatte drei Söhne. Die beiden älteren waren klug, aber der jüngste war ein richtiger Dummkopf. Die beiden älteren verstanden es gut mit ihrer Mutter, kauften ihr schöne Kleider und benahmen sich immer freundlich gegen sie, aber der jüngste stand ihr nur immer im Wege, und sie hatte auch keine Geduld mit ihm. Nun geschah es eines Tages, daß im Dorf ein Dekret des Königs verlesen wurde, in welchem er dem seine Tochter zur Frau versprach, der ihm ein fliegendes Schiff erbauen könne. Da wollten die beiden älteren Brüder gleich ihr Glück versuchen und baten die Eltern um ihren Segen. Die alte Mutter machte ihre Kleidung aufs sorgfältigste zurecht und stattete sie reichlich mit Proviant aus, vergaß auch nicht, eine Flasche Branntwein in ihren Beutel zu tun. Als sie fort waren, bestürmte der arme Tölpel seine Mutter, ihm auch einen Beutel herzurichten und ihn ziehen zu lassen.

»Was soll aus einem Strohkopf werden, wie du einer bist?« erwiderte sie. »Du wirst höchstens von den Wölfen gefressen.«

Aber der törichte Knabe hörte nicht auf zu betteln: »Ich möchte gehen, ich möchte aber gehen!«

Als die alte Mutter sah, daß nichts gegen seinen Wunsch auszurichten war, gab sie ihm eine Brotrinde und eine Fellflasche voll Wasser mit und kümmerte sich nicht weiter um ihn.

Der Tölpel machte sich auf den Weg. Er war noch nicht weit gegangen, als er einen Zwerg traf. Er grüßte ihn, und der Zwerg erwiderte den Gruß und fragte, wohin er gehe.

»Ich möchte zum Hof des Königs«, antwortete der Tölpel. »Der König hat dem seine Tochter zur Frau versprochen, der ihm ein fliegendes Schiff baut.«

»Und du kannst solch ein Schiff bauen?«

»Ich nicht.«

»Aber warum gehst du dann zum König?«

»Das weiß ich auch nicht«, erwiderte der Tölpel.

»Wenn das so ist«, meinte der Zwerg, »dann kannst du dich wohl ein wenig zu mir setzen und mit mir essen. Gib mir, was du in deinem Ranzen trägst.«
Der Tölpel schämte sich, ihm zu zeigen, was er da eingepackt hatte, aber dann machte er doch nicht viel Wesens und schnürte das Ränzel auf. Aber was sah er da? Kaum traute er seinen eigenen Augen, da lagen statt der Brotrinden zwei frische Semmeln und kaltes Fleisch obendrein. Das teilte er mit dem Zwerg, der sich voll Behagen die Lippen leckte und sagte: »Jetzt geh in den Wald und bleibe vor dem ersten Baum stehen, verbeuge dich dreimal und fälle darnach den Baum mit deiner Axt. Dann falle auf die Knie und verbirg dein Gesicht am Boden. Verharre so, bis du aufgehoben wirst. Du wirst dann ein Schiff neben dir finden, besteige es und fliege damit zum Schloß des Königs. Wenn du jemandem begegnest, so nimm ihn mit.«
Der Tölpel dankte dem Zwerg freundlich, verabschiedete sich von ihm und zog seinen Weg weiter. Als er den ersten Baum erblickte, blieb er stehen, verbeugte sich dreimal vor ihm und tat alles wie geheißen, und als er sich niederkniete und sein Gesicht auf den Boden legte, schlief er ein. Nach einer kleinen Weile erwachte er, rieb sich die Augen und sah neben sich das fertige Schiff. Da stieg er sogleich hinein, und schon hob sich das Schiff vom Boden, und er flog damit durch die Lüfte. Der Tölpel schaute rings um sich und auf die Erde hinunter, wo er auf einmal einen Mann erblickte, der am Boden kniete und sein Ohr auf das feuchte Moos preßte.
»Hallo«, rief der Tölpel, »was tust du denn da?«
»Ich horche, was in der Welt passiert«, gab der Angesprochene zur Antwort.
»Komm zu mir in mein Schiff und fahre mit!« sagte der Tölpel.
Das tat der Mann sehr gern, er stieg ein, und das Schiff flog und flog durch die Lüfte, bis der Tölpel wieder einen Mann auf der Straße unten sah. Der hüpfte auf einem Bein, das andere hatte er hinter sein Ohr gebunden.
Der Tölpel sandte ihm einen Gruß zu und fragte: »Hallo! Was treibst du da, daß du nur auf einem Beine hüpfst?«
»Ich kann nicht anders«, entgegnete der Mann. »Wenn ich auch den anderen Fuß benützte, würde ich so schnell gehen, daß ich mit einem Schritt am anderen Ende der Welt wäre.«
»Komm mit uns in mein Schiff!« sagte da der Tölpel.
Dagegen hatte der Mann nichts einzuwenden, er schloß sich ihnen an, und das Schiff flog weiter und weiter, bis der Tölpel bei seiner Ausschau einen dritten Mann unter sich erblickte, der mit seinem Gewehr in die Ferne zielte.

»Hallo!« rief der Tölpel. »Auf was zielst du? So weit ich sehen kann, nirgends ist ein Vogel.«
»Wozu soll ich auf etwas in der Nähe schießen?« erwiderte der Mann. »Ich vermag Tiere und Vögel auf hundert Meilen Entfernung zu treffen. An solchen Schüssen hab' ich meine Lust.«
»Komm mit uns!« sagte der Tölpel.
Der Mann wollte das gern tun, er stieg in das Schiff, und sie flogen fort, immer weiter fort, bis der Tölpel wieder einen Menschen auf der Straße unter ihnen erblickte, der trug auf seinem Rücken einen Korb voller Brot.
Der Tölpel winkte ihm. »Hallo, wohin gehst du?«
»Ich hole mir Brot zum Frühstück.«
»Brot? Ei, du hast doch einen ganzen Korb davon auf deinem Rükken!«
»Das ist so gut wie nichts«, erwiderte der Mann, »das kann ich auf einen Bissen schlucken.«
»So komm mit uns in mein Schiff!«
Der Vielfraß gesellte sich zu ihnen, und das Schiff erhob sich wieder in die Lüfte und flog weiter, bis der Tölpel einen Mann sah, welcher am Ufer eines großen Sees auf und ab ging, als suche er etwas.
»Hallo!« rief er hinab. »Was suchst du denn?«
»Ich möchte Wasser trinken«, gab ihm der Mann zur Antwort.
»Da hast du doch einen ganzen See vor dir. Warum trinkst du nicht daraus?«
»Das nennst du genug?« sagte der andere. »Ei, den See könnte ich wohl in einem Schluck austrinken.«
»Nun, so komm mit uns in das Schiff!«
Der mächtige Trinker bestieg das Schiff, und sie flogen immer weiter und weiter, bis der Tölpel abermals einen Mann erblickte. Dieser Mann trug ein Reisigbündel auf seinem Rücken und wanderte so durch den Wald.
»Hallo!« rief der Tölpel. »Warum trägst du Holz durch einen Wald?«
»Das ist kein gewöhnliches Holz«, erwiderte der Mann.
»Was ist es denn für ein Holz?« fragte der Tölpel.
»Wenn man es auf den Boden wirft, erwächst daraus eine ganze Armee.«
»So komm mit uns und fliege in meinem Schiff mit.«
Er schloß sich ihnen an, und das Schiff flog weiter. Da erblickte der Tölpel auf einmal einen Mann, welcher ein Strohbündel auf seinem Rücken trug.
»Hallo, wohin gehst du mit dem Stroh?«
»Ich trage es ins Dorf«, entgegnete der Mann.

»Meinst du, es gibt in dem Dorf kein Stroh?«
»Das ist ein ganz besonderes Stroh. Verstreut man's, so wird es plötzlich ganz kalt, auch am heißesten Sommertag fällt dann Schnee, und die Leute frieren.«
Und da forderte ihn der Tölpel natürlich auf, mitzufliegen.
Endlich erreichte das Schiff mit seiner seltsamen Mannschaft den Hof des Königs. Der König saß gerade beim Mahle, aber er sah das seltsame fliegende Ding und schickte sogleich einen seiner Höflinge, daß er sehe, was es mit dem riesigen fremdartigen Vogel auf sich habe. Der Höfling betrachtete das Schiff genau und lief zum König zurück, um ihm zu berichten, ein fliegendes Schiff sei eingetroffen, und darin säßen einige Bauern.
Der Herrscher erinnerte sich seines königlichen Eides wohl, aber er wollte die Prinzessin keinesfalls einem armen Bauern zur Frau geben. Lange dachte er nach, wie er sein Versprechen umgehen könnte, dann sagte er zu sich: »Ich werde ihm eine unlösbare Aufgabe stellen, so schaffe ich ihn mir am leichtesten vom Hals.«
Auf der Stelle sandte er einen Boten zu dem Tölpel, der ihm den Befehl erteilen mußte, dem König noch vor Ende der Mahlzeit das Wasser der Heilung herbeizuschaffen, das am Ende der Welt zu finden sei.
Während der König dem Boten dies noch auftrug, hörte der eine aus der Schiffsmannschaft, welcher mit den großartigen Ohren ausgestattet war, die Worte des Königs und verständigte sogleich den Tölpel davon. »O weh! O weh!« schrie der Tölpel. »Was soll ich nun anfangen? Ich brauche doch mindestens ein Jahr, wenn nicht mein ganzes Leben, bis ich das Wasser herschaffen kann.«
»Hab keine Bange«, erwiderte sein schnellfüßiger Kamerad. »Ich bringe dir, wonach der König verlangt.«
In dem Augenblick traf der Bote des Königs ein und überbrachte die Forderung seines Herrn.
»Sag Seiner Majestät, sein Befehl wird erfüllt werden!« erwiderte ihm der Tölpel.
Und damit löste der Schnellfüßige den Strick, mit welchem er sich sein zweites Bein hinter die Ohren gebunden hatte, und war im Nu am Ende der Welt und schöpfte dort aus einem Brunnen das Wasser der Heilung.
Puh, dachte er bei sich, das Wasserschöpfen macht aber müde! Ich will ein wenig rasten. Es dauert gewiß noch eine Weile, bis der König mit dem Nachtisch fertig ist.
Er warf sich aufs Gras, und weil ihn die Sonne blendete, schloß er die Augen und fiel sogleich in tiefsten Schlaf.

Inzwischen harrte die ganze Schiffsbesatzung ängstlich seiner Wiederkehr. Bald würde die königliche Tafel aufgehoben werden, und ihr Kamerad war noch immer nicht zurück. Da legte der Mann mit dem wunderbaren Gehör sein Ohr an die Erde und lauschte.
»Das ist ein netter Bursche!« rief er. »Liegt da am Boden und schnarcht!«
Da ergriff der Meisterschütze sein Gewehr, legte an und feuerte gegen das Ende der Welt einen Schuß ab, um den Faulpelz aufzuwecken. Und im nächsten Augenblick schon stand der Schnellfüßige vor ihnen auf dem Schiff und gab dem Tölpel das Wasser der Heilung. Der König saß noch bei Tisch, als ihm Nachricht von der Ausführung seines Befehles gebracht wurde.
Was sollte er jetzt tun? Er sann über eine noch schwierigere Aufgabe nach und sandte auch gleich seinen Boten zu dem Schiff, der dem Tölpel bestellen mußte: er und seine Kameraden hätten ohne Verzug zwölf Ochsen und zwölf Tonnen Brot zu verzehren, dies sei Befehl vom König.
Und wiederum vernahm der Hellhörige diese Unterredung und hinterbrachte das Erlauschte sogleich dem Tölpel.
»O weh!« seufzte der arme Tölpel. »Was soll ich nur tun? Wir brauchten wohl ein Jahr, ach, unser ganzes Leben, um zwölf Ochsen aufzuessen und dazu zwölf Tonnen Brot.«
»Hab keine Bange«, sagte der Vielfraß. »Es wird kaum reichen, um mich zu sättigen, so groß ist mein Hunger.«
Als der Bote vom König kam, sagten sie ihm, er solle zurückeilen und bestellen, sie würden dem Befehl nachkommen. Dann wurden zwölf gebratene Ochsen und zwölf Tonnen Brotes zum Schiff gebracht, und der Vielfraß verschlang alles auf einen Sitz.
»Das nenn' ich mir eine karge Mahlzeit!« sagte er. »Ich wollte, sie hätten mir etwas mehr gebracht.«
Da befahl der König, man solle dem Tölpel und seinen Gesellen vierzig Fässer Wein bringen, deren jedes vierzig Gallonen enthielt. Doch auch diese Anordnung belauschte der Hellhörige und berichtete sie getreulich dem Tölpel. Der geriet darüber schier in Verzweiflung.
»O weh! O weh!« schrie er. »Was soll ich nur tun? Wir würden in einem Jahr, ach, vielleicht in unserem ganzen Leben nicht soviel trinken können!«
»Hab keine Bange«, meinte der durstige Kamerad. »Das trinke ich in einem Zug, du wirst es sehen.«
Und in der Tat, kaum waren die vierzig Fässer, jedes mit vierzig Gallonen Wein gefüllt, zum Schiff gebracht, als sie auch schon in der Kehle des Durstigen verschwanden. Und nachdem die Fässer geleert, sprach

der Durstige noch immer: »Ei, mir brennt die Kehle vor Durst. Es wäre wohl gut gewesen, hätten sie uns mehr davon gebracht.«
Abermals ging der König mit sich zu Rate und ließ dem Tölpel Botschaft tun, er müsse im königlichen Badezimmer ein Bad nehmen, darnach erst könne die Verlobung stattfinden. Nun war aber dieses Badezimmer aus Eisen gegossen, und der König ließ es dergestalt erhitzen, daß der Tölpel ganz gewiß darin umkommen mußte. Als der arme, törichte Bursche in das Bad eingeschlossen war, sah er, daß die Wände vor Hitze glühten. Aber zum Glück war sein Freund mit dem Strohbündel auf dem Rücken mit hereingeschlüpft, und kaum hatte man die Tür hinter ihnen verriegelt, verstreute er schon das Stroh am Boden. Da erstarrten die rotglühenden Wände vor Eis, und es wurde mit einem Schlage so kalt in dem Zimmer, daß der Tölpel es fast nicht über sich brachte, in das Wasser zu steigen. Und wirklich, da fror auch noch das Wasser ein! Der Tölpel kletterte auf den Badeofen und wikkelte sich in die Badetücher und verbrachte so zitternd vor Kälte die Nacht. Am anderen Morgen schlossen die Diener die Tür auf, und da lag er, gesund und munter, und pfiff sich eins. Wie man dem König diese erstaunliche Geschichte erzählte, überkam ihn große Traurigkeit, denn nun wußte er nicht mehr, wie er diesen unerwünschten Schwiegersohn loswerden sollte. Da kam ihm mit eins ein großartiger Gedanke. »Sagt dem Spitzbuben, er soll mir eine Armee aufstellen, aber sogleich und ohne zu fackeln!« rief er. »Mein königlicher Wille soll ihm noch in diesem Augenblick kundgetan werden!« Und für sich selbst fügte er hinzu: »Das wird ihm nimmermehr gelingen.«
Der Hellhörige vernahm aber auch diesen Befehl, noch ehe ihn die Boten überbringen konnten, und gleich erzählte er dem Tölpel das neue Begehren des Königs.
»O weh, nun ist es aus mit mir!« weinte dieser.
»Aber hast du denn mich vergessen?« fragte der Kamerad mit dem Reisigbündel auf dem Rücken.
In dem Augenblick erreichte der Bote des Königs keuchend und atemlos das Schiff, um die neue Forderung zu bestellen.
»Gut!« erwiderte ihm der Tölpel. »Ich will dem König eine Armee aufstellen. Aber wenn er sich dann immer noch weigert, mir die Prinzessin zur Frau zu geben, dann werde ich mich gegen ihn erheben und die Prinzessin mit Gewalt fortschleppen.« Und während er dies sagte, reckte er sich drohend auf.
In der folgenden Nacht ging der Tölpel mit seinen Gesellen auf ein großes Feld, und sie nahmen auch das Reisig mit. Das verstreute der, welcher es auf dem Rücken getragen, in alle Winde, und im Nu stand eine mächtige Armee auf dem Felde, Regiment an Regiment, Soldaten

zu Fuß und zu Pferde. Hornsignale ertönten, und Trommeln schlugen ihren Wirbel, Schlachtrösser wieherten, und die Reiter streckten ihre Lanzen kriegerisch nach vorn, während das Fußvolk seine Waffen präsentierte.

Als der König am Morgen erwachte, erschrak er vor dem Kriegslärm, den Trommeln und Hörnern, dem Pferdegetrappel und den Gewehrschüssen. Er ging zum Fenster und sah in der Sonne die Lanzen glitzern und die Rüstungen blitzen.

Da sprach der stolze König zu sich: »Machtlos bin ich im Vergleich zu diesem Mann.«

Darum schickte er dem Tölpel königliche Gewänder und köstliche Juwelen und befahl ihm, ins Schloß zu kommen und die Prinzessin zu heiraten. Als der Schwiegersohn in Königsgewändern einherschritt, konnte man den armen Tölpel nicht wiedererkennen, so verwandelt sah er aus. Und die Prinzessin hatte ihn lieb, vom ersten Augenblick an.

Nie vordem hatte man eine solche Hochzeit erlebt! Da gab es so viel Wein, daß selbst der Durstige sein Verlangen gestillt fand, und so viel zu essen, daß selbst der Vielfraß satt wurde.

König Kojata

Ebenso wie Pferde in die Landschaft Rußlands gehören, so auch in dieses Märchen – schnelle, weit reitende Pferde. Ein guter König, ein böser Zauberer, ein junger Prinz, ein liebreizendes Mädchen – sie verkörpern die wichtigen Elemente des Schreckens und der Schönheit, des Guten und des Bösen. Dieses Märchen atmet die Weite und Vielfalt der russischen Landschaft mit ihren Ebenen und Bergen. In einfachen, klar umrissenen Strichen entwirft es ein getreues Abbild des russischen Charakters.

Es war einmal ein König, genannt Kojata, der hatte einen langen Bart, bis über die Knie hinab. Drei Jahre war er schon verheiratet, und er lebte sehr glücklich mit seiner Frau, aber der Himmel schenkte ihnen keinen Erben, und das grämte den König sehr. Eines Tages brach er auf, um eine Reise durch sein Königreich zu unternehmen. Fast ein Jahr lang ritt er durch seine weiten Lande, und als er alles gesehen hatte, trat er wieder die Heimreise an. Das war an einem drückendheißen Tag, darum befahl er seinen Leuten, die Zelte auf offenem Feld aufzuschlagen und so die Kühle des Abends zu erwarten. Auf einmal packte den König fürchterlicher Durst, und da er in der Nähe kein Wasser sah, bestieg er sein Pferd und ritt fort, um eine Quelle zu suchen. Binnen kurzem kam er zu einem Brunnen, der bis zum Rand mit kristallklarem Wasser gefüllt war und an dessen Oberfläche ein goldener Krug trieb. Gleich wollte der König nach dem Gefäß greifen, zuerst mit seiner rechten Hand, dann mit der linken, aber es ließ sich nicht fassen. Da versuchte er es mit beiden Händen zugleich, aber wie ein Fisch schlüpfte ihm das Gefäß aus den Fingern und tänzelte auf der Wasserfläche weiter, um ihn erneut zu necken.

»Du tückische Plage!« rief König Kojata. »Ich kann meinen Durst auch ohne dich stillen.« Und damit beugte er sich über das Wasser, tauchte seinen Bart ein und sein Gesicht und trank gierig das Wasser. Aber als er seinen Durst gestillt hatte, konnte er den Kopf nicht mehr heben, weil jemand unten im Wasser seinen Bart festhielt.

»Wer ist da unten? Laß mich los!« schrie König Kojata. Aber er erhielt keine Antwort, nur ein schreckliches Gesicht starrte ihm vom Brunnengrund entgegen, mit großen grünen Augen, die wie Smaragde funkelten, und einem breiten Maul, das von einem Ohr bis zum anderen reichte und zwei Reihen glitzernder weißer Zähne zeigte. Und der Bart des Königs wurde nicht von Menschenhänden festgehalten, sondern von zwei Klauen!

Da ertönte auch schon eine heisere Stimme aus der Tiefe: »Vergebens plagst du dich, König Kojata. Ich lasse dich nur gehen, wenn du mir versprichst zu geben, was du in deinem Schloß vorfinden wirst und wovon du jetzt noch nichts weißt.«

Der König besann sich nicht lange, denn er dachte: was kann schon in meinem Schlosse sein, wovon ich nichts weiß? Darum sagte er rasch: »Ja, ich verspreche dir, du sollst es haben.«

Und die Stimme erwiderte: »Gut. Aber es wird dir übel ergehen, wenn du dein Versprechen nicht einhältst.« Dann lockerte sich der Griff der Klauen, und das schreckliche Gesicht verschwand in der Tiefe.

Der König zog sein Kinn aus dem Wasser und schüttelte sich wie ein Hund, dann schwang er sich auf sein Pferd und ritt zurück zu seinem Gefolge. Gedankenschwer machte er sich mit seinem Troß auf die Heimreise. Als er in der Hauptstadt seines Königreichs eintraf, kam ihm das Volk entgegen, um ihn mit Jubel zu begrüßen, und als er zum Schloß kam, trat ihm die Königin unter der Schwelle entgegen. Neben ihr stand der erste Minister und hielt eine kleine Wiege in Händen, darin lag ein neugeborenes Kind, so schön wie der junge Tag. Da fiel dem König sein Versprechen ein, und tiefbekümmert sagte er zu sich selbst: »Dies also ist es, wovon ich nichts wußte!« Und die Tränen liefen ihm über die Wangen. Die Höflinge in der Runde sahen mit Staunen ihres Königs Kümmernis, aber keiner getraute sich nach dem Grund zu fragen. Kojata nahm das Kind in seine Arme und küßte es zärtlich, und als er es wieder in seine Wiege zurücklegte, hatte er Gewalt über sein Herz und ging an seine königlichen Pflichten.

König Kojata bewahrte sein Geheimnis, obgleich niemandem der Ernst seiner Miene entging. Und weil Kojata immerzu fürchtete, sein Kind könne ihm geraubt werden, fand er keine Ruhe mehr, weder bei Tage noch bei Nacht. Aber die Zeit verging und nichts geschah. Der Prinz wuchs zu einem schönen Jüngling heran, und schließlich vergaß der König ganz das Versprechen, das er vor so langer Zeit gegeben hatte.

Eines Tages ritt der Prinz auf die Jagd und verlor seine Begleiter, während er einem wilden Eber nachsetzte. Auf einmal befand er sich ganz allein in einem dunklen Wald. Da standen die Bäume so dicht beieinander und waren so mächtig und dicht, daß man kaum mehr dazwischen hindurchsehen konnte, aber mittendrin, gerade vor dem Prinzen, befand sich eine kleine Weide, mit Disteln bewachsen und wildem Geranke. Mitten auf dieser Weide aber stand eine Linde. Plötzlich hörte der Prinz etwas in der Baumhöhle rascheln, und da kam ein uralter Mann herausgekrochen, mit grünen Augen und einem spitzen Kinn.

»Einen schönen guten Tag, Prinz Milan«, redete ihn der Alte an. »Du hast mich viele Jahre warten lassen. Es war wirklich schon an der Zeit, daß du mich besuchtest.«

»Wer bist du?« fragte der erstaunte Prinz.

»Das wirst du bald erfahren. Inzwischen tu, wie ich dir auftrage: grüße deinen Vater, den König Kojata, von mir und erinnere ihn an seine Schuld. Die Zeit, sie zu begleichen, wäre längst dagewesen, jetzt aber muß er bezahlen. Für heute leb wohl – wir werden uns wiedersehen.«

Mit diesen Worten verschwand der alte Mann wieder in der Baumhöhle, und der verwunderte Prinz kehrte nach Hause zurück und berichtete seinem Vater, was er gesehen und gehört.

Als der König die Geschichte des Prinzen hörte, wurde er so weiß wie ein Blatt Papier und sagte: »Weh mir, mein Sohn. Die Zeit ist gekommen, wo wir Abschied nehmen müssen.« Und schweren Herzens erzählte er dem Prinzen, was sich zur Zeit seiner Geburt zugetragen hatte.

»Bekümmert Euch nicht, liebster Vater!« antwortete Prinz Milan. »Selten ist etwas so schlimm, wie es sich ansieht. Gebt mir nur ein schnelles Pferd für meine Reise, und ich wette, daß wir uns bald wiedersehen.«

Der König schenkte ihm ein Schwert und ein prächtiges Schlachtroß mit goldenen Steigbügeln. Die Königin hängte ihm ein kleines Kreuz um den Hals, und nach vielem Weinen und Wehklagen sagte ihnen der Prinz Lebewohl und jagte davon.

Er ritt zwei Tage lang; am dritten Tag kam er zu einem See, der war so glatt wie Glas und so durchsichtig wie Kristall. Kein Windhauch ging, kein Blättchen zitterte, alles war still wie ein Grab, aber in der Bucht des Sees schwammen dreißig Enten mit glänzendem Gefieder. Unweit vom Ufer sah der Prinz dreißig feine weiße Gewänder im Gras liegen. Da stieg er vom Pferd, schlich sich unter den hohen Binsen hin, die am See entlang wuchsen, nahm eins der Gewänder und verbarg sich damit in den Binsen. Die Enten schwammen umher, über den ganzen See hin, tauchten in die Tiefe hinab und stiegen wieder herauf und paddelten und pantschten. Wie sie des Tummelns müde waren, schwammen sie ans Ufer, und neunundzwanzig Entchen schlüpften in die weißen Kleider und waren im Nu die schönsten Mädchen. Und kaum hatten sie sich fertig angezogen, als sie auch schon verschwanden.

Nur das dreißigste Entchen konnte nicht ans Ufer kommen. Es schwamm umher, immer dicht am Saum des Sees, und schrie ganz herzzerreißend und reckte ängstlich sein Hälschen, blickte verschreckt um sich und tauchte wieder unter. Da war des Prinzen Herz

so von Mitleid mit dem armen kleinen Wesen bewegt, daß er aus den Binsen hervortrat und ihm helfen wollte.
Kaum hatte ihn das Entchen gesehen, rief es mit menschlicher Stimme: »Oh, lieber Prinz Milan, gib mir um Himmels willen mein Kleid zurück, ich werde dir immer dankbar sein.«
Da nahm der Prinz das weiße Kleid, legte es neben die Ente ans Ufer und ging zurück in das Binsendickicht. Und nach kurzem stand ein Mädchen in einem weißen Kleid vor ihm, so wunderschön, daß man es mit Worten nicht beschreiben kann.
Sie gab dem Prinzen die Hand und sagte: »Ich danke dir sehr für deine Ritterlichkeit, Prinz Milan. Ich heiße Hyacinthia und bin die Tochter eines bösen Zauberers. Mein Vater hat dreißig junge Töchter, er ist ein mächtiger Herrscher der Unterwelt und besitzt viele Schlösser und große Schätze. Viele Jahre erwartet er dich schon, aber du brauchst dich nicht vor ihm zu fürchten, wenn du nur meinen Rat befolgst. Wirf dich, sobald du vor meinen Vater kommst, auf den Boden und rutsche auf den Knien zu ihm hin. Kümmere dich nicht, wenn er auch stampft und flucht und Verwünschungen ausstößt. Für alles andere will ich Sorge tragen. Komm, wir müssen uns sputen.«
Und bei diesen Worten trat die schöne Hyacinthia mit ihrem zarten Fuß den Boden, und da tat sich die Erde auf, und sie sanken beide hinab in die Unterwelt.
Der Palast des Zauberers war ganz aus einem einzigen Rubin gehauen. Er leuchtete so stark, daß von seinem Glanz die ganze Umgebung erhellt wurde. Entzückt von so viel Pracht betrat der Prinz den Palast. Da saß der Zauberer auf einem Thron mit einer funkelnden Krone auf dem Haupt. Seine Augen blitzten wie grünes Feuer, und statt der Hände hatte er Klauen. Kaum war Prinz Milan eingetreten, als er sich auch schon auf die Knie warf. Da stampfte der Zauberer mit den Füßen, starrte ihn aus seinen grünen Augen an, daß es zum Fürchten war, und fluchte so laut, daß die ganze Unterwelt erbebte. Aber der Prinz ließ sich nicht erschrecken, er bedachte des Mädchens Rat und näherte sich kniend dem Thron.
Da lachte der Zauberer laut und sagte: »Du Schlingel, wie gut warst du beraten, mich zum Lachen zu bringen! Ich will nicht länger dein Feind sein. Willkommen in der Unterwelt! Weil du aber so lange gesäumt hast, hierher zu kommen, müssen wir drei Dinge von dir verlangen. Für heute bist du entlassen, aber morgen müssen wir dir ein weiteres Wort sagen.«
Zwei Diener führten den Prinzen in ein schönes Gemach, wo er sich auf einem weichen Bett zur Ruhe legte und bald in festen Schlaf fiel.

Früh am anderen Morgen ließ ihn der Zauberer zu sich rufen und sprach: »Nun laß uns sehen, was du für Kenntnisse hast. Deine erste Aufgabe ist, mir einen Palast zu erbauen, mit Dächern aus purem Gold und Wänden aus Marmor und Fenstern aus Kristall. Rundherum mußt du mir einen Garten anlegen, mit Fischteichen und künstlichen Wasserfällen. Wenn du mir diese Aufgabe noch heute nacht erfüllst, sollst du reiche Belohnung erfahren, tust du es nicht, verlierst du deinen Kopf.« Boshaftes Ungeheuer! dachte Prinz Milan. Ebensogut hättest du mir gleich meinen Kopf abschlagen können. Und er kehrte traurig in sein Zimmer zurück, saß da, ließ den Kopf hängen und brütete über sein grausames Geschick, bis der Abend hereinbrach. Als es dunkel wurde, kam eine kleine Biene geflogen und klopfte gegen das Fenster: »Mach auf und laß mich ein!«

Schnell öffnete Prinz Milan das Fenster, und wie die Biene im Zimmer war, verwandelte sie sich in die schöne Hyacinthia.

»Guten Abend, Prinz Milan, warum bist du so traurig?«

»Wie sollte ich nicht traurig sein? Dein Vater droht mir mit dem Tode, und ich sehe mich bereits ohne Kopf.«

»Und was willst du nun tun?«

»Da ist nichts zu tun. Man kann auch nur einmal sterben.«

»Sei nicht so töricht, lieber Prinz. Du brauchst nicht zu verzweifeln. Geh jetzt zu Bett, und wenn du morgen früh aufwachst, ist der Palast erbaut. Du mußt dann nur mehr herumgehen und da ein wenig Hand anlegen und dort eine Wand berühren, daß es aussieht, als wärst du gerade mit der Arbeit fertig geworden.«

Und alles geschah gerade so, wie sie gesagt hatte. Bei Anbruch des Morgens eilte Prinz Milan aus seinem Gemach, und da stand der Palast, ein Kunstwerk von der Turmspitze bis zum Kellergeschoß. Selbst der Zauberer staunte beim Anblick dieser Pracht.

»Ein glänzender Handwerker bist du gewiß«, sagte er zu dem Prinzen. »Daß deine Hände etwas zu leisten vermögen, habe ich jetzt gesehen, nun mußt du mir noch beweisen, daß dein Kopf genausoviel kann. Ich habe dreißig Töchter in meinem Hause, lauter schöne Prinzessinnen. Morgen werde ich sie alle dreißig in einer Reihe aufstellen, du mußt dreimal an ihnen vorübergehen und mir sagen, welche Hyacinthia, meine jüngste Tochter, ist. Errätst du es nicht, verlierst du den Kopf.«

Diesmal hast du einen Fehler gemacht, dachte Prinz Milan und ging in sein Gemach, um sich ans Fenster zu setzen. Ich sollte die schöne Hyacinthia nicht wiedererkennen! Pah, das ist das einfachste von der Welt.

»Nicht so einfach, wie du meinst!« rief die kleine Biene, welche eben vorüberflog. »Hülfe ich dir nicht, du würdest mich nimmermehr unter meinen Schwestern herausfinden. Wir sehen uns allesamt so ähnlich, daß unser eigener Vater uns kaum unterscheiden kann.«

»Was soll ich dann tun?«

»Paß auf!« erwiderte Hyacinthia. »Du wirst mich an einer winzigen Fliege erkennen, die an meiner linken Wange sitzt. Aber sei vorsichtig! Zu leicht könntest du dich versehen!«

Am nächsten Tag befahl der Zauberer abermals, den Prinzen vor ihn zu bringen. Seine Töchter standen ihm gegenüber, alle dreißig in einer Reihe. Alle waren sie gleich angezogen, und alle hatten die Augen niedergeschlagen.

»Nun, du großer Geist«, sprach ihn der Zauberer an, »betrachte diese Schönheiten dreimal, und dann sage uns, welche Prinzessin Hyacinthia ist.«

Prinz Milan ging an ihnen vorbei und sah jede aufmerksam an. Aber sie waren einander so vollkommen ähnlich, daß es ihm vorkam, als sei es ein Antlitz in dreißig Spiegeln, und er konnte auch nirgends die Fliege entdecken. Wie er das zweite Mal vorbeiging, sah er wieder nichts. Aber beim dritten Mal bemerkte er eine kleine Fliege, die einer der Prinzessinnen über die Wange hinablief.

Da nahm der Prinz die Hand des Mädchens und rief: »Das ist Prinzessin Hyacinthia.«

»Du hast recht!« staunte der Zauberer. »Aber ich habe noch eine dritte Aufgabe für dich. Ehe diese Kerze niedergebrannt ist, mußt du mir ein Paar Stiefel machen, deren Schäfte mir bis an die Knie reichen. Wenn sie nicht zur rechten Zeit fertig sind, fällt dein Kopf.«

Da kehrte der Prinz voll Verzweiflung in sein Gemach zurück, und wieder kam Prinzessin Hyacinthia in Gestalt einer Biene zu ihm und fragte: »Warum so traurig, Prinz Milan?«

»Wie sollte ich nicht traurig sein? Diesmal hat mir dein Vater eine unlösbare Aufgabe gestellt! Ehe die Kerze niedergebrannt ist, soll ich ihm ein Paar Stiefel machen. Wie kann ein Prinz etwas vom Schuhemachen verstehen? Aber ich werde meinen Kopf verlieren, wenn ich es nicht fertigbringe.«

»Und was willst du tun?« fragte Hyacinthia.

»Ach, was soll ich wohl tun? Was er verlangt, kann ich nicht, und wenn ich es nicht kann, so tötet er mich.«

»Nicht so, Liebster. Ich habe dich lieb, und du sollst mich zur Frau nehmen. Ich will dein Leben retten oder mit dir sterben. Wir müssen fliehen, so schnell wir können, es gibt keinen anderen Weg mehr.«

Und gleich hauchte sie ihren Atem gegen das Fensterglas, und er gefror an den Scheiben. Dann führte sie den Prinzen aus dem Zimmer

und verschloß die Tür, den Schlüssel warf sie fort. Hand in Hand liefen sie zu dem Platz zurück, wo sie in die Unterwelt hinabgestiegen waren. Und bald befanden sie sich am Ufer des Sees, wo Prinz Milans Schlachtroß noch immer weidete. Als das Pferd seinen Herrn erblickte, wieherte es vor Freude und galoppierte auf ihn zu. Und es hielt still, während der Prinz und die Prinzessin auf seinen Rücken stiegen. Dann aber schoß es mit ihnen davon wie ein Pfeil.
Indessen wartete der Zauberer schon ungeduldig auf den Prinzen, denn die gestellte Frist war abgelaufen. Zornig über sein Säumen, sandte er Diener aus, ihn zu holen.
Die Diener kamen zur Tür, und da sie verschlossen war, klopften sie. Der gefrorene Atem an den Fensterscheiben antwortete in der Stimme des Prinzen: »Gleich komme ich.« Und mit dieser Auskunft kehrten die Diener zum Zauberer zurück. Als aber der Prinz nicht kam, schickte der Zauberer seine Diener noch einmal aus. Aber immer wieder gab der gefrorene Atem dieselbe Antwort, und der Prinz kam nicht. Da verlor der Zauberer endlich seine Geduld und befahl, die Tür aufzubrechen. Als die Diener das taten, fanden sie das Zimmer leer, und der gefrorene Atem lachte laut. Außer sich vor Zorn, befahl der Zauberer, den Prinzen zu verfolgen.
Eine wilde Jagd begann. »Ich höre Pferdehufe hinter uns«, sagte Prinzessin Hyacinthia zum Prinzen.
Milan sprang aus dem Sattel, legte sein Ohr an die Erde und horchte. »Ja«, sagte er, »sie verfolgen uns und werden uns bald einholen.«
»Dann dürfen wir keine Zeit verlieren«, sagte Hyacinthia und verwandelte sich sogleich in einen Fluß, Prinz Milan aber in eine eiserne Brücke und das Roß in eine Amsel. Hinter der Brücke gabelte sich die Straße in drei Wege.
Die Diener des Zauberers setzten der frischen Spur nach. Als sie aber zur Brücke gelangten, zögerten sie, da waren keine Hufspuren mehr zu sehen, und sie wußten nicht, welchen der drei Wege sie einschlagen sollten. Zitternd vor Furcht kehrten sie zum Zauberer zurück und berichteten, was sie erlebt.
»Oh, ihr Narren! Der Fluß und die Brücke, das waren sie! Gleich lauft zurück und bringt sie mir her, oder es soll euch übel ergehen.«
Da begann die Verfolgung von neuem. »Ich höre Pferdehufe«, seufzte Prinzessin Hyacinthia.
Der Prinz stieg vom Pferd und legte sein Ohr an den Boden. »Sie sind schon dicht hinter uns.«
Im nächsten Augenblick hatte die Prinzessin sich, den Prinzen und das Roß in einen dichten, dunklen Wald verwandelt, wo wohl tausend Pfade einander kreuzten und nebeneinander liefen. Die Verfolger

drangen in den Wald ein, aber vergeblich suchten sie dort den Prinzen Milan und seine Braut. Endlich fanden sie sich wieder dort ein, wo sie angefangen hatten zu suchen, und kehrten verzweifelt und mit leeren Händen zum Zauberer zurück.
»Ich will den Verfluchten selbst nachsetzen«, schrie er. »Schafft mir ein Pferd herbei, sie sollen mir nicht entkommen!«
Und abermals flüsterte Prinzessin Hyacinthia: »Ich höre Pferdehufe dicht hinter uns!«
Und Prinz Milan antwortete: »Sie verfolgen uns hitzig und werden uns gleich eingeholt haben.«
»Nun sind wir verloren, denn diesmal ist mein Vater selbst uns nachgeritten. Aber bei der ersten Kirche, die wir erreichen, wird seine Macht gebrochen, und er kann uns nie mehr erjagen. Gib mir dein Kreuz.«
Prinz Milan löste das kleine goldene Kreuz, welches ihm seine Mutter um den Hals gelegt hatte, und kaum hatte Hyacinthia es in ihren Händen, verwandelte sie sich in eine Kirche, Prinz Milan in einen Mönch und das Pferd in einen Glockenturm. Und schon kam der Zauberer mit seinem Gefolge hergeritten.
»Habt Ihr niemanden vorbeireiten sehen, Väterchen Mönch?« fragte er.
»Prinz Milan und Prinzessin Hyacinthia sind eben vorübergeritten, sie waren in der Kirche und haben gebetet. Ich soll Euch diese wächserne Kerze von ihnen geben und Euch liebe Grüße bestellen.«
»Die Hälse möchte ich ihnen umdrehen!« schrie der Zauberer und eilte nach Hause und schlug dort seine Diener schier zu Tode.
Prinz Milan aber ritt nun gemächlich mit seiner Braut, denn sie hatten nichts mehr zu befürchten. Die Sonne ging schon unter, und ihre letzten Strahlen beleuchteten die Türme einer Stadt, welche sich vor ihnen erhob. Da wurde der Prinz von brennendem Verlangen erfaßt, diese Stadt zu besuchen.
»O mein Geliebter«, bat Prinzessin Hyacinthia, »geh nicht dorthin, ich befürchte Schlimmes.«
»Was fürchtest du?« fragte der Prinz. »Wir wollen uns nur ansehen, was man in einer Stunde sehen kann, dann reiten wir weiter in meines Vaters Königreich.«
»Es ist ein leichtes, die Stadt zu betreten«, seufzte die Prinzessin, »aber schwierig, sie wieder zu verlassen. Doch soll es geschehen, wie du es wünscht. Geh, ich will hier auf dich warten und mich in einen Meilenstein verwandeln. Aber ich bitte dich von Herzen, sei vorsichtig. Der König und die Königin dieser Stadt werden dir entgegenkommen, und sie werden ein Kind zwischen sich führen. Dieses Kind darfst du

nicht küssen, sonst vergißt du mich und alles, was wir erlebt haben. Drei Tage will ich hier auf dich warten.«

Der Prinz ritt eilends in die Stadt, Hyacinthia aber blieb zurück und verwandelte sich in einen Meilenstein. Der erste Tag verging und ebenso der zweite, endlich auch der dritte, aber Prinz Milan kehrte nicht wieder, denn er hatte den Rat der Prinzessin nicht befolgt. Es waren ihm König und Königin entgegengekommen, wie Hyacinthia vorausgesagt hatte, und sie führten ein so liebliches kleines Mädchen zwischen sich, mit wunderschönem Haar und Augen, so klar wie zwei Sterne. Das Kind schmiegte sich zärtlich an den Prinzen, da verführte ihn des Mädchens Schönheit, und er beugte sich nieder, um es auf die Wange zu küssen. Von dem Augenblick an war sein Gedächtnis verloren, und er hatte die Prinzessin vergessen und alles, was er mit ihr erlebt.

Als der Prinz nicht zurückkam, weinte die arme Hyacinthia bitterlich; sie verzauberte sich aus einem Meilenstein in eine blaue Blume und sagte: »Hier will ich wachsen, bis jemand vorübergeht und mich zu Tode trampelt.« Und in ihrem Blütenkelch blieb eine Träne hängen, die sah wie ein Tautropfen aus.

Nun geschah es aber, daß bald darnach ein alter Mann vorüberkam, der sah die Blume. Und weil er von ihrer Schönheit so entzückt war, grub er sie sorgfältig mitsamt ihren Wurzeln aus und nahm sie mit nach Hause. Dort pflanzte er sie in einen Topf und goß und pflegte sie mit viel Liebe. Und da begab sich etwas ganz Seltsames: von dem Augenblick an, da er die Blume ins Haus gebracht hatte, veränderte sich alles bei ihm. Wenn er des Morgens erwachte, fand er sein Zimmer so sauber aufgeräumt vor, daß man kein Stäubchen mehr sah. Und kam er mittags nach Hause, so war der Tisch gedeckt, und die köstlichsten Mahlzeiten standen darauf, er mußte sich nur daran setzen und konnte sich von Herzen gütlich tun. Zuerst war er nur erstaunt und freilich auch sehr erfreut, aber mit der Zeit wurde es ihm unheimlich, und er fragte eine alte Hexe um Rat.

Die Hexe sagte: »Steh auf, bevor die Hähne krähen, und schaue achtsam umher, ob du etwas huschen siehst. Siehst du etwas, so wirf das Tuch darüber, welches ich dir jetzt gebe.«

Die ganze Nacht schloß der alte Mann kein Auge, und sowie der erste Lichtstrahl ins Zimmer fiel, bemerkte er, daß die kleine blaue Blume zu zittern begann und sich schließlich aus dem Topf bewegte und im Zimmer herumflog, den Staub fegte und das Feuer anmachte. Hurtig erhob sich der Alte vom Bett und warf das Tuch über die Blume, und da stand die schöne Prinzessin Hyacinthia vor ihm.

»Was habt Ihr getan!« weinte sie. »Warum habt Ihr mich ins Leben zurückgerufen, wo mich doch mein Bräutigam, der schöne Prinz Milan, verlassen hat.«

»Prinz Milan soll morgen Hochzeit halten«, erwiderte der alte Mann. »Alles ist schon für das Fest bereitet, und die Gäste drängen von überallher in das Schloß.«

Bitterlich weinte die schöne Hyacinthia, als sie dies vernahm. Aber dann trocknete sie ihre Tränen, kleidete sich wie eine Bäuerin und ging in die Stadt. Sie ging geradewegs in die Schloßküche, wo die weißbeschürzten Köche hin und her eilten. Die Prinzessin fragte den obersten der Köche: »Lieber Meister, schenkt mir Gehör und laßt mich für den Prinzen Milan einen Hochzeitskuchen backen.«

Der geschäftige Koch wollte sie gerade aus der Küche weisen, aber die Worte erstarben ihm auf den Lippen, als er ihre Schönheit sah. Und er antwortete höflich: »Du bist gerade zur rechten Zeit gekommen, schönes Mädchen. Backe den Kuchen, und ich selbst will ihn dem Prinzen vorsetzen.«

Der Kuchen war bald gebacken. Die eingeladenen Gäste drängten sich schon um die Tafel, als der oberste Koch hereintrat und den wunderbaren Hochzeitskuchen auf einem silbernen Tablett vor den Prinzen Milan stellte. Die Gäste waren ganz außer sich vor Bewunderung, denn dieser Kuchen war wirklich ein Kunstwerk. Gleich ging der Prinz daran, ihn anzuschneiden. Da flogen zwei Tauben daraus hervor, und er hörte, wie die eine zur anderen sagte: »Mein lieber Gemahl, flieg nicht fort, verlasse mich nicht, wie Prinz Milan seine geliebte Hyacinthia verlassen hat.«

Prinz Milan seufzte tief, als er die Tauben so sprechen hörte. Dann sprang er plötzlich auf und lief hinaus, und vor der Tür fand er die schöne Hyacinthia, die auf ihn gewartet hatte. Vor dem Schloßtor stand noch immer sein treues Roß und scharrte mit den Hufen. Ohne einen Augenblick zu verlieren, schwangen sich Milan und Hyacinthia in den Sattel und galoppierten, so schnell sie konnten, ins Reich des Königs Kojata. Der König und die Königin empfingen sie mit solcher Freude, wie man sie nie zuvor gekannt, und fortan lebten sie glücklich und zufrieden miteinander bis ans Ende ihrer Tage.

Die Legende von Tschi-Niu

Dieses chinesische Märchen erzählt von Tong, einem Sohn, der sich als Sklave verkauft, um seinen verstorbenen Vater würdig bestatten zu können. Der Himmel vergilt ihm seine Frömmigkeit und Sohnesliebe, indem er eine Göttin herniedersendet. Mit ihr erhält Tong die besten Güter, die das Schicksal zu vergeben hat.

Als Tong-Yong noch ein Kind war, starb seine Mutter. Sein Vater starb, als er sechzehn Jahre alt war. Nun hatte Tong-Yong niemand und nichts mehr auf dieser Welt. Sein Vater war ein armer Mann gewesen, der alles, was er verdiente, für die Erziehung seines Sohnes aufgewandt hatte, so daß nach seinem Tode nichts Erspartes verblieben war, nicht einmal ein kupferner Pfennig. Tong bejammerte das Schicksal, das ihm solche Armut auferlegte, daß er seines Vaters Andenken nicht ehren konnte, wie es die Sitte verlangte: durch ein würdiges Begräbnis und ein in Stein gehauenes Grabmal an einem schönen Grabplatz. Und weil die Armen nur Arme zu Freunden haben, kam es, daß Tong auch niemand kannte, der ihm in seiner Not hätte helfen können. Es gab nur einen Weg, um das notwendige Geld zu beschaffen: er mußte sich als Sklave an einen reichen Grundbesitzer verkaufen. Vergeblich versuchten die Freunde alles, um ihn davon abzubringen. Um sein Opfer zu vereiteln, machten sie sogar verlockende Versprechungen, welche sie freilich niemals hätten einlösen können. Tong erwiderte nur, lieber wolle er hundertmal seine eigene Freiheit verkaufen, als ertragen, daß seines Vaters Andenken auch nur ein halbes Jahr vergessen werde. Seine Jugend und Kraft schätzte er so hoch ein, daß er einen großen Preis für sich zu erlangen hoffte, womit er ein Grab erwerben würde, so schön, wie er es sich sonst nie hätte leisten können.

Also begab er sich auf den großen Marktplatz, wo Sklaven und Schuldner zum Verkauf angeboten wurden, und setzte sich dort auf eine Steinbank. An seiner Schulter hatte er ein Schild befestigt, worauf er seine Fähigkeiten und die Kaufbedingungen geschrieben hatte. Viele, die das lasen, lächelten verächtlich und voll Hochmut über den geforderten Preis und gingen wortlos vorüber. Andere verweilten, um Tong aus reiner Neugier auszufragen. Einige lobten ihn dann mit leeren Worten, andere spotteten seiner Selbstlosigkeit und verlachten seine Sohnesliebe. So vergingen viele ermüdende Stunden, und Tong glaubte schon, keinen Herrn mehr zu finden, als ein hoher Beamter der Provinz vorüberritt, ein schöner, ernster Mann, Herr über tausend

Sklaven und Besitzer riesiger Ländereien. Als dieser das Schild gewahrte, brachte er sein Tatarenroß zum Stehen. Er lächelte nicht, besann sich nicht und fragte nichts, las nur den Preis und sah die gesunden, kräftigen Gliedmaßen des jungen Mannes und kaufte ihn, ohne sich lang zu besinnen. Seinen Diener wies er an, die geforderte Summe auszuzahlen und die nötigen Papiere zu beschaffen.
Nun konnte Tong-Yong seinen Herzenswunsch erfüllen, und er ließ einen Grabstein errichten, zwar klein, aber gewiß eine Augenweide, denn er war von einem geschickten Künstler entworfen und von kunstfertigen Bildhauern ausgeführt. Die frommen Bräuche wurden begangen; Tong legte dem toten Vater eine silberne Münze in den Mund, hing weiße Laternen unter die Tür, die heiligen Gebete wurden gesprochen, und papierene Nachbildungen all dessen, was der Tote im Land der Geister vielleicht benötigte, wurden in geweihtem Feuer verbrannt. Erdwahrsager und Geisterbeschwörer hatten einen Grabplatz gewählt, welchen kein unglückbringender Stern bescheinen konnte, eine Ruhestätte, die kein Dämon und kein Drache je stören würde. Scheingeld wurde auf den Weg gestreut, und die Begräbnisprozession setzte sich vom Hause des Toten aus in Bewegung. Unter Gebeten und Wehklagen wurden die sterblichen Reste von Tongs bravem Vater beerdigt. Dann trat Tong in die Dienste des Mannes, der ihn gekauft hatte. Dieser wies ihm eine kleine Hütte als Wohnung an, und Tong nahm dorthin die hölzerne Ahnentafel mit, auf denen die Namen der Verstorbenen stehen und vor denen der Sohn täglich Weihrauch verbrennen und Gebete sprechen muß.
Der Frühling kam und erfüllte das Land mit Blütenduft, dreimal schon war das Fest der Toten, genannt *Siu-fan-ti*, begangen worden, und dreimal hatte Tong das Grab seines Vaters gesäubert und geschmückt und Geschenke dargebracht: fünferlei Früchte und fünferlei Fleisch. Die Trauerzeit war vorüber, aber Tong legte seine Trauer nicht ab. Die Jahre mit ihren vielen Monaten lösten einander ab und brachten Tong doch keine Stunde, die von Freude erfüllt gewesen wäre, keinen Tag glücklichen Rastens. Aber kein einziges Mal beklagte er seine Knechtschaft, und nie vernachlässigte er die Riten der Ahnenverehrung. Da ward er eines Tages vom Reisfeldfieber befallen und konnte das Bett nicht mehr verlassen. Seine Kameraden meinten, er sei dem Tod preisgegeben, denn es konnte sich niemand um ihn kümmern. Alle Diener und Sklaven hatten ihre Arbeit im Haus und auf den Feldern, erhoben sich bei Sonnenaufgang, um an ihre schwere Arbeit zu gehen, und kehrten nach Sonnenuntergang müde zurück.
Da geschah es an einem heißen Vormittag, während der kranke Jüngling vor Erschöpfung schlief, daß er träumte, eine fremde, schöne

Frau stehe neben ihm und streichle seine Stirn mit den langen, zarten Fingern einer wohlgestalten Hand. Ein süßer, nie gekannter Schauer überlief ihn bei der kühlen Berührung, und seine Adern schienen sich zitternd mit neuem Leben zu füllen. Voll Staunen öffnete er die Augen und sah, wie sich das Wesen, von welchem er geträumt hatte, wirklich über ihn beugte und eine wirkliche Hand seine schmerzende Stirn streichelte. Das brennende Fieber war gewichen, erfrischende Kühle durchflutete seinen ganzen Körper, und die Schauer, von denen er geträumt hatte, rannen noch immer durch sein Blut. Da begegneten seine Augen dem Blick der Frau, und er sah, daß ihre Augen so schön waren wie schwarze Diamanten und ihre Brauen wie Schwalbenflügel sich wölbten. Ihr stiller Blick durchdrang ihn, wie Licht Kristall durchdringt. Eine unbestimmbare Ehrfurcht überkam ihn und ließ die Frage, welche auf seinen Lippen lag, verstummen.
Da lächelte sie und sagte: »Ich bin gekommen, um dir neue Kraft zu bringen und deine Frau zu werden. Steh auf und verrichte mit mir eine Andacht.«
Ihre klare Stimme glich dem Gesang der Vögel, aber ihr Blick war so gebieterisch, daß Tong nichts einzuwenden wagte. Er stand auf und bemerkte voll Verwunderung, daß er wieder ganz gesund war. Ihre schmale, kühle Hand hielt seine Hand und führte ihn so rasch hinweg, daß ihm kaum Zeit blieb, sich zu verwundern. Er würde Jahre seines Lebens dafür gegeben haben, hätte er den Mut fassen können, ihr sein Elend zu klagen: daß er unmöglich eine Frau ernähren könne. Aber in den großen dunklen Augen seiner Begleiterin lag etwas Zwingendes, das ihn schweigen ließ.
Als habe dieser wundersame Blick sein Innerstes entdeckt, sprach sie mit ihrer klaren Stimme zu ihm: »Ich werde für alles sorgen.«
Schamröte stieg ihm in die Wangen bei dem Gedanken an seinen ärmlichen Anblick, an sein zerfetztes Gewand. Aber da erkannte er, daß auch sie ärmlich gekleidet war, wie eine Frau aus dem Volke. Sie trug keinen Schmuck und ihre Füße waren bloß. Noch ehe er ein Wort an sie gerichtet, erreichten sie den Altar mit den Ahnentafeln, und dort kniete die Frau neben ihm nieder, und sie beteten zusammen. Und sie reichte ihm einen Becher mit Wein, er wußte nicht woher, den leerten sie mitsammen und versprachen sich Treue. So huldigten sie dem Himmel und der Erde, und so wurde sie seine Frau.
Es war eine geheimniserfüllte Ehe. Denn weder an diesem noch an irgendeinem der folgenden Tage wagte Tong nach dem Familiennamen seiner Frau zu fragen oder nach ihrem Geburtsort, und er konnte auf keine der neugierigen Fragen der anderen Sklaven eine Antwort ge-

ben. Die Frau verriet nichts von sich selbst, außer daß sie Tschi heiße. Und so groß war die Ehrfurcht, die Tong für sein Weib empfand, daß ihm war, als habe er keinen eigenen Willen, solange sie ihren Blick auf ihm ruhen ließ. Er liebte sie ohne Schranken und Grenzen, und der Gedanke an seine Leibeigenheit verlor alle Bedrückung von dem Tage ihrer Heirat an. Wie durch ein Wunder veränderte sich die kleine Hütte, in welcher sie hausten. Liebliche Bilder lenkten den Blick von der Ärmlichkeit der Wohnung ab, zierliches Schmuckwerk, wie aus dem Nichts geschaffen, verwandelte alles, es war wie Zauberei, deren Geheimnis nur eine Frau kennt.

Jeden Morgen erwartete den jungen Ehemann eine wohlzubereitete reichliche Mahlzeit, und abends, wenn er von den Feldern heimkehrte, war es wieder so. Seine Frau saß den ganzen Tag an ihrem Webstuhl und webte Seide, wie man sie nie zuvor in dieser Gegend gesehen hatte. Der Stoff floß aus ihrem Webstuhl wie ein sanfter Wasserfall glänzenden Goldes hervor, mit violetten, karmesinroten und smaragdgrünen Schattierungen, darauf waren geisterhafte Gestalten, Reiter auf ihren Pferden; Traumkutschen, von Drachen gezogen; dahintreibende Wolken. Und im Herzen eines jeden Drachen schimmerte eine zauberhafte Perle, und im Helm eines jeden Reiters glitzerte ein kostbarer Edelstein. Tag für Tag webte Tschi große Stücke dieses gemusterten Seidenstoffes, und schließlich verbreitete sich die Kunde davon in der Umgebung. Von nah und fern drängten nun Leute herbei, um den wundervollen Stoff zu sehen. Seidenhändler aus den großen Städten erfuhren davon und sandten Boten zu Tschi mit der Bitte, für sie zu weben und ihnen das Geheimnis ihrer Kunst zu verkaufen. Sie gaben ihr Silbermünzen, und sie webte für sie, wie sie es verlangten, aber wenn sie baten, sie möge ihre Kunst mitteilen, lachte sie nur.

»Glaubt mir, ich könnte Euch niemals darin unterrichten«, sagte sie, »denn keiner unter Euch hat solche Hände wie ich.«

Und es war in der Tat so, daß man ihre Finger nicht mehr voneinander unterscheiden konnte, wenn sie webte, so wie man die Flügel einer Biene nicht erkennen kann, wenn sie in behendem Fluge schwirren. Die Jahreszeiten vergingen, und es ermangelte Tong an nichts, so vollkommen erfüllte seine schöne Frau ihr Versprechen, für alles zu sorgen. Die Silbermünzen der Seidenhändler türmten sich höher und höher in der großen geschnitzten Truhe, welche Tschi für ihren Haushalt gekauft hatte.

Eines Morgens, als Tong von seiner Mahlzeit aufstand, um hinaus auf die Felder zu gehen, bat ihn Tschi, zu Hause zu bleiben. Sie schloß die große Truhe auf und nahm ein Schriftstück heraus, welches sie ihm

übergab. Es war in der Amtsschrift, genannt *Li-schu*, verfaßt. Und als Tong es näher betrachtete, schrie er auf vor Freude: es war die Urkunde seiner Freilassung. Tschi hatte ihren Gatten heimlich mit den Ersparnissen, die ihre Seidenweberei einbrachte, losgekauft.
»Du sollst nie mehr für einen Herrn arbeiten«, sagte sie, »sondern nur mehr für dein Wohlergehen. Ich habe auch dieses Häuschen gekauft, mit allem, was darin ist, und den Teefeldern, die sich nach Süden hin erstrecken, und den Maulbeerbäumen daneben. Dies alles ist unser.«
Tong wollte sich in Dankbarkeit vor seiner Frau niederwerfen, um ihr zu huldigen, aber sie ließ es nicht zu. Nun war er frei und zugleich wohlhabend! Was er einst der geweihten Erde überlassen hatte, war ihm hundertfach vergolten. Seine Diener liebten ihn und verehrten die schöne Tschi, die so still und freundlich zu allen war. Bald stand der Webstuhl unberührt in einer Ecke des Hauses, denn Tschi gebar einen Sohn, der so schön war, daß Tong vor Glück weinte. Von da an widmete sich die Frau nur mehr ihrem Kind.
Bald war zu erkennen, daß der Knabe ebenso wunderbar war wie seine Mutter. Schon nach drei Monaten konnte er sprechen, und im Alter von sieben Monaten konnte er alle heiligen Gebete und die Spruchweisheiten auswendig hersagen. Er war noch keine elf Monate alt, als er schon mit Geschicklichkeit den Pinsel zu führen wußte und die Lehren des Lao-tse in schönen Schriftzeichen abschreiben konnte. Selbst die Tempelpriester kamen, um dieses besondere Kind zu sehen und sich mit ihm zu unterhalten, und sie lobten seinen Liebreiz und die Weisheit seiner Worte.
Sie segneten Tong und sprachen: »Diesen Sohn hat dir der Herr des Himmels geschenkt, zum Zeichen, daß dich die Unsterblichen lieben. Mögen deine Augen hundert glückliche Sommerzeiten schauen.«
Es war während des elften Monats, die Blumen waren verwelkt, der Duft des Sommers entschwunden, die Winde wurden kälter, und im Hause Tongs entzündete man an den Abenden schon das Feuer. Lange saßen Mann und Frau im milden Feuerschein, und Tong sprach von seinem Glück und seinen Hoffnungen, davon, daß sein Sohn ein bedeutender Mann würde, und von vielen anderen väterlichen Wünschen und Träumen. Seine Frau hörte ihm schweigend zu und ihre seltsamen Augen ruhten mit einem stillen Lächeln auf ihm. Nie zuvor war sie Tong so schön erschienen, und er bemerkte gar nicht, wie die Nacht verging, wie das Feuer niederbrannte und draußen der Wind in den kahlen Bäumen sang.
Plötzlich stand Tschi auf, nahm seine Hand und führte ihn, wie am Morgen ihrer Hochzeit, still und zugleich zwingend zur Wiege, wo

ihr Sohn schlief und im Traum lächelte. Da überkam Tong wieder diese merkwürdige Furcht, die er beim ersten Anblick seiner Frau empfunden hatte, diese Furcht, die von Liebe und Vertrauen besänftigt, aber nie ganz beseitigt worden war, wie die Furcht vor den Göttern. Und ohne es selbst zu wissen, wie von unsichtbarer Hand gedrängt, verbeugte er sich tief vor ihr und kniete nieder wie vor einer Gottheit. Als er seinen Blick wieder zu ihrem Antlitz emporhob, mußte er vor Staunen die Augen schließen, denn Tschi wuchs vor ihm empor, größer als jemals eine sterbliche Frau war. Um sie war ein Glanz wie von Sonnenstrahlen, und ihre Glieder schimmerten durch ihr Gewand.
Ihre süße Stimme drang zu ihm, so zärtlich wie in vielen anderen Stunden, und sie sprach: »O mein Geliebter, nun ist der Augenblick gekommen, da ich dir Lebewohl sagen muß, denn nicht als Sterbliche bin ich geboren, und die Unsichtbaren können nur für begrenzte Zeit Fleisch werden. Aber ich lasse dir das Unterpfand unserer Liebe, diesen schönen Sohn, der dir so treu und so liebevoll ergeben sein soll, wie du es deinem Vater warst. Denn wisse, mein Geliebter, daß ich dir vom Herrscher des Himmels als Belohnung für deine Frömmigkeit und Sohnestreue geschickt worden bin. Jetzt muß ich in den Glanz seines Hauses zurückkehren. Ich bin die Göttin *Tschi-Niu*!«
Als sie das gesagt hatte, verblaßte der große Glanz, und da Tong die Augen wieder öffnete, wußte er, daß sie für immer entschwunden war, geheimnisvoll vergangen wie der Wind des Himmels, unwiederbringlich wie eine niedergebrannte Flamme. Und doch waren alle Türen verriegelt, alle Fenster geschlossen und das Kind lag, noch immer lächelnd im Schlafe, in seiner Wiege. Draußen dämmerte es schon, rasch erhellte sich der Himmel, die Nacht war vorüber. Mit glanzvoller Majestät stieß der Osten die hohen goldenen Tore auf für die emporsteigende Sonne, und der Morgendunst hüllte sich in schillernde Farben und Formen seltsamer Schönheit wie die seidenen Träume, die Tschi-Niu auf ihrem Webstuhl gewirkt hatte.

Die Hexe

Dies ist eine russische Version von Hänsel und Gretel, der bösen Stiefmutter und der Hexe, und auch hier erfährt Güte Belohnung. In dieser Art von Märchen eignet dem Vater jeweils ein merkwürdig schwacher Charakter, er scheint sich um das Schicksal seiner Kinder gar nicht zu kümmern. Wenn die Kinder aber dann nach unsäglicher Not glücklich wieder nach Hause kommen, erfüllt der Vater seine eigentliche Aufgabe: Er vertreibt die böse Stiefmutter und nimmt sich selbst seiner Kinder an.

Es war einmal ein Bauer, dem starb seine Frau und hinterließ ihm ein Mädchen und einen Knaben, das waren Zwillinge. Ein paar Jahre lebte der arme Mann allein mit seinen Kindern und sorgte für sie, so gut er konnte, aber ohne die Hilfe einer Frau schien alles zu mißlingen im Hause. Da entschloß er sich endlich, wieder zu heiraten. Er meinte, die Frau werde Ordnung und Frieden in seinen Haushalt bringen und sich seiner mutterlosen Kinder annehmen. In den folgenden Jahren wurden ihm viele Kinder geboren, aber es herrschte weder Frieden noch Ordnung in seinem Haushalt, denn die Stiefmutter war sehr grausam gegen die Zwillinge. Sie schlug sie und ließ sie halb verhungern und trieb sie immerfort aus dem Hause, denn ihr einziges Sinnen und Trachten war, die Kinder aus dem Wege zu haben. Den ganzen Tag über dachte sie an nichts anderes, und endlich kam ihr ein teuflischer Plan in den Sinn. Sie wollte die Kinder in den großen finsteren Wald hinausschicken, wo eine böse Hexe lebte.

Eines Morgens sagte sie zu ihnen: »Ihr seid so brav gewesen, daß ich euch zu meiner Großmutter zu Besuch schicken will. Sie lebt in einer hübschen kleinen Hütte im Wald, und ihr müßt sie nur immer fleißig bedienen und ihr folgsam sein, dann werdet ihr mit den feinsten Lekkerbissen belohnt werden.«

Die beiden Kinder verließen ihr Vaterhaus, und das kleine Mädchen, das für sein Alter sehr klug war, sagte zu seinem Bruder: »Laß uns zuvor zu unserer eigenen lieben Großmutter gehen und ihr davon erzählen, wohin uns die Stiefmutter schickt.«

Als die Großmutter hörte, wo sie hingehen sollten, weinte sie und rief: »Ihr armen, mutterlosen Kinder! Mir bricht schier das Herz, so dauert ihr mich, und doch kann ich euch nicht helfen. Eure Stiefmutter schickt euch nicht zu ihrem Großmütterchen, sondern zu einer bösen Hexe, die in dem finsteren Wald lebt. Hört mir zu, meine lieben Kinderchen: seid stets freundlich und ordentlich und sagt nie ein böses Wort zu jemandem und rührt keinen Krümel an, wenn er euch

nicht gehört. Wer weiß, vielleicht findet ihr doch noch Hilfe.« Und sie gab ihren Enkelkindern einen Krug Milch, ein Stück Speck und einen Laib Brot, so wanderten sie in den großen, finsteren Wald hinein. Wo der Wald am dichtesten war, sahen sie eine seltsame kleine Hütte. Darin lag die Hexe, den Kopf an der Türschwelle, jeden Fuß in einer Zimmerecke, und ihre Knie berührten fast die Decke.
»Wer ist da?« knurrte sie wütend, als sie die Kinder hörte.
Die Zwillinge antworteten höflich, obgleich sie so erschraken, daß sie sich aneinanderklammerten. »Guten Morgen, Großmütterchen, unsere Stiefmutter hat uns geschickt, wir sollen dir dienen.«
»So paßt nur auf, daß ihr mir alles recht macht!« brummte die Hexe. »Wenn ich mit euch zufrieden bin, sollt ihr entlohnt werden, bin ich aber nicht mit euch zufrieden, so stecke ich euch in eine Pfanne und brate euch im Ofen; ja, das tu' ich, meine lieben Kinderchen! Bis jetzt habt ihr es ja gut gehabt zu Hause, aber bei mir müßt ihr hart arbeiten, das werdet ihr gleich sehen!«
Und damit gab sie dem Mädchen Garn zu spinnen, und dem Knaben gab sie ein Sieb, in welchem er Wasser vom Brunnen hereintragen sollte. Sie selbst ging in den Wald hinaus. Wie das Mädchen so an seinem Spinnrocken saß, weinte es bitterlich, denn es wußte nicht, wie es anfangen sollte. Da hörte es hundert kleine Füßchen tappen, und aus jeder Ecke und jedem Loch in der Hütte kamen Mäuse über den Boden gesprungen, und sie quieksten und sagten:

»Kleines Mädchen, warum sind deine Augen rot?
Möchtest du Hilfe, so gib uns Brot.«

Das Mädchen schnitt ihnen ein großes Stück Brot von dem Laib, den sie von der Großmutter bekommen hatten. Dafür erzählten die Mäuse dem Mädchen, daß die Hexe eine Katze besitze, und die Katze sei ganz gierig nach Speck, gewiß würde sie den Kindern dafür den Weg aus dem Wald zeigen. Währenddessen wollten die Mäuse das Garn spinnen. Da machte sich das Mädchen auf, um die Katze zu suchen, und traf dabei seinen Bruder, er war ganz verzweifelt, denn freilich konnte er in dem Sieb kein Wasser herbeischaffen, es floß in dem nämlichen Augenblick heraus, in welchem er es einschöpfte. Während die Schwester den Bruder zu trösten versuchte, hörten sie Flügelschlagen, und ein Schwarm Zaunkönige ließ sich neben ihnen auf dem Boden nieder. Die Zaunkönige sagten:

»Schenkst du uns Krümel, brauchst dich nicht plagen,
kannst Wasser in deinem Siebe tragen.«

Da streuten die beiden Kinder Brotkrümel auf den Boden, und die Zaunkönige pickten es auf und zwitscherten und schilpten. Nachdem sie das letzte Krümelchen aufgepickt hatten, sagten sie dem Knaben, er solle die Löcher des Siebes mit Lehm verstreichen und dann darin Wasser holen.
Er tat wie geheißen und trug das Sieb mit dem Wasser darin in die Hütte, ohne einen Tropfen zu verschütten.
Als die beiden Kinder wieder in die Hütte kamen, lag da die Katze zusammengerollt am Boden. Sie streichelten sie und fütterten sie mit Speck.
»Kätzchen, liebes graues Kätzchen«, schmeichelten sie, »sag uns, wie wir vor der Hexe fliehen können.«
Die Katze dankte ihnen für den Speck und schenkte ihnen ein Taschentuch und einen Kamm, das Taschentuch sollten sie auf den Boden werfen, wenn die Hexe sie verfolgte, und dann, so schnell sie konnten, weiterlaufen. Sobald das Taschentuch den Boden berühre, werde daraus ein breiter, tiefer Fluß, welcher es der Hexe unmöglich mache, ihnen weiter nachzusetzen. Gelänge es ihr aber doch, über den Fluß zu kommen, so müßten sie den Kamm hinter sich werfen und um ihr Leben laufen. Denn der Kamm lasse einen Wald erstehen, so dicht, daß die Hexe in ihrer Verfolgung aufgehalten werde, und währenddessen könnten sie in Sicherheit entkommen.
Kaum hatte die Katze den Kindern dies erzählt, als auch schon die Hexe zurückkehrte, um zu sehen, ob die Kinder ihre Aufgabe gelöst hätten.
»Nun, für heute habt ihr genug getan«, grollte sie, »aber morgen werde ich euch etwas Schwereres auftragen, und wenn ihr das nicht ordentlich macht, ihr Teufelsbraten, so werdet ihr gleich in den Ofen gesteckt.«
Die armen Kinder zitterten am ganzen Leib und waren halb tot vor Angst. So legten sie sich in einer Ecke der Hütte auf ein Strohlager nieder, aber sie wagten nicht, die Augen zuzumachen, ach, sie getrauten sich kaum zu atmen. Am anderen Morgen befahl die Hexe dem Mädchen, bis zum Abend zwei Linnen zu weben, und der Knabe sollte ein Klafter Holz in Späne spalten. Danach verließ sie die Kinder wieder und ging in den Wald hinaus. Kaum war sie verschwunden, nahmen die beiden Kinder einander bei den Händen und vergaßen auch das Taschentuch und den Kamm nicht, und so liefen sie fort und liefen und liefen. Da begegneten sie dem Wachhund, der wollte sich auf die Kinder stürzen und sie in Stücke reißen, aber sie warfen ihm hin, was von ihrem Brot übriggeblieben war, und er fraß es und wedelte mit dem Schwanz. Dann wurden sie von den Birken aufgehalten, deren

Zweige ihnen fast die Augen ausstachen. Aber das Schwesterchen band sie mit einem Stückchen Borte zusammen, und so kamen sie sicher vorbei und hinaus auf die Felder.

Unterdessen webte die Katze das Linnen und verwirrte dabei die Fäden. Da kam die Hexe in die Hütte zurück, um zu sehen, wie die Kinder arbeiteten. Sie schlich sich ans Fenster und flüsterte: »Webst du, mein kleiner Liebling?«

»Ja, Großmütterchen, ich webe«, antwortete die Katze.

Als die Hexe sah, daß die Kinder entkommen waren, wurde sie sehr zornig und schlug die Katze mit dem Suppenlöffel.

»Warum hast du die Kinder aus der Hütte gelassen?« schrie sie. »Warum hast du ihnen nicht die Augen ausgekratzt?«

Die Katze stellte den Schwanz auf und machte einen drohenden Bukkel. »Ich hab' dir all die Jahre gedient, und du hast mir nicht einmal einen Knochen gegeben, die lieben Kinderchen aber haben mir ihr bißchen Speck geschenkt.«

Dann schalt die Hexe auch den Wachhund und die Birken, weil sie die Kinder nicht aufgehalten hatten. Aber der Hund erwiderte: »Ich habe dir all die Jahre gedient, aber du hast mir nicht einmal eine harte Brotrinde gegeben, die lieben Kinderchen haben mir ihr bißchen Brot geschenkt.«

Und die Birke rauschte mit ihren Blättern und sagte: »Ich diene dir schon länger, als ich sagen kann, aber du hast mir nie ein Stückchen Schnur um meine Äste gebunden. Die lieben Kinderchen aber haben meine Zweige mit der schönsten Borte aufgebunden.«

Da merkte die Hexe, daß sie von ihren alten Dienern keine Hilfe mehr zu erwarten hatte, und sie meinte, es sei das beste, sich auf ihren Besen zu setzen und die beiden Kinder zu verfolgen. Die Kinder liefen und liefen, und auf einmal hörten sie dicht hinter sich, wie ein Besen den Boden kehrte. Da warfen sie das Taschentuch hinter sich und rannten weiter, und in dem Augenblick entstand ein tiefer, breiter Fluß.

Die Hexe brauchte lange, bis sie in dem Fluß eine Stelle fand, wo sie auf ihrem Besen durchwaten konnte, aber schließlich gelang es ihr, und nun setzte sie die Verfolgung fort, hurtiger als zuvor. Und wieder hörten die Kinder den Besen die Erde berühren und warfen auch gleich den Kamm hinter sich. Im Nu wuchs ein Wald daraus, wie es die Katze gesagt hatte, und die Wurzeln und Zweige der Bäume waren so ineinander verschlungen, daß es unmöglich war, einen Weg hindurch zu finden. Die Hexe mußte wieder umkehren und in ihre Hütte zurückreiten.

Die Zwillinge aber liefen immer weiter, bis sie nach Hause kamen. Dort erzählten sie ihrem Vater alles, was sie ausgestanden hatten, und da geriet er in solchen Zorn über die Stiefmutter, daß er sie aus dem Hause trieb und nie wieder bei sich aufnahm. Er aber lebte fortan glücklich mit seinen Kindern und tat alles selbst für sie und ließ nie mehr einen Fremden in ihre Nähe kommen.

Der Tiger, der Brahmane und der Schakal

Der Tiger lebt in den Bergen und im Dschungel Indiens, und Indien ist auch die Heimat dieses Märchens. Es ist ein Kleinod, vielleicht ein winziges nur – aber es glitzert von Witz und List, und vieles verbirgt sich in den wenigen Worten: die ganze Klugheit und Philosophie Indiens.
Der Tiger, ein schönes, starkes Tier, ist dumm, leicht läßt er sich fangen und in einen Käfig sperren, und niemals darf man ihm trauen – das erfährt auch der Brahmane dieser Geschichte. Der gemeine Schakal jedoch, ein kleines, wildes Tier, das ohne Kraft und Schönheit ist, hat Schläue und Klugheit. Da niemand ihm hilft, muß es sich selbst helfen. Mit List und Tücke besiegt der Schakal den Tiger.
Der heilige Feigenbaum, der Büffel und die Straße – sie alle sind Zeichen der buddhistischen Lehre vom Leiden während des Lebens, Leiden, indem man anderen dient. Wie der heilige Feigenbaum, der Büffel und die Straße ihr Schicksal annehmen, so nimmt der Inder die Mühsal dieses Lebens auf sich.

Es war einmal ein Tiger in eine Falle gegangen. Vergeblich versuchte er zwischen den Stäben hindurchzuschlüpfen, er wälzte sich hin und her und biß um sich vor Zorn und Gram.
Da kam ein armer Brahmane des Wegs. »Laß mich aus dem Käfig, frommer Mann!« weinte der Tiger.
»Nein, mein Freund«, erwiderte der Brahmane sanft, »du würdest mich wahrscheinlich auffressen, wenn ich es täte.«
»Gewiß nicht!« Der Tiger schwor heilige Eide. »Im Gegenteil, ich wäre dir ewig dankbar und ergeben wie ein Sklave.«
Wie da der Tiger schluchzte und seufzte, schrie und schwor, erweichte er des frommen Brahmanen Herz, und er öffnete den Käfig. Mit einem Satz sprang der Tiger heraus und schrie den armen Mann an: »O du Narr! Was hindert mich jetzt, dich aufzufressen? Ich bin so lange eingesperrt gewesen, daß mich fürchterlich hungert.«
Umsonst flehte der Brahmane um sein Leben. Er konnte nur erreichen, daß der Tiger versprach, sich dem Urteil der ersten drei Dinge, die dem Brahmanen begegneten, zu unterwerfen.
Da fragte der Brahmane einen heiligen Feigenbaum, der am Wege stand, was er von der Drohung des Tigers halte. Aber der Feigenbaum erwiderte kühl: »Was beklagst du dich? Gewähre ich nicht auch jedermann Schutz und Schatten und werden meine Zweige nicht doch herabgezogen, damit das Viehzeug sich an meinen Früchten satt essen kann? Jammere nicht, sei ein Mann!«
Da war der Brahmane von Herzen traurig. Er ging weiter und traf eine

Büffelkuh, welche ein Wasserrad zog. Aber mit dieser fuhr er nicht besser, denn das Tier sagte: »Du bist ein Narr, wenn du Dankbarkeit erwartest. Schau mich an! Solange ich Milch gab, fütterten sie mich mit Baumwollsamen und Ölkuchen. Seit ich aber ausgetrocknet bin, haben sie mich unters Joch gezwungen, und ich bekomme Püffe statt Futter.«

Da war der Brahmane noch trauriger und fragte die Landstraße nach ihrer Meinung.

»Lieber Herr«, sagte die Landstraße, »wie töricht von Euch, irgend etwas zu erwarten! Seht mich an, ich nütze jedermann, dem Armen wie dem Reichen, dem Großen wie dem Kleinen, und was tun sie? Sie trampeln auf mir herum, wenn sie vorüberziehen, streuen die Asche ihrer Pfeifen und ihre Erbsenhülsen auf mich!«

Als der Brahmane dies hörte, ging er bekümmert zurück. Da traf er einen Schakal, der rief: »Was ist mit Euch, Brahmane? Ihr seht so traurig aus wie ein Fisch ohne Wasser!«

Der Brahmane erzählte ihm, was geschehen war. »Wie verwirrend!« sagte der Schakal, nachdem er sich alles angehört hatte. »Könntet Ihr es noch einmal erzählen? Mir ist alles durcheinandergeraten.«

Der Brahmane tat es, aber der Schakal schüttelte abermals verständnislos den Kopf, denn er hatte es noch nicht begriffen.

»Es ist ganz merkwürdig«, sagte der Schakal traurig, »aber es ist gerade so, als ob es zum einen Ohr hinein- und zum anderen wieder hinausginge. Ich will mit Euch zu der Stelle gehen, wo sich alles zugetragen hat, vielleicht verstehe ich es dann.«

Sie kehrten also zurück zu dem Käfig, vor dem der Tiger auf und ab ging und sich Klauen und Zähne schärfte.

»Lange bist du ausgeblieben«, grollte das wilde Tier. »Aber jetzt wollen wir unsere Mahlzeit halten.«

Unsere Mahlzeit, dachte der unglückliche Brahmane, und seine Knie schlugen vor Angst aneinander. Welch eine ungewöhnlich feinfühlige Auffassung!

»Schenk mir noch fünf Minuten, du Herr über mein Leben«, flehte er, »damit ich dem Schakal unseren Fall erklären kann, denn er hat einen langsamen Verstand.«

Der Tiger willigte ein, und der Brahmane fing wieder an, den ganzen Hergang genau zu erzählen, vergaß auch nicht das kleinste und war so ausführlich und breit in seiner Schilderung wie nur eben möglich.

»Ach, mein armes Gehirn, mein armes Gehirn!« rief der Schakal und rang seine Pfoten. »Laßt mich einmal wiederholen. Wie fing es doch an? Ihr wart in dem Käfig und der Tiger kam vorbei . . .«

»Pah! Du bist aber ein Narr! *Ich* war in dem Käfig.«

»Natürlich!« rief der Schakal und tat, als ob er vor Furcht zitterte. »Ja, ich war in dem Käfig – nein, nicht ich – Himmelslicht und Wüstensand, wo hab' ich nur meinen Kopf? Laßt mich noch einmal wiederholen: Der Tiger war im Brahmanen, und der Käfig kam vorbeigegangen, nein, so ist es auch nicht richtig. Ach, kümmert Euch nicht mehr um mich, ich werde es doch nie verstehen, fangt mit Eurer Mahlzeit an.«

»Doch, du wirst es verstehen!« schrie der Tiger, der ob der Dummheit des Schakals schon ganz rasend vor Zorn war. »Ich bringe dich so weit, daß du es verstehst. Schau *mich* an, ich bin der Tiger.«

»Ja, mein Herr.«

»Und das ist der Brahmane.«

»Ja, mein Herr.«

»Und das ist der Käfig . . .«

»Ja, mein Herr.«

»Und ich war in dem Käfig – verstehst du das?«

»Ja – nein – bitte, mein Herr . . .«

»Nun?« schrie der Tiger ungeduldig.

»Verzeiht, Herr, wie seid Ihr hineingekommen?«

»Wie? Nun, wie man eben in einen Käfig hineinkommt.«

»O Wüstensand und Kürbiskern – mir dreht sich schon wieder alles im Kopf! Verzeiht, Herr, ich bitte Euch, und verliert nicht die Geduld, aber *wie* kommt man in einen Käfig hinein?«

Das war dem Tiger zuviel, mit einem wütenden Satz sprang er in den Käfig und schrie: »So! Verstehst du es jetzt?«

»Vollkommen!« sagte der Schakal und grinste, während er behend die Käfigtür verriegelte. »Und wenn Ihr gestattet, so möchte ich sagen, die Dinge bleiben, wie sie gewesen sind.«

Iwanitsch und der Zauberring

Rußland ist unverkennbar die Heimat dieses Märchens: Der junge Prinz reitet – auf der Suche nach seiner Traumprinzessin, die von einem bösen Geist verzaubert ist – mit seinem schnellen Pferd durch weites Land, durch endlose dichte Wälder, in denen wilde Tiere leben. Das Märchen entleiht sie wärmeren Zonen, denn auch Tiger und Löwen gehören zu den Schrecken dieses Waldes. Aber sie verhalten sich wie russische Wölfe, wenn sie sich auf das Fleisch stürzen, das ihnen der Prinz zum Fraß vorwirft.

Vor langer Zeit lebte einmal ein König, der hatte drei Söhne. Der älteste hieß Ssabo, der mittlere Warsa und der jüngste Iwanitsch.
An einem schönen Sommermorgen erging sich der König mit seinen Söhnen im Garten, wo die Bäume hoch in Blüte standen, manche trugen sogar schon so viel Früchte, daß ihre Äste schwer zu Boden hingen. Wie sie so spazierengingen, kamen sie zu einem eingezäunten Stück Garten, darin standen drei prächtige Bäume. Der König betrachtete sie und schüttelte traurig sein Haupt und wanderte schweigend weiter.
Die drei Söhne bemerkten seine Niedergeschlagenheit, aber sie konnten sich den Grund dafür nicht erklären, und darum fragten sie ihren Vater.
Der König antwortete: »Ich kann diese drei Bäume nicht ohne Kummer betrachten, denn ich habe sie selbst gepflanzt, als ich zwanzig Jahre alt war. Ein berühmter Zauberer hatte meinem Vater den Samen geschenkt, und er hatte versprochen, daß daraus die schönsten Bäume erwüchsen, die man je erblickt habe. Mein Vater lebte nicht lange genug, um das bewahrheitet zu sehen, aber er hat mich noch auf seinem Totenbett angefleht, sie hierher zu verpflanzen und allzeit mit größter Sorgfalt zu pflegen. Nach fünf Jahren endlich bemerkte ich die ersten Blütenknospen an ihren Zweigen und schon wenige Tage darauf die herrlichsten Äpfel, die ich je gesehen.
Ich befahl dem obersten Gärtner, die Bäume nicht aus den Augen zu lassen, denn der Zauberer hatte meinen Vater gewarnt: pflücke man eine unreife Frucht von den Zweigen, so würden alle übrigen sogleich verderben. Und die Früchte seien erst dann reif, wenn sie goldgelb würden. Jeden Tag betrachtete ich die reifenden Äpfel, und von Tag zu Tag wurde ihr Anblick verlockender, so daß es mich meine ganze Kraft kostete, dem Befehl des Zauberers zu gehorchen.
Eines Nachts träumte ich, die Früchte seien endlich ganz reif, ich aß sie, und es war das Köstlichste, was ich je genossen. Als ich aufwach-

te, rief ich gleich den Gärtner, um zu fragen, ob die Äpfel über Nacht gereift seien. Aber statt einer Antwort warf er sich mir zu Füßen und schwor mir seine Unschuld. Er beteuerte, er habe jede Nacht unter den Bäumen Wache gehalten, und dennoch seien die Früchte geraubt worden, es sei wie von Zauberhand geschehen. Ich bestrafte ihn nicht, denn ich wußte, daß er ein ehrlicher Mann war, aber mein Gram über den Diebstahl war so tief, daß ich beschloß, fortan die Früchte zu pflücken, ehe sie ganz reif waren, denn ich glaubte nicht mehr an die Warnung des Zauberers.

Und so hielt ich es denn auch im nächsten Jahr. Aber der unreif vom Baum gebrochene Apfel schmeckte so bitter, daß ich ihn nicht essen mochte, und am anderen Morgen waren alle übrigen Früchte verfault. Von da an ließ ich die Bäume von meinen vertrauenswürdigsten Dienern bei Tag und Nacht bewachen, aber jedes Jahr wurden wie von einer unsichtbaren Hand in derselben Nacht die Früchte vom Baum gestohlen, so daß am Morgen darauf kein Apfel mehr an den Ästen hing. Darum lasse ich seit einigen Jahren die Bäume gar nicht mehr bewachen.«

Als der König dies erzählt hatte, sprach sein ältester Sohn Ssabo: »Vergebt mir, mein Vater, aber ich glaube, daß Ihr daran nicht recht tut. Gewiß gibt es viele Männer in Eurem Königreich, die diese wunderbaren Bäume vor der Arglist eines diebischen Zauberers bewahren können. Ich selbst, als Euer ältester Sohn, möchte als erster darauf Anspruch erheben. Ich will in der kommenden Nacht die Früchte bewachen.«

Der König erteilte seinem ältesten Sohn die Erlaubnis, und dieser kletterte, kaum daß der Abend eingefallen war, in die Krone des Baumes, um die Früchte zu bewachen, und koste es sein Leben. Die halbe Nacht blieb er wach, aber kurz nach Mitternacht überkam ihn eine unwiderstehliche Müdigkeit, und gleich war er in tiefsten Schlaf gesunken. Bei Tagesanbruch erwachte Ssabo aus seinem Schlummer und sah, daß die Äpfel verschwunden waren. Im nächsten Jahr versuchte Bruder Warsa sein Glück, aber ihm erging es ebenso.

Da kam die Reihe an den jüngsten Sohn, Iwanitsch. Er war gar nicht entmutigt durch das Mißgeschick seiner älteren Brüder, obgleich sie beide reifer an Jahren und auch kräftiger waren. Als es Abend wurde, kletterte er in den Baum, wie sie es getan. Der Mond schwamm herauf und beleuchtete die ganze Umgebung, so daß der aufmerksame Prinz alles genau sehen konnte.

Um Mitternacht kam ein sanfter Westwind auf und ließ die Zweige erzittern. Und da senkte sich, schwanengleich, ein weißer Vogel herab. Behend ergriff Prinz Iwanitsch die Schwingen des Vogels, und siehe da, was hielt er in seinen Armen? Das schönste Mädchen, welches seine Augen je geschaut hatten!

»Ich heiße Miliza, und du brauchst mich nicht zu fürchten«, sagte das schöne Mädchen und sah ihm freundlich in die Augen. »Ein böser Zauberer hat mich in seinen Bann getan, daß ich des Nachts als Vogel umherfliegen muß. Ich kann nur erlöst werden, wenn einer, der mich liebt, meinen Aufenthalt findet. Der böse Zauberer hat meiner Mutter den Apfelsamen gestohlen, und darum ist sie gestorben. Seht, deshalb habt Ihr kein Recht auf diese Früchte. Bevor meine Mutter starb, bat sie mich, jedes Jahr die Früchte zu pflücken, sobald sie reif seien. Und das hätte ich auch dieses Jahr wieder getan, wenn du mich nicht mit solcher Gewalt gepackt hättest, daß davon schier der ganze Zauber gebrochen ward, dem ich unterliege.«

Iwanitsch war eines schrecklichen Zauberers gewärtig gewesen oder eines Nachtmahrs, aber gewiß nicht eines so lieblichen Mädchens, und er liebte Miliza sogleich von ganzem Herzen. Sie blieben die ganze Nacht zusammen, und als Miliza endlich fortgehen wollte, bat der Prinz sie, bei ihm zu bleiben.

»Wie gern bliebe ich länger bei dir«, sprach da das Mädchen. »Aber der Zauberer hat mir einmal eine Locke aus meinem Haar geschnitten, und seitdem bin ich ihm verfallen. Wenn mich der Morgen hier überrascht, wird er kommen und mir etwas Böses tun.«

Dann zog sie einen blitzenden Diamantring vom Finger und gab ihn dem Prinzen. »Behalte den Ring zur Erinnerung an deine Miliza, und wenn du mich nie mehr siehst, so betrachte ihn manchmal. Wenn deine Liebe aber echt ist, so suche mich in meinem Königreich auf! So kannst du mich aus dem Zauberbann lösen. Ich kann dir den Weg nicht zeigen, aber dieser Ring wird dir helfen. Wenn deine Liebe und dein Mut groß genug sind für eine solche Reise, so schau auf den Diamanten, wann immer du an eine Wegkreuzung kommst. Ist sein Feuer hell wie stets, so ziehe geradeaus weiter, ist sein Glanz getrübt, so wähle einen anderen Weg.«

Miliza küßte den Prinzen zum Abschied, und noch ehe er ihr Lebewohl sagen konnte, war sie wieder in einen weißen Vogel verwandelt und entschwand zwischen dem Geäst.

Als der Morgen hereinbrach, kletterte der Prinz aus seinem Versteck und kehrte wie im Traum in das Schloß zurück. Er dachte gar nicht mehr an die Äpfel und wußte auch gar nicht, ob sie noch am Baum waren, denn sein ganzer Sinn hing an der schönen Miliza und daran, wie er sie wohl finden könne. Wie der Gärtner den Prinzen aufs Schloß zugehen sah, lief er sogleich zu den drei Bäumen, und als er sie beladen mit den schweren reifen Früchten fand, eilte er zum König, um ihm die frohe Botschaft zu überbringen. Der König war ganz außer sich vor Freude, er lief mit seinem Gärtner in den Garten hinab und ließ sich eine Frucht vom Baum pflücken, und sie schmeckte so köstlich, wie sie in seinem Traum geschmeckt hatte. Da ging er zu seinem jüngsten Sohn Iwanitsch, umarmte und küßte ihn zärtlich und überhäufte ihn mit Lobsprüchen. Aber er fragte auch, wie er es fertiggebracht habe, wach zu bleiben und die kostbaren Früchte aus der Macht des Zauberers zu retten.

Da wurde der Prinz verlegen, denn er wollte nicht, daß die wahre Geschichte bekannt würde, darum log er und erzählte, gegen Mitternacht sei eine riesige Wespe dahergeflogen und habe fürchterlich gebrummt, er habe sie mit seinem Schwert abgewehrt, und als er im Morgendämmern schon erschöpft gewesen, sei die Wespe auf einmal verschwunden, so plötzlich, wie sie vordem aufgetaucht. Der König zweifelte nicht an der Wahrheit des Erzählten. Er befahl seinem Sohn, sich niederzulegen und von der nächtlichen Plage auszuruhen, er selbst aber hielt ein großes Fest zu Ehren der wunderbaren Tat.

Die ganze Hauptstadt war in Bewegung, denn alle Leute teilten des Königs Freude an den geretteten Früchten. Nur der Prinz fehlte bei den Feierlichkeiten. Während der König beim festlichen Mahle saß, nahm Iwanitsch einige Beutel Gold, schwang sich auf das schnellste Pferd aus seines Vaters Stall und ritt damit fort wie der Wind. Niemand wußte davon, erst am Tag darauf vermißte man den jüngsten Prinzen. Der König war von Angst und Gram erfüllt, er sandte viele Diener aus, die den Prinzen suchen sollten, aber vergebens, man fand ihn nirgends im ganzen Königreich. Nach sechs Monaten gab man die Hoffnung auf und hielt Iwanitsch für tot, und weitere sechs Monate darauf hatte das Volk ihn vergessen.

Inzwischen war aber Prinz Iwanitsch mit seinem Ring auf der Suche nach Miliza. Er erreichte nach drei Monaten einen riesigen Wald, der sich endlos auszudehnen und noch von keines Menschen Fuß betreten schien. Der Prinz wollte gerade in diesen Wald reiten, als er eine Stimme hinter sich vernahm: »Haltet ein, junger Mann! Wohin wollt Ihr?«

Iwanitsch wandte sich um und sah unter einer Eiche einen großen, hageren Mann, in elende Lumpen gehüllt und an einen Krummstab gelehnt. Es war kein Wunder, daß Iwanitsch ihn im Vorbeireiten nicht bemerkt hatte, denn er unterschied sich in seinem grün-grauen Aussehen wenig von den Blättern und Rinden.

»Wo sollte ich hin, wenn nicht in diesen Wald?« entgegnete Iwanitsch.

»Durch den Wald wollt Ihr reiten?« fragte der Alte verwundert. »Ei, da wißt Ihr wohl nichts von diesem Wald, daß Ihr so blindlings in Euer

Verderben rennen wollt. Hört auf mich, ehe Ihr Eure Reise fortsetzt. Laßt Euch sagen, daß in diesem Wald zahllose wilde Tiere leben, die gefährlichsten Tiger, Hyänen, Wölfe, Bären, Schlangen und andere Ungeheuer. Wenn ich Euch in tausend Teile zerstückelte und diesen Ungetümen zum Fraß gäbe, so bekäme nur jedes hundertste einen Bissen. Darum laßt Euch raten und nehmt einen anderen Weg, wenn Euch Euer Leben lieb ist.«

Der Prinz war sehr bestürzt von diesen Worten und überlegte einen Augenblick, was er nun tun solle. Aber dann schaute er seinen Ring an, und als er sah, daß dieser so hell wie stets erglänzte, sagte er nur: »Und gäbe es noch mehr und noch schrecklichere Tiere in diesem Wald, ich könnte doch nicht anders, ich müßte hindurch.«

Und damit gab er seinem Pferd die Sporen und ritt davon. Aber der alte Mann rief ihm mit so lauter Stimme nach, daß der Prinz sich noch einmal umwandte und zu ihm zurückritt.

»Es ist wirklich schade um Euch«, sagte der Alte, »aber wenn Ihr so fest entschlossen seid, den wilden Tieren zu trotzen, so laßt Euch wenigstens helfen. Nehmt diesen Sack voll Brotkrumen und diesen lebendigen Hasen – ich mache Euch beides zum Geschenk. Aber Ihr müßt Euer Pferd zurücklassen, denn es würde über die Wurzeln und Dornensträucher stolpern. Wenn Ihr hundert Schritte in den Wald gegangen seid, werden die wilden Tiere herankommen. Dann müßt Ihr sogleich den Sack ergreifen und die Krumen unter sie ausstreuen. Sie werden sich gierig darauf stürzen, aber Ihr dürft keine Zeit verlieren und müßt ihnen auch noch den Hasen vorwerfen. Der Hase wird sogleich davonrennen, und die wilden Tiere werden ihn verfolgen. Nur so könnt Ihr sicher durch diesen Wald kommen.«

Iwanitsch dankte dem alten Mann, stieg von seinem Pferd, nahm den Sack und den Hasen und wanderte in den Wald hinein. Er hatte kaum den alten grauen Gesellen aus den Augen verloren, als er in einem nahen Dickicht Knurren und Zähnefletschen vernahm, und im selben Augenblick war er rings umgeben von den schrecklichsten Raubtieren. Auf der einen Seite blickte er in die glitzernden Augen eines grausamen Tigers, auf der anderen sah er die schimmernden Zähne einer großen Wölfin, dort brummte ein riesiger Bär wild und drohend, hier krümmte sich eine schreckliche Riesenschlange in dem Gras vor seinen Füßen.

Aber Iwanitsch hatte den Rat des Alten nicht vergessen. Er öffnete den Sack und griff hinein, warf so viel Krumen unter die schrecklichen Bestien, als eine Hand halten konnte, immer und immer wieder, bis der Sack schon ganz leicht wurde und endlich die letzte Krume ausgeschüttet war und die hungrigen Bestien, gierig nach frischer Beute, sich näher an ihn drängten. Da packte Iwanitsch den Hasen und warf ihn unter sie. Aber kaum fühlte das Tierchen Boden unter seinen Füßen, als es auch schon die Ohren zurücklegte und geschwind wie ein Pfeil durch das Gehölz schoß, dicht gefolgt von den hungrigen Raubtieren.

Da war der Prinz nun allein. Er blickte auf seinen Ring und bemerkte, daß sein Feuer blitzte wie immer, und da ging er geradewegs weiter durch den Wald. Er war noch nicht weit gegangen, als er einen merkwürdigen Mann auf sich zukommen sah. Er war nicht mehr als drei Fuß groß, seine Beine waren ganz krumm und sein ganzer Körper mit Stacheln bedeckt wie ein Igel. Links und rechts von ihm gingen zwei Löwen, jeder war an eine Spitze seines langen Bartes angebunden.

Der seltsame Mann hielt den Prinzen an und fragte ihn barsch: »Seid Ihr der Mann, welcher eben meine Leibwache gefüttert hat?«

Iwanitsch war so erschrocken, daß er kaum antworten konnte, aber da fuhr der kleine Mann schon fort zu sprechen: »Ich danke Euch sehr für Eure Freundlichkeit. Womit kann ich Euch belohnen?«

»Mein einziger Wunsch ist, sicher durch diesen Wald zu gelangen«, entgegnete Iwanitsch.

»Der soll Euch gern erfüllt werden. Aber zu Eurer größeren Sicherheit will ich Euch meine beiden Löwen als Schutz mitgeben. Wenn Ihr diesen Wald verlaßt und zu einem Schloß kommt, welches nicht zu meiner Herrschaft gehört, so laßt die Löwen zurück, daß sie keinem Feind in die Hände fallen, der sie töten könnte.«

Und damit band er die beiden Löwen von seinem Bart los und trug ihnen auf, den Jüngling gut zu bewachen. Mit diesem neuen Schutz wanderte Iwanitsch weiter durch den Wald. Er begegnete vielen Wölfen, Hyänen, Leoparden und anderen Raubtieren, aber sie hielten sich respektvoll fern von ihm, als sie seine Begleiter sahen.

Iwanitsch eilte durch den Wald, so schnell ihn seine Füße trugen. Stunde um Stunde lief er so und sah keine Wiese, kein Feld und keine menschliche Behausung. Endlich, gegen Abend, wurde der Wald lichter, und durch das Geäst schimmerte eine weite Ebene. Da verharrten die beiden Löwen, der Prinz verabschiedete sich von ihnen und dankte ihnen mit herzlichen Worten für ihre Hilfe. Da es aber schon dunkel war und er nicht weitergehen konnte, machte er sich am Waldesrand ein Lager aus Gras und grünen Blättern, um den Morgen zu erwarten.

Iwanitsch schlief tief bis zum Tagesanbruch, dann setzte er seine Reise fort, bis er in der Ferne ein prächtiges weißes Schloß erglänzen sah. Ohne zu zögern schritt er durch das Schloßtor. Da hörte er ein Krachen und Splittern, als seien tausend Glasscheiben geborsten. Und Glocken huben mit gewaltigem Geläut zu singen an. Die leuchtende

Gestalt des bösen Zauberers schwebte zu Häupten des Prinzen und raste und tobte, weil der Zauberbann gebrochen war. Bald war nur noch ein Rauchfetzen von dem bösen Geist übrig, und von da an sah und hörte man nichts mehr von ihm.

Der Prinz jauchzte vor Freude, als er Prinzessin Miliza inmitten ihrer Mädchen erblickte, die ihre Herrin mit Blumengirlanden schmückten.

Als Miliza den Prinzen gewahrte, lief sie auf ihn zu und umarmte ihn zärtlich. Er mußte ihr alle Abenteuer berichten, die er für sie bestanden hatte, und sie gingen in das Schloß, wo ein üppiges Mahl gehalten wurde. Die Prinzessin rief ihren Hofstaat zusammen und stellte Prinz Iwanitsch als ihren künftigen Gemahl vor. Sogleich wurde die Hochzeit vorbereitet und sodann mit großer Pracht gefeiert. Und seitdem lebten Prinz Iwanitsch und Prinzessin Miliza glücklich und in Frieden miteinander.

Der gekränkte Spatz

Im alten Japan galten Vögel und andere Tiere oft ebensoviel wie die Menschen. Und weil für das Märchen nur die innere Wahrheit wichtig ist, nicht aber die äußeren Tatsachen, darum erzählt uns dieses japanische Märchen die Wahrheit über das Leben, über Mann und Frau, ohne sich im geringsten an Tatsachen zu halten. Eine kurze, zauberhafte Geschichte, in der ein Vogel eine menschliche Rolle annimmt!

Es waren einmal ein alter Mann und eine alte Frau. Der alte Mann, der ein gutes Herz hatte, hielt einen Spatzen, für den er liebevoll sorgte. Aber seine Frau war ein zänkisches Weib, und als ihr der Spatz eines Tages ein wenig von der Stärke wegpickte, welche sie für ihr Linnen brauchte, geriet sie in großen Zorn, schlug nach dem Spatzen und jagte ihn fort. Als der alte Mann nach Hause kam und sah, daß der Vogel fortgeflogen war, fragte er seine Frau, wie es sich zugetragen habe. Die alte Frau gab ihm zur Antwort, sie habe den Vogel geschlagen und fortgetrieben, weil er etwas von ihrer Stärke gestohlen habe. Als der Mann dies hörte, war er sehr bekümmert.

O weh! Wohin wird mein kleiner Vogel geflogen sein? dachte er bei sich. Armes kleines Wesen, armer gekränkter Spatz! Wo hast du jetzt deine Wohnung?

Er wanderte weit herum und suchte sein Tierchen und rief: »Herr Spatz! Herr Spatz! Wo seid Ihr?«

Eines Tages fand der alte Mann den verlorenen Vogel, der am Fuße eines großen Berges seine neue Wohnung hatte. Sie beglückwünschten einander, daß sie sich gesund wiedersahen, und der Spatz lud den Alten ein, bei ihm zu bleiben. Er zeigte ihm seine Frau und seine Kinder, setzte ihm an seiner Tafel die allerfeinsten Bissen vor und bewies ihm in allem seine Gastfreundschaft.

»Nehmt bitte vorlieb mit unserem kärglichen Mahl«, sagte der Spatz, »so armselig es ist, Ihr seid uns doch willkommen!«

»Was für ein höflicher Spatz Ihr seid!« entgegnete der alte Mann.

Er blieb lange als Gast bei dem Spatzen und wurde gar königlich verköstigt. Schließlich sagte der Alte, er müsse wieder nach Hause und schickte sich zum Abschied an. Der Vogel bat ihn, zwei Weidenkörbe als Abschiedsgeschenk entgegenzunehmen. Der eine Korb war schwer, der andere leicht; da sagte der alte Mann, er wolle den leichteren nehmen, da er doch schon alt und schwach sei. Er schulterte den leichten Korb und schlurfte heimwärts. Die Spatzenfamilie blieb traurig über sein Scheiden zurück.

Als der alte Mann nach Hause kam, schalt ihn seine Frau ärgerlich: »Wo hast du nur die ganze Zeit gesteckt? Das ist mir was Sauberes, im Alter noch so umherzustrolchen!«
»Ach«, erwiderte er, »ich war bei der Familie Spatz zu Besuch, und sie hat mir zum Abschied diesen Weidenkorb geschenkt.«
Sie öffnete den Korb, um nachzusehen, was darin sei. Und was erblickte sie da? Silber, Gold und andere Kostbarkeiten! Da hörte die alte Frau, die so habgierig wie zänkisch war, gleich zu schelten auf und wußte sich gar nicht mehr zu lassen vor Freude.
»Ich will auch fortgehen«, sagte sie, »und den Spatzen einen guten Tag wünschen und ein schönes Geschenk bekommen.« Sie fragte den alten Mann nach dem Wege und machte sich auf die Reise. Und wie sie so ging, traf sie auch bald den Spatzen.
»Wie schön, Euch zu sehen! Wie schön, Euch wiederzusehen, Herr Spatz!« rief sie. »Ich habe mich schon so gefreut auf das Vergnügen eines Besuches bei Euch!«
Wie sie mit ihren süßen Reden dem Spatzen zu schmeicheln und schönzutun versuchte! Der Vogel konnte nicht anders, er mußte sie wohl oder übel einladen, aber er bemühte sich nicht sonderlich, sie zu bewirten, und er sagte auch nichts von einem Abschiedsgeschenk. Sie aber ließ sich von ihrem Vorsatz nicht abbringen und bat, doch etwas mitnehmen zu dürfen, damit sie eine Erinnerung an den schönen Besuch behalte. Da brachte der Spatz abermals zwei Weidenkörbe herbei, und die habgierige Alte wählte den schwereren und zog damit heimwärts. Als sie aber den Deckel öffnete, um hineinzuschauen, sprangen Kobolde und Zwerge heraus und zwickten sie und zwackten sie und zogen sie bei den Haaren und flogen mit ihr davon.
Der alte Mann aber nützte seinen neuen Reichtum, er nahm einen Sohn an Kindes Statt, erzog ihn sorgfältig und wurde mit der Zeit noch wohlhabender, als er vordem durch das Geschenk der Spatzen gewesen.

Das Geheimnis der toten Frau

Wie der Glaube an Geister den chinesischen Märchenschatz durchzieht, so eignet er auch dem japanischen.
»Das Geheimnis der toten Frau« erzählt von einer schönen jungen Frau, die nach ihrem Tode ihrer Familie immer wieder erscheint, nicht furchtbar, sondern sanft und traurig. Sie trägt einen Wunsch in sich, der ein Geheimnis betrifft. Dieses Geheimnis liegt offen und bleibt doch verhüllt – ein Widerspruch in sich selbst, den niemand feiner zu gestalten weiß als der Japaner.
In »Ubazakura« rankt sich um wenige Gegebenheiten – ein Paar, dem nach langer Kinderlosigkeit ein entzückendes kleines Mädchen geschenkt wird, eine treue Amme und ein Kirschbaum, der 254 Jahre lang immer an einem bestimmten Tage blüht – eine Geschichte voll tiefer innerer Bedeutung.
»Oshidori« ist ein zartes, ergreifendes Beispiel einer kurzen, aber tiefgehenden Tragödie. Die Mandarin-Enten, deren Heimat China ist, leben immer paarweise, Männchen und Weibchen, und bleiben einander das ganze Leben hindurch treu. Jahrhundertelang waren sie das Symbol ehelicher Treue und Wohlstands. Darum ist ein Bild, welches Mandarin-Enten darstellt, immer ein passendes Hochzeitsgeschenk. Eine der beiden Enten zu töten, gilt als ein Akt größter Grausamkeit.

Vor langer Zeit lebte in der Provinz Tamba ein reicher Kaufmann namens Inamuraya Gensuke. Dieser hatte eine Tochter, die hieß O-Sono. Weil das Mädchen klug und sehr schön war, meinte der Kaufmann, es sei schade, wenn es nur in einer Dorfschule unterrichtet würde. Darum schickte er sie unter der Obhut vertrauenswürdiger Diener nach Kyoto, damit sie dort in feiner Bildung unterwiesen würde wie die Damen der Hauptstadt. Als O-Sonos Erziehung abgeschlossen war, wurde sie einem Freund der Familie angetraut, einem Kaufmann mit Namen Nagaraya. Fast vier Jahre lebte sie glücklich mit ihm, und sie hatten auch ein Kind, einen Knaben. Aber vier Jahre nach ihrer Hochzeit wurde O-Sono krank und starb.
Am Tage nach dem Begräbnis sagte der kleine Sohn, seine Mutter sei ihm im oberen Zimmer erschienen. Sie habe ihn angelächelt, aber kein Wort gesprochen, und er sei darüber in große Furcht geraten. Da gingen einige Verwandte in das Zimmer hinauf, welches O-Sono zu ihren Lebzeiten gehört hatte. Sie waren sehr erschrocken, als sie im Schein der Lampe, die vor einem Altar brannte, die Gestalt der toten Frau sahen. Sie schien vor der Kommode zu stehen, in der sich noch Kleider und Schmuck von ihr befanden. Ihr Kopf und ihre Schultern waren deutlich zu sehen, aber von der Mitte des Leibes an verlor sich

die Gestalt im Unsichtbaren, es war wie ein abgebrochener Schatten, durchsichtig wie ein Spiegelbild auf Gewässern.
Da beratschlagte die Familie miteinander, und O-Sonos Schwiegermutter sagte: »Jede Frau liebt die kleinen Dinge ihres Besitzes, und auch O-Sono hing sehr daran. Vielleicht ist sie zurückgekommen, um ihren Tand zu betrachten. Wahrscheinlich fände ihr Geist Ruhe, wenn wir ihre Kleider und Gürtel dem Tempel schenkten.«
Und sie beschlossen, dies so bald wie möglich zu tun. Am folgenden Morgen wurden alle Schubladen geleert und O-Sonos Kleider und Schmuck in den Tempel gebracht. Aber in der Nacht kam die Tote wieder, und wie zuvor richtete sie ihren Blick auf die Kommode. Und sie kam in der nächsten Nacht und in der, die darauf folgte, und so in jeder darnach. Nun ging die Mutter des Mannes in den Tempel, erzählte Daigen Osho, dem Oberpriester, alles, was sich begeben, und bat ihn um Rat.
»Es muß etwas in dieser Kommode oder in deren Nähe sein, was die Tote mit Sorge erfüllt«, sagte er.
»Aber wir haben alle Schubladen geleert«, erwiderte die alte Frau. »In dieser Kommode befindet sich nichts mehr.«
»Nun«, entgegnete Daigen Osho, »ich werde heute nacht in Euer Haus kommen und in diesem Zimmer Wache halten. Ihr müßt dafür sorgen, daß in dieser Zeit niemand das Zimmer betritt, es sei denn, ich riefe.«
Als die Sonne untergegangen war, ging Daigen Osho zu dem Haus der Familie Nagaraya und begab sich in O-Sonos Zimmer. Dort blieb er allein und las in den Schriften. Plötzlich, es war schon Mitternacht, tauchte die Gestalt O-Sonos vor der Kommode auf. Ihr Blick war voll Besorgnis auf die Schubladen gerichtet.
Der Priester sprach die heiligen Formeln, wie sie vorgeschrieben sind, dann redete er die Erscheinung mit ihrem Namen an und sprach: »Ich bin hierhergekommen, um dir zu helfen. Vielleicht hast du Anlaß, dich um etwas zu sorgen, das in dieser Kommode ist. Soll ich statt deiner darnach suchen?«
Es schien, als nicke ihm der Schatten mit einer leichten Bewegung des Kopfes zu, und der Priester erhob sich und öffnete die erste Schublade. Sie war leer. Darauf öffnete er die zweite Schublade und die dritte und endlich die vierte. Er suchte überall, auch hinter der Kommode und daneben. Alles prüfte er mit größter Sorgfalt, aber er fand nichts, und die Erscheinung verharrte in ihrer Besorgnis. Was kann es sein? dachte der Priester, was will sie? Da fiel ihm plötzlich ein, es könnte etwas unter dem Papier verborgen liegen, mit dem die Schubladen ausgeschlagen waren. Er hob das Papier der ersten Schublade hoch,

aber es befand sich nichts darunter. Und so war es auch bei der zweiten und dritten Lade. Endlich, unter dem Schrankpapier der letzten Lade, fand er einen Brief.
»Ist es dies, was dich so bekümmert hat?« fragte er. Der durchsichtige Schatten der Frau neigte sich ihm zu, ihr matter Blick war auf den Brief geheftet. »Noch heute früh wird der Brief verbrannt werden«, versprach er, »und niemand wird ihn lesen.« Die Gestalt lächelte und verschwand.
Die Morgendämmerung brach herein, als der Priester die Treppe hinunterstieg. Unten wartete ängstlich die Familie. »Habt keine Furcht«, sagte er ihnen, »sie wird nicht wiederkehren.« Und sie kehrte niemals wieder.

Ubazakura

Vor dreihundert Jahren lebte im Dorf Asamimura im Kreis Onsengori, Provinz Iyo, ein braver Mann namens Tokubei. Er war der reichste Mann im ganzen Umkreis und auch Dorfältester. Fast in allem war ihm Glück beschieden, doch war er schon vierzig Jahre alt und hatte noch nicht die Freuden eines Vaters erfahren. Deshalb richteten er und seine Frau viele Gebete an die Göttin Fudo-Sama, die einen berühmten Tempel in Asamimura hatte, der hieß Saihoji. Endlich wurden ihre Gebete erhört, und Tokubeis Weib gebar eine Tochter. Das Kind war sehr schön, und es erhielt den Namen O-Tsuyu. Die Amme des kleinen Mädchens hieß O-Sode.

O-Tsuyu wuchs zu einem wunderschönen Mädchen heran, aber als es fünfzehn Jahre alt war, wurde es sehr krank, und die Ärzte meinten, es müsse sterben. O-Sode, die Kinderfrau, die O-Tsuyu liebte, als wäre sie ihre leibliche Mutter, ging in den Tempel Saihoji und betete inbrünstig zu Fudo-Sama um das Leben des jungen Mädchens. Einundzwanzig Tage lang ging sie in den Tempel und betete, und am einundzwanzigsten Tage genas O-Tsuyu mit einem Schlage und vollkommen. Da herrschte große Freude im Hause Tokubeis, und er gab ein Fest für alle seine Freunde, um den glücklichen Anlaß zu feiern. In der Nacht, da das Fest stattfand, erkrankte die Kinderfrau plötzlich, und als der Arzt am folgenden Morgen zu ihr gerufen wurde, sah er, daß sie im Sterben lag.

In großer Sorge stand die ganze Familie um ihr Krankenlager und bat sie, doch wieder gesund zu werden. Aber sie antwortete: »Die Zeit ist gekommen, ich muß es euch sagen, daß mein Gebet erhört wurde. Ich habe Eudo-Sama angefleht, sie möge mir erlauben, an O-Tsuyus Statt zu sterben, und nun erweist sie mir diese Gnade. Darum darf euch mein Tod nicht betrüben. Aber ich bitte euch um etwas: Ich habe Fudo-Sama auch versprochen, daß ich einen Kirschbaum als Zeichen des Dankes und des Gedenkens im Garten des Tempels pflanzen würde. Da ich nun den Baum nicht mehr selbst pflanzen kann, muß ich euch bitten, das Gelübde an meiner Stelle zu erfüllen. Lebt wohl, liebe Freunde, und vergeßt nie, daß ich glücklich war, für O-Tsuyus Wohl zu sterben.«

Nachdem man O-Sode begraben hatte, pflanzten O-Tsuyus Eltern im Tempelgarten einen jungen Kirschbaum, den schönsten, der weit und breit zu finden war. Der Baum wuchs und gedieh, und im folgenden Jahr, am sechzehnten Tag des zweiten Monats, es war der Jahrestag

von O-Sodes Tod, stand er in der allerherrlichsten Blüte. Und er blühte zweihundertundvierundfünfzig Jahre hindurch immer am selben Tage, am sechzehnten des zweiten Monats. Und seine weißen und rosenfarbenen Blüten waren die schönsten, die man je gesehen.
Die Leute nannten den Baum *Ubazakura,* den Kirschbaum der Kinderfrau.

Oshidori

Es war einmal ein Jäger und Falkner, der hieß Sonjo und lebte im Kreis Tamua-no-Go in der Provinz Mutsu. Eines Tages ging er auf die Jagd, fand aber kein Wild zu schießen. Auf dem Heimweg sah er in dem Fluß, über den er gehen mußte, ein Entenpaar schwimmen. Es war in der Nähe von Akanuma, und die Enten waren *Oshidori*, auch Mandarin-Enten genannt. Es konnte üble Folgen haben, wenn man *Oshidori* tötete, aber Sonjo war so hungrig, daß er auf die beiden Enten schoß. Sein Pfeil traf das Männchen, das Weibchen entkam in das Binsengras. Sonjo nahm den toten Vogel mit nach Hause, kochte und aß ihn.

In der Nacht hatte er einen furchtbaren Traum. Ihm war, als sei eine schöne Frau in der Kammer, sie stand bei seinem Bett und fing an zu weinen. Und sie weinte so bitterlich, daß Sonjo meinte, das Herz würde ihm aus dem Leibe gerissen. »Warum, o warum nur hast du ihn getötet?« klagte die Frau vor ihm. »Was hat er Böses getan? Wir waren in Akanuma so glücklich miteinander, und du hast ihn getötet! Was hat er dir getan? Weißt du denn, was du verübt hast? Ach, weißt du, welch grausame, böse Tat du auf dich geladen hast? Du hast auch mich getötet, denn ich will nicht mehr leben ohne meinen Mann. Und ich bin nur zu dir gekommen, um dir dies zu sagen.«

Wieder weinte sie so laut und bitterlich, daß es dem Schlafenden durch Mark und Bein ging. »Ach«, rief sie, »du kannst ja nicht wissen, was du getan hast! Aber wenn du morgen nach Akanuma gehst, wirst du es sehen, du wirst es sehen!« Indem sie das sagte und dabei zum Erbarmen schluchzte, verschwand sie.

Als Sonjo am Morgen erwachte, war der Traum noch so frisch und lebendig in ihm, daß er sich davon beunruhigt fühlte. Ihm fielen die Worte der Frau ein: »Aber wenn du morgen nach Akanuma gehst, wirst du es sehen, du wirst es sehen!« Und da beschloß er, sofort nach Akanuma zu gehen, damit er erfahre, ob er wirklich nur geträumt hatte. So machte er sich auf den Weg, und als er bei Akanuma ans Flußufer kam, sah er das *Oshidori*-Weibchen, wie es allein schwamm. In diesem Augenblick gewahrte ihn auch das Entenweibchen, aber es versuchte nicht, ihm zu entkommen, sondern schwamm geradewegs auf ihn zu. Eine Weile sah es ihn seltsam an, dann erstach es sich mit seinem eigenen Schnabel und starb vor den Augen des Jägers.

Um den Tod der *Oshidori* zu sühnen, beschloß Sonjo, nie mehr ein lebendes Wesen zu töten und fortan nur mehr Gutes zu tun. Und er schor sein Haar und wurde Mönch.

Der Stein der Geduld und das Messer der Geduld

Ein wundersamer Vogel weissagt einem armen Mädchen sein Verhängnis. Und wirklich, das Mädchen gerät unschuldig in Gefangenschaft. Aber es verzweifelt nicht, es findet eine Tür, die sich auf einen Weg öffnet, und der Weg führt zu einem Schloß, und in dem Schloß liegt ein schöner junger Prinz in tiefem Schlaf. Welche Rolle der Stein und das Messer spielen – das ist der Kern dieser Geschichte aus der Türkei. Und am Ende besingt der Vogel des Mädchens Glück.

Es war einmal eine arme Frau, die hatte nur eine Tochter. Jeden Tag ging die Frau fort, um Linnen zu waschen, während ihre Tochter zu Hause blieb und nähte. Eines Tages saß das Mädchen an seinem Lieblingsplatz beim Fenster, als ein kleiner Vogel auf den Nähtisch flog und sagte: »O du arme kleine Maid, was für ein Schicksal steht dir bevor!« Und kaum hatte der Vogel das gesagt, war er auch schon weggeflogen.

Von der Stunde an war es um den Seelenfrieden des Mädchens geschehen, und es erzählte am Abend seiner Mutter, was ihm der Vogel gesagt hatte.

Die Mutter hörte die Geschichte an und sagte dann: »Schließ Tür und Fenster und bleib bei deiner Arbeit, wie du es gewohnt bist!«

Am nächsten Morgen verschloß das Mädchen Tür und Fenster und setzte sich zu seiner Arbeit. Aber schon im nächsten Augenblick hörte es ein Flattern, und der kleine Vogel saß wieder auf dem Nähtischchen und sagte: »O du arme Maid, was für ein Schicksal steht dir bevor!« Und schon war er wieder fortgeflogen. Das Mädchen war noch mehr erschrocken als am ersten Tag, aber die Mutter besänftigte es wieder.

Sie sagte: »Morgen schließt du Tür und Fenster ganz fest zu und setzt dich in den Schrank, zündest dir dort eine Kerze an und tust so deine Arbeit!«

Im Morgengrauen, kaum daß die Mutter aus dem Haus gegangen war, sperrte die Tochter alles ab, zündete sich eine Kerze an, setzte sich in den Schrank und schloß ihn hinter sich zu.

Sie hatte noch keine zwei Stiche genäht, als der Vogel wieder vor ihr saß und sagte: »O du arme kleine Maid, was für ein Schicksal steht dir bevor!« Und – husch! – flog er davon. Nun war das Mädchen in solcher Verzweiflung, daß es nicht mehr aus und ein wußte. Es warf seine Arbeit beseite und begann sich damit abzuquälen, was die Worte des Vogels wohl zu bedeuten hätten. Auch die Mutter konnte zu kei-

nem Ende kommen, und so blieb sie am folgenden Tag zu Hause, um den Vogel selbst zu sehen – doch der Vogel kam nicht wieder.
Aber ihre Sorge blieb, und sie wurden ihres Lebens nicht mehr froh. Sie gingen keinen Schritt aus dem Hause, vielmehr warteten und warteten sie und dachten immerfort, ob der Vogel wohl wiederkomme.
Eines Tages kam die Tochter des Nachbarn und bat die Mutter, ob das Mädchen mit ihnen gehen dürfe. »Wenn sie ein wenig mit uns spazierenginge«, sagte sie, »würde sie ihren Kummer vielleicht vergessen.«
Die Frau ließ ihre Tochter nicht gern fort, aber die anderen versprachen, auf sie achtzugeben und sie nicht aus den Augen zu lassen, und so willigte sie endlich ein.
Da gingen die Mädchen hinaus auf die Wiesen und tanzten und sangen, bis sich der Tag zum Abend neigte. Auf dem Heimweg hielten sie bei einer Quelle Rast und tranken daraus. Auch die Tochter der armen Frau wollte trinken – als mit einem Schlage eine Mauer zwischen ihr und den anderen Mädchen emporwuchs, eine Mauer, wie sie nie zuvor ein Menschenauge erblickt hatte. Sie war so hoch, daß keine Stimme darüber hinwegdrang, und so dick, daß niemand hindurchkonnte. Ach, wie erschrak da das arme Mädchen und wie weinten und jammerten ihre Freundinnen vor Verzweiflung! Was sollte aus dem armen Mädchen werden und was aus ihrer armen Mutter?
»Ich will es nicht erzählen«, sagte eines der Mädchen, »denn niemand wird uns Glauben schenken.«
»Aber was sollen wir ihrer Mutter sagen«, klagte ein anderes, »wo sie doch vor unseren Augen verschwand?«
»Du hast schuld, du! Du hast sie aufgefordert, mitzukommen!«
»Nein, du warst es!«
So fingen sie an, einander zu beschimpfen, und sahen dabei immer die große Mauer an. Währenddessen wartete daheim die Mutter. Sie stand unter ihrer Tür und bemerkte, daß die Mädchen weinend näher kamen. Sie wagten nicht, der armen Frau zu sagen, was vorgefallen war, aber schließlich mußten sie doch alles erzählen. Als die arme Frau es hörte, rannte sie sogleich zu der Mauer, die ihre Tochter einschloß. Davor blieb sie stehen, und beide weinten, solange sie Tränen hatten.
Unter heftigem Weinen fiel jedoch die Tochter in tiefen Schlaf, und als sie am nächsten Morgen erwachte, sah sie eine Tür in der Mauer.
»Was mir auch widerfahren mag, ich muß diese Tür öffnen, und sollte ich daran zugrunde gehen!« dachte das Mädchen.
Indem sie dies dachte, öffnete sie schon die Tür. Jenseits der Mauer erblickte sie einen Palast, so schön, wie man ihn nicht einmal im

Traum hätte erdenken können. In diesem Palast war ein großer Saal, und da hingen vierzig Schlüssel an den Wänden. Das Mädchen nahm die Schlüssel und begann, eine Tür nach der anderen aufzuschließen. Die ersten Zimmer waren voll Silber, dann kamen Zimmer voll Gold, endlich solche voll Diamanten, und die vierte Zimmerflucht war mit lauter Smaragden angefüllt. Und je weiter sie ging, desto prächtiger wurden die Zimmer, immer eines reicher ausgestattet als das andere, so daß dem Mädchen vor so viel Glanz die Augen schier blind wurden.
Zuletzt betrat sie das vierzigste Zimmer, und da lag ein Mann auf dem Boden. Es war ein stattlicher Bey, und neben ihm lag ein perlenbesetzter Fächer. Ein Blatt auf seiner Brust trug die Worte: »Wer mir vierzig Tage lang fächelt und dabei betend an meiner Seite verharrt, wird die Erfüllung seines Schicksals finden.«
Da erinnerte sich das Mädchen an den kleinen Vogel. An der Seite dieses Schläfers sollte sie also ihr Schicksal finden! Sie nahm den Fächer und ließ sich neben dem Bey nieder. Tag und Nacht fächelte sie ihm, und sie hörte auch nicht zu beten auf, bis der vierzigste Tag anbrach. Am Morgen dieses letzten Tages blickte sie verstohlen aus dem Fenster und sah vor dem Palast draußen eine Sklavin stehen. Sie entschloß sich, die Sklavin hereinzurufen und sie zu bitten, einen Augenblick neben dem Bey zu beten, unterdessen wollte sie sich ein wenig erholen. Sie eilte ins Bad, und dann schmückte sie sich, damit der Bey beim Erwachen sein Schicksal von der besten Seite sehe und sich an dem Anblick erfreuen könne.
Unterdessen aber hatte die Sklavin gelesen, was auf dem Blatt stand, und während sich das Mädchen schönmachte, erwachte der junge Bey. Er sah um sich, und als er die Sklavin erblickte, umarmte er sie und nannte sie seine Frau.
Als das arme Mägdlein in diesem Augenblick hereinkam, traute es seinen Augen kaum. Aber die Sklavin, die voll Eifersucht war, sagte zum Bey: »Ich, eines Sultans Tochter, schäme mich nicht, so einfach gekleidet zu gehen, wie du mich siehst. Aber dieses junge Ding, eine gewöhnliche Dienstmagd, wagt es, sich unter meinen Augen so aufzuputzen!« Und damit jagte sie das Mädchen aus dem Zimmer und schickte es in die Küche zur Arbeit. Der Bey war erstaunt, aber er konnte nichts sagen, denn die Sklavin war seine Braut, und es schien, als sei jenes andere Mädchen wirklich nur eine Küchenmagd.
Es nahte das Fest Bairam, und der Bey beschenkte, wie es der Brauch war, alle, die in seinem Hause lebten. Zuerst ging er zu seiner Braut, um nach ihrem Wunsch zu fragen. Sie erwiderte ihm, sie wolle ein Kleid haben, wie es noch nie von einer Nadel genäht und einer Schere

zugeschnitten worden sei. Darnach ging der Bey in die Küche hinab und fragte das Mägdlein, was sein Wunsch zum Bairamfest sei.
»Der Stein der Geduld ist gelb, und das Messer der Geduld hat einen braunen Griff. Bring mir die beiden!« sagte das Mädchen.
Der Bey machte sich auf und besorgte das Kleid für seine Braut, aber den Stein der Geduld und das Messer der Geduld konnte er nirgends bekommen. Was sollte er tun? Ohne die Geschenke wollte er nicht nach Hause zurück. Er rüstete sein Schiff und stach in See, um in anderen Ländern zu suchen.
Das Schiff befand sich auf halbem Weg zu seinem Ziel, als es plötzlich mit einem Ruck stehenblieb und weder vorwärts noch rückwärts zu bewegen war. Der Kapitän wurde von großer Furcht ergriffen. Er sagte, es müsse sich jemand an Bord des Schiffes befinden, der einem Versprechen untreu geworden sei, darum könne das Schiff nicht weitersegeln. Da trat der Bey hervor und sagte, er sei es, der ein Versprechen nicht eingehalten habe. Man setzte ihn an Land, damit er seinem Gelöbnis nachkomme.
Der Bey wanderte am Ufer des Meeres entlang, bis er in ein weites Tal gelangte, und da schritt er dahin, bis er vor einer großen Quelle stand. Kaum war er auf die Steine getreten, die die Quelle umgaben, als ein riesiger Geist vor ihm aus der Erde emporwuchs und fragte, was er wolle.
»Der Stein der Geduld ist von gelber Farbe, und das Messer der Geduld hat einen braunen Griff«, sagte der Bey. »Bring mir die beiden!«
Er hatte es kaum ausgesprochen, als er das Gewünschte auch schon besaß. Nun kehrte er mit diesen beiden Dingen zum Schiff zurück und segelte wieder heimwärts. Das Kleid gab er seiner Braut, und das Messer der Geduld und den Stein der Geduld brachte er in die Küche.
Der Bey war neugierig und wollte wissen, was das Mädchen damit anfangen werde. Darum schlich er sich abends in die Küche und beobachtete die Magd heimlich.
Als die Dunkelheit hereinbrach, nahm sie das Messer in die Hand und legte den Stein vor sich hin und erzählte ihnen ihre Geschichte: was der kleine Vogel dreimal zu ihr gesagt und wie er mit seiner Voraussage sie und ihre Mutter erschreckt hatte.
Während sie so erzählte und den Stein ansah, wurde dieser größer und größer, er zischte und brodelte, als sei Leben in ihm.
Und das Mädchen fuhr fort in seiner Geschichte, wie es in das Schloß des Bey gekommen und neben dem schlafenden Schloßherrn vierzig Tage lang gebetet und endlich die Sklavin bei ihm zurückgelassen

habe, um sich für sein Erwachen zu putzen. Wieder zischte der Stein und schwoll und schäumte, als wolle er zerspringen.
Da erzählte das Mädchen, wie es von der Sklavin hintergangen worden sei, und wie der Bey die Sklavin zur Braut genommen habe. Und die ganze Zeit schwoll der Stein weiter an, und sein Zischen wurde immer heftiger und sein Schäumen so gewaltig, als habe er ein lebendiges Herz. Und auf einmal zerbarst der gelbe Stein, und übrig blieb ein Häufchen Asche.
Da nahm das Mädchen das Messer beim Griff und sprach: »O du gelber Stein der Geduld, du warst nur ein Stein, und doch hast du es nicht ertragen, daß ich so getäuscht und verraten wurde.« Und sie wollte sich das Messer in die Brust stoßen, aber der Bey lief aus seinem Versteck und entriß es ihr noch zur rechten Zeit.
»Du bist mein wahres Schicksal!« rief er und nahm sie mit sich in seine Gemächer.
Die heimtückische Sklavin wurde bestraft, und des Mädchens Mutter wurde an den Hof geholt, und sie lebten glücklich und zufrieden miteinander.
Und manchmal kam der kleine Vogel an die Fenster des Schlosses und sang sein schönstes Lied: »O kleine Maid, nun hast du endlich dein Schicksal gefunden.«

Hok Lee und die Zwerge

In einer Stadt in China wohnt ein Mann, der zwei Leben lebt, ein gutes und ein böses. Sein böses Leben findet die gerechte Strafe, und er muß nun vor den Zwergen tanzen, um die Bestrafung wieder von sich abzuwenden. Wie er es fertigbringt, durch Klugheit alles zu seinem Besten zu wenden, so daß er am Ende reich wird – dies vermag den Leser nachdenklich zu stimmen.

In einer kleinen chinesischen Stadt lebte einst ein Mann namens Hok Lee. Er war rechtschaffen und fleißig und nicht nur ein tüchtiger Händler, sondern auch zu Hause ein arbeitsamer, stets beschäftigter Mann, denn er hatte weder eine Frau noch eine Haushälterin.

»Was für ein außerordentlich fleißiger Mann ist dieser Hok Lee!« sagten seine Nachbarn. »Wieviel er arbeitet! Nie geht er fort, um sich zu zerstreuen oder Ferien zu machen wie andere.«

Aber Hok Lee war gar nicht so tugendhaft, wie seine Nachbarn glaubten. Er arbeitete zwar wirklich den ganzen Tag über schwer, aber des Nachts, wenn alle ehrlichen Bürger fest schliefen, stahl er sich heimlich aus dem Haus und brach mit einer gefährlichen Räuberbande in die Häuser reicher Leute ein und trug mit seinen Gesellen davon, soviel in ihre Taschen und Hände ging. So lebte er eine ganze Weile, und obgleich hie und da ein Dieb gefaßt und bestraft wurde, fiel auf Hok Lee niemals ein Verdacht, denn er war ja ein sehr ehrenwerter, fleißiger Mann.

Hok Lee hatte schon viel Geld angesammelt von diesen Raubzügen, als es eines Tages geschah, daß ihn ein Nachbar auf dem Markt ansprach: »Ei, Hok Lee, was ist mit Eurer Backe? Euer Gesicht ist ja auf der einen Seite ganz geschwollen!«

In der Tat war Hok Lees rechte Backe zweimal so groß wie seine linke, und sie tat auch weh.

Den Tag darauf wurde es noch schlimmer, und von da an schwoll die Backe jeden Tag weiter an, bis sie schon bald so groß wie sein ganzer Kopf war und ihm viele Schmerzen bereitete. Hok Lee war am Ende seiner Weisheit, er wußte nicht mehr aus und ein. Die Backe war häßlich und schmerzte, die Nachbarn spotteten schon und trieben ihre Späße mit ihm, und das verletzte ihn sehr.

Da wollte der Zufall, daß ein fahrender Arzt durch die Stadt kam. Er verkaufte alle möglichen Arzneien und übte auch seltsamen Zauber gegen Hexen und böse Geister. Hok Lee beschloß, diesen Arzt um Rat zu bitten, darum sandte er nach ihm.

Der Arzt untersuchte ihn genau, dann sagte er: »Dies ist keine gewöhnliche Schwellung, Hok Lee! Ich befürchte, Ihr habt etwas Böses getan, was Euch den Zorn der Geister zugezogen hat. Da hilft keines meiner Heilmittel, aber wenn Ihr mich entsprechend bezahlen wollt, so will ich Euch verraten, wie Ihr wieder gesund werden könnt.«

Dann fingen Hok Lee und der Arzt miteinander zu handeln an, und es dauerte lange, bis sie eins wurden. Endlich ging der Arzt aus diesem Streit als Sieger hervor, denn er wollte sein Geheimnis nicht unter einem bestimmten Preis verkaufen, und Hok Lee wollte nicht sein Lebtag mit einer so dicken Backe herumlaufen. So ward er nun gezwungen, den größten Teil seiner Diebesbeute wieder herzugeben. Nachdem der Arzt das Geld gezählt und bei sich aufbewahrt hatte, riet er Hok Lee, in der nächsten Vollmondnacht in einen bestimmten Wald zu gehen und dort unter einem bestimmten Baum zu warten. Dort würden bald die Zwerge und Geister aus der Unterwelt erscheinen, um zu tanzen. Und sobald sie ihn erblickten, würden sie dasselbe von ihm verlangen.

»Habt acht, daß Ihr den schönsten Tanz vorführt, welchen Ihr kennt!« fügte der Arzt hinzu. »Wenn Ihr gut tanzt und damit der Zwerge Gefallen erregt, so werden sie Euch einen Wunsch erlauben. Dann könnt Ihr um Heilung Eurer Backe bitten. Tanzt Ihr aber schlecht, so werden sie Euch gewiß aus reiner Bosheit Schaden antun.« Der Arzt verabschiedete sich von Hok Lee und zog wieder weiter.

Glücklicherweise war bald darauf Vollmond, und Hok Lee ging zur vorgeschriebenen Zeit in den Wald hinaus. Da fand er gleich den Baum, welchen ihm der Arzt beschrieben, und da er sehr aufgeregt war und auch ein wenig furchtsam, kletterte er in das Geäst. Da sah er auch schon im hellen Mondlicht viele Zwerge aus der Erde strömen, von allen Seiten kamen sie herbei, es waren gewiß Hunderte. Und sie schienen ausgelassen, tanzten und hüpften und sprangen in die Luft, und Hok Lee rutschte neugierig immer weiter nach vorn auf seinem Ast, bis es auf einmal laut knackte. Da standen die Zwerge still, und Hok Lee meinte, auch sein Herz stehe still.

Einer der Zwerge rief: »Da sitzt jemand im Baum. Komm herab, wer immer du bist, komm sogleich herab, oder wir werden dich holen.«

Voll Schrecken beeilte sich Hok Lee, hinunterzusteigen, aber in seiner Verwirrung rutschte er und rollte den Zwergen vor die Füße. Als er sich wieder aufgerichtet hatte, verbeugte er sich tief, und der Anführer der Zwerge, welcher ihn vorher heruntergerufen hatte, sagte: »Nun, wer bist du, und was führt dich hierher?«

Hok Lee erzählte ihm die Geschichte von seiner geschwollenen Backe und daß man ihm geraten habe, in den Wald zu gehen und sich von den Zwergen Heilung zu erbitten.

»Darüber werden wir noch sprechen, aber später erst«, erwiderte der Zwerg. »Zuvor mußt du für uns tanzen. Wenn uns dein Tanz gefällt, können wir dir vielleicht helfen, tanzest du aber schlecht, so werden wir dich bestrafen. Laß dir das zur Warnung gesagt sein, und nun beginne!«
Die Zwerge setzten sich in einem großen Ring um Hok Lee, der allein in der Mitte stand und nun tanzen mußte. Aber er fürchtete sich halb zu Tode, und er war auch noch ganz benommen von seinem Sturz. Ach, er fühlte sich kein bißchen zum Tanzen aufgelegt. Aber die Zwerge ließen nicht mit sich spaßen.
»Fang an!« rief ihr Anführer, und »Fang an!« schrien alle anderen im Chor.
Voll Verzweiflung begann nun Hok Lee zu tanzen. Erst hüpfte er auf einem Bein, dann auf dem anderen, aber er war so steif und aufgeregt, daß es bei einem kläglichen Versuch blieb und er binnen kurzem zu Boden sank und beteuerte, er könne nicht weitertanzen.
Da wurden die Zwerge zornig, sie drängten sich um ihn und beschimpften ihn. »Um Heilung bist du gekommen, ei ja!« schrien sie. »Mit einer dicken Backe bist du gekommen, aber mit zwei dicken Bakken sollst du wieder gehen.« Und damit liefen sie davon und waren nicht mehr zu sehen. Hok Lee wußte kaum, wie er nach Hause finden sollte.
Er humpelte heimwärts, müde und niedergeschlagen und sehr bekümmert wegen der Drohung der Zwerge. Und seine Sorge war nicht unbegründet, denn als er am anderen Morgen aufstand, war seine linke Backe so dick angeschwollen wie seine rechte, und er konnte kaum mehr aus seinen verschwollenen Augen schauen. Hok Lee war verzweifelt, und seine Nachbarn spotteten seiner ärger als zuvor. Der Arzt war längst weitergezogen, es blieb keine andere Hilfe, als es noch einmal mit den Zwergen zu versuchen.
Er wartete einen Monat, bis die nächste Vollmondnacht kam, dann schleppte er sich wieder zu dem Baum in den Wald hinaus und setzte sich unter den Baum, von dem er damals hinuntergefallen war. Er mußte nicht lange warten. Bald kamen wieder von überallher die Zwerge und versammelten sich.
»Ich fühle mich nicht ganz wohl«, sprach einer von ihnen. »Mir ist, als sei irgendein schreckliches menschliches Wesen in der Nähe.«
Als Hok Lee das hörte, trat er aus seinem Versteck hervor und verbeugte sich tief bis zur Erde. Die Zwerge kamen näher heran und lachten über sein komisches Aussehen, wie er da stand mit zwei dicken Backen.
»Was willst du denn?« fragten sie ihn.

Hok Lee beeilte sich, ihnen sein neues Unglück eindringlich zu schildern, und bat und flehte, sie möchten ihn noch einmal tanzen lassen. Das erlaubten sie dann auch, denn es gibt nichts, was die Zwerge lieber hätten als Unterhaltung. Diesmal wußte Hok Lee genau, wieviel davon abhing, daß er schön tanzte. Und er faßte Mut und fing an, langsam zuerst, dann immer schneller, und er tanzte so anmutig und erfand so viele neue Schritte und Figuren, daß die Zwerge ganz entzückt waren.

Sie klatschten mit ihren kleinen Händen und riefen: »Bravo, Hok Lee, bravo! Tanze weiter!«

Und Hok Lee tanzte weiter, bis er wirklich nicht mehr länger tanzen konnte.

Da sagte der Anführer der Zwerge: »Du hast uns viel Freude bereitet mit deinem Tanz, Hok Lee. Und zum Dank dafür soll dein Gesicht geheilt werden. Leb wohl!«

Und damit verschwand er mit seinen Gesellen und ließ Hok Lee zurück, der sich an seine Backen griff und zu seiner großen Freude bemerkte, daß sie wieder ihre natürliche Größe hatten. Wie kurz war da der Heimweg und wie leichtfüßig Hok Lee! Glücklich ging er zu Bett und versprach bei sich, nie mehr zu stehlen.

Am anderen Tag gab es in der ganzen Stadt nur ein Gespräch: daß Hok Lee geheilt war. Seine Nachbarn fragten ihn, aber sie konnten nicht mehr von ihm erfahren, als daß er ein wunderbares Heilmittel gegen alle Gebrechen entdeckt habe.

Nicht lange darnach kam ein reicher Nachbar zu Hok Lee, der schon seit vielen Jahren krank war, und bot ihm eine große Geldsumme an, wenn er ihm verrate, wie er wieder gesund werden könne. Hok Lee versprach, ihm das Geheimnis zu verraten, unter der Bedingung, daß er es streng für sich behalte. Der kranke Nachbar beschwor dies, und Hok Lee erzählte ihm von den Zwergen und dem Tanz.

Der Nachbar ging und befolgte in allem genau Hok Lees Anweisungen und wurde von den Zwergen geheilt. Da kam noch einer und wieder einer zu Hok Lee, und sie baten ihn um sein Geheimnis, und von jedem erhielt er das Versprechen, daß er schweigen werde, und außerdem eine ansehnliche Geldsumme. So ging es durch viele Jahre, und Hok Lee wurde davon ein reicher Mann, der seine Tage in Frieden und Wohlstand beschließen konnte.

Zauberturban, Zauberpeitsche, Zauberteppich

Hier wird uns von zwei Brüdern und drei Zaubergegenständen erzählt: einem Turban, einer Peitsche und einem Teppich. Es ist ein Märchen aus der Türkei, wo die Männer einen Turban tragen und Teppiche knüpfen und auch manchmal die Peitsche schwingen. Der eine der Brüder gibt die Prinzessin und ein halbes Königreich, die eigentlich ihm gebührten, dem anderen hin und verlangt für sich nur die drei Zaubergegenstände. Aber wer könnte schon sagen, daß er damit nicht den besseren Teil gewählt hätte?

Es waren einmal zwei Brüder. Vater und Mutter waren ihnen gestorben und hatten ihr Vermögen gerecht unter sie verteilt. Der ältere eröffnete mit dem Geld ein Geschäft, der jüngere aber war ein unbesonnener Leichtfuß, der faulenzte und sich herumtrieb, bis endlich der Tag kam, an dem er mit Essen, Trinken und Herumstrolchen sein ganzes Geld durchgebracht hatte. Da ging er zu seinem älteren Bruder und bat ihn um ein paar Pfennige, und als die ausgegeben waren, kam er wieder zu ihm, und bald nahm er gänzlich die Gewohnheit an, von dem erbettelten Geld zu leben.
Das wurde der ältere Bruder schließlich satt, und weil er den jüngeren anders nicht loswerden konnte, tauschte er sein ganzes Hab und Gut in Golddukaten um und bestieg ein Schiff, um in ein anderes Land zu fahren. Davon erfuhr jedoch der jüngere Bruder, und es gelang ihm, sich unbemerkt an Bord des Schiffes zu schleichen und sich dort zu verstecken. Da der ältere Bruder dergleichen schon befürchtet hatte, zeigte er sich nicht an Deck, sondern hielt sich ebenfalls verborgen. Aber das Schiff hatte kaum Segel gesetzt, als die Brüder einander zu Gesicht bekamen, und nun hatte der ältere wieder seine Last mit dem jüngeren.
Er ärgerte sich darüber, aber was half es? Das Schiff segelte fort und hielt in seiner Fahrt nicht inne, bis es in Ägypten ankam. Dort sprach der ältere Bruder zum jüngeren: »Bleib hier, ich will ins Land hineingehen und zwei Muli besorgen, damit wir auf ihrem Rücken schneller vorankommen.«
Der Jüngling setzte sich ans Ufer und wartete auf seinen Bruder, aber er wartete vergeblich. »Ich glaube, es ist am besten, wenn ich selbst nachsehe, wo er bleibt«, dachte er und begab sich auf die Suche. Er ging und ging immer weiter, und auf einmal stolperte er über einen Felsbrocken. Da blieb er stehen und sah drei junge Burschen, die stritten miteinander. Er ging hin und fragte, worum sie sich zankten.
»Wir sind eines Vaters Kinder«, sagte der jüngste. »Vor kurzem ist un-

ser Vater gestorben und hat uns als Erbe einen Turban, eine Peitsche und einen Teppich hinterlassen. Setzt man den Turban auf, so wird man unsichtbar, setzt man sich auf den Teppich nieder und schlägt einmal mit der Peitsche darauf, so fliegt der Teppich fort wie ein Vogel. Und nun streiten und streiten wir, wem der Turban, wem die Peitsche und wem der Teppich gehören soll.«

»Alle drei müssen demselben gehören!« schrien sie wie aus einem Munde.

»Mir gehören sie, denn ich bin der größte!« sagte der erste.

»Nein, mir, denn ich bin der mittlere!« schrie der zweite.

»Mein sind sie, denn ich bin der kleinste!« rief der dritte.

Zuerst stritten sie nur mit Worten, aber dann schlugen sie aufeinander ein, bis der Jüngling sie trennte. »So könnt ihr den Streit nicht schlichten«, sagte er, »ich mache euch einen Vorschlag. Ich schnitze aus diesem Stück Holz einen Pfeil und schieße ihn in die Luft. Ihr lauft ihm nach, und wer ihn mir als erster zurückbringt, soll alle drei Dinge bekommen.«

Der Pfeil flog davon, und die drei Brüder rannten ihm nach, so schnell sie konnten. Die Gegenstände ihres Streits blieben auf der Erde liegen. Aber der schlaue Jüngling setzte sich den Turban auf, ließ sich auf dem Teppich nieder, schlug einmal mit der Peitsche drauf und rief: »Hopp, hopp! Trag mich hin, wo mein älterer Bruder ist!«

Auf einmal lag eine große Stadt vor ihm. Er hatte sich eben vom Teppich erhoben und einige Schritte auf der Straße gemacht, als der Herold des Padischahs kam und den Einwohnern der Stadt kundtat, daß die Tochter des Herrschers jede Nacht aus dem Palast verschwinde. Wer herausfinde, wohin sie gehe, solle das Mädchen zur Gemahlin bekommen und das halbe Königreich obendrein.

»Hier!« rief der Jüngling. »Führe mich zum Padischah, und wenn ich nicht ausfindig mache, wo seine Tochter die Nächte zubringt, so soll er mir den Kopf abschlagen.«

Man führte den verwegenen Jüngling in den Palast, und am Abend brachte man ihn in die Kammer des Mädchens, damit er Wache halte. Die Tochter des Padischahs wartete, bis er eingeschlafen schien, und als sie meinte, nun sei es an der Zeit, nahm sie eine Kerze und schlich sich durch eine Tapetentür hinaus.

Der Jüngling beobachtete sie durch seine halbgeschlossenen Lider. Im Nu hatte er den Zauberturban aufgesetzt, und kaum war er aus dem Tor draußen, da erblickte er einen Geist mit einem goldenen Schild auf dem Haupt, und auf dem Schild saß die Prinzessin, und sie wollten sich gerade davonmachen. Nun war der Jüngling nicht so töricht, daß er meinte, er könne allein die Verfolgung aufnehmen. Darum sprang er auch auf den Schild und hätte dadurch beinahe alle miteinander zu Fall gebracht. Der Geist erschrak und fragte das Mädchen, was es denn in Allahs Namen treibe, um Haaresbreite wären sie gestürzt!

»Ich habe mich nicht gerührt«, erwiderte das Mädchen. »Ich sitze noch gerade so auf dem Schild, wie du mich hinaufgesetzt hast.«

Der Geist schwebte über die Treppe hinunter und merkte, daß der Schild ungewöhnlich schwer war. Darum wandte er sich an das Mädchen und sagte: »Herrin, Ihr seid heute so schwer, daß ich unter Euch schier zusammenbreche.«

»Lieber Lala«, erwiderte das Mädchen, »du bist heute abend recht seltsam. Ich bin weder größer noch kleiner als gestern.«

Der Geist schüttelte den Kopf und schwebte weiter, bis sie in einen wunderbaren Garten kamen, in dem die Bäume aus Silber und Diamanten waren. Der Jüngling, unsichtbar in seinem Turban, brach sich einen Diamantenzweig ab und steckte ihn in die Tasche. Da fingen die Bäume zu seufzen und zu weinen an: »Ein Menschenkind ist hier und quält uns!«

Der Geist und das Mädchen sahen einander an. Dann sagte das Mädchen: »Man hat mir heute abend einen Jüngling in meine Kammer gebracht, der mich bewachen soll. Vielleicht verfolgt uns seine Seele.«

Sie schwebten weiter und gelangten in einen anderen Garten, wo die Bäume von Gold und Edelsteinen funkelten. Wieder brach der Jüngling einen Zweig ab und steckte ihn in die Tasche. Da erzitterten Himmel und Erde, und die Bäume rauschten. »Ein Menschenkind ist hier und quält uns!« klagten sie.

Das Mädchen und der unsichtbare Jüngling erschraken beide so sehr, daß sie beinahe vom Schilde fielen. Da war auch der Geist ratlos. Sie erreichten eine Brücke, und drüben lag das Reich der Elfen. Ein Heer von Sklaven erwartete die Prinzessin und verneigte sich ehrfürchtig so tief vor ihr, daß ihre Stirnen die Erde berührten. Die Tochter des Padischahs stieg von dem Schild herab, und auch der unsichtbare Jüngling sprang herunter. Die Sklaven brachten ihr ein Paar mit Diamanten und anderen Edelsteinen besetzte Pantoffeln, aber der Jüngling packte einen davon und steckte ihn in die Tasche. Das Mädchen zog unterdessen einen Pantoffel an, als es aber den zweiten nirgends finden konnte, ließ es sich ein anderes Paar bringen. Aber wieder verschwand einer. Nun wurde das Mädchen ärgerlich und ging ohne Pantoffeln. Der Jüngling, mit dem Turban auf dem Kopfe und dem Teppich und der Peitsche in der Hand, folgte ihr wie ein Schatten überallhin.

Sie gelangten in ein Zimmer, wo ein gewaltiger Elf der Prinzessin entgegentrat. Seine Oberlippe berührte den Himmel, indes seine Unterlippe bis zum Boden reichte. Zornig fragte er, wo sie so lange verweilt habe und warum sie nicht früher gekommen sei. Die Prinzessin erzählte dem Elfen von dem Jüngling, welcher ihr zur Bewachung beigegeben worden und was sich unterwegs alles ereignet hatte. Der Elf beschwichtigte die Sorgen des Mädchens, indem er alles für Hirngespinste erklärte. Dann setzte er sich neben sie und befahl einem Sklaven, Sorbett zu bringen. Der Sklave brachte das Getränk in einem juwelenbesetzten Becher. Als er diesen der Tochter des Padischahs reichte, gab ihm der unsichtbare Jüngling einen Stoß, daß er den Becher fallen ließ und das kostbare Gefäß in Stücke zersprang. Eines dieser Stücke hob der Jüngling auf und barg es in seiner Tasche.

»Habe ich dir nicht gesagt, daß etwas Unheimliches da ist?« rief die Prinzessin. »Ich will nichts mehr essen und nichts mehr trinken, ich will, sobald es nur möglich ist, nach Hause.«

Aber der Elf beruhigte sie wieder und befahl den Sklaven, die Mahlzeit aufzutragen. Ein kleiner Tisch wurde hereingebracht, auf dem standen viele Teller, und das Paar begann zu speisen. Da spürte auch der Jüngling Hunger und griff tüchtig zu, daß die guten Gerichte so schnell verschwanden, als säßen drei an der Tafel und nicht zwei.

Nun geriet auch der Elf in Unruhe, und als nicht nur die Speisen, sondern auch Gabeln und Löffel verschwanden, sagte er zu seiner Liebsten, für heute sei es wohl am besten, wenn sie voneinander schieden. Der Elf wollte das Mädchen zum Abschied küssen, aber der unsichtbare Jüngling trat dazwischen und stieß beide zur Seite, so daß der Elf nach rechts und die Prinzessin nach links fiel. Sie erbleichten vor Schrecken und riefen eilends den Geist mit seinem Schild herbei. Die Prinzessin setzte sich sogleich darauf und – husch! waren sie entschwunden. Der Jüngling aber blieb zurück, er nahm ein Schwert von der Wand und hieb dem Elfen mit einem einzigen Schlag das Haupt vom Rumpf. Da grollte und donnerte der Himmel entsetzlich, und die Erde widerhallte ganz fürchterlich, und eine mächtige Stimme schrie: »Weh uns, ein Menschenkind erschlug unseren König!«

Der zu Tode erschrockene Jüngling wußte nicht, ob er auf dem Kopf stand oder auf den Sohlen. Er packte seinen Teppich, setzte sich darauf und knallte mit seiner Peitsche. Und als die Tochter des Padischahs in den Palast zurückkehrte, fand sie den Jüngling schnarchend in ihrer Kammer.

»O du vermaledeiter Bursche!« schrie sie zornig. »Was für eine Nacht mußte ich deinetwegen erleben!«

Dann nahm sie eine Nadel und stach ihn damit in die Ferse. Aber der Jüngling zuckte nicht einmal, und da meinte sie, er sei im tiefsten Schlaf, und legte sich selbst nieder, um auszuruhen.

Als sie am anderen Morgen erwachte, befahl sie dem Jüngling, sich auf seine Hinrichtung vorzubereiten, sein letztes Stündlein habe geschlagen. Er aber weigerte sich und sprach: »Euch bin ich keine Rechenschaft schuldig. Laßt uns vor den Padischah treten!«
Da wurde er vor des Mädchens Vater geführt, aber er wollte nur dann über die vergangene Nacht berichten, wenn die ganze Stadt zusammengerufen werde, um zuzuhören. Der Jüngling hoffte nämlich, auf diese Weise seinen Bruder wiederzufinden. Der Herold rief alles Volk in der Stadt zusammen, und der Jüngling stellte sich auf ein Podium neben den Padischah und die Prinzessin und fing an, die Geschichte zu erzählen. »Glaubt ihm nicht, mein Herr Vater und Padischah!« stammelte das Mädchen. »Er lügt, mein Herr und Vater!«
Aber da zog der Jüngling den diamantenen Zweig aus seiner Tasche und den goldenen Zweig und den goldenen Pantoffel und die kostbaren Löffel und Gabeln. Und er fuhr fort in seiner Erzählung und berichtete von dem Tod des Elfen, als er auf einmal seinen Bruder, den er so lange gesucht, in der Menge erblickte. Da hatte er für nichts mehr Auge noch Ohr, sprang vom Podium hinab und drängte und zwängte sich durch das Volk, bis er den Gesuchten erreicht hatte. Dann brachte er ihn zum Padischah.
Und der ältere Bruder erzählte nun ihrer beider Geschichte, und darnach beendete der jüngere die seine von den Erlebnissen der Nacht und bat den Padischah, seine Tochter und das versprochene halbe Königreich dem älteren Bruder zu geben. Er selbst sei zufrieden mit dem Zauberturban, der Zauberpeitsche und dem Zauberteppich und verlange sein Lebtag nichts mehr.
Die Prinzessin war über alle Maßen glücklich, als sie hörte, daß der Jüngling den Elfenkönig getötet und sie aus seiner Macht befreit hatte. Denn der Elf hatte sie eines Nachts mit Gewalt aus ihrer Kammer entführt und sie verzaubert, so daß sie sich nicht mehr aus seinen Fängen befreien konnte. Und in ihrer Freude willigte sie ein, daß der ältere Bruder ihr Gebieter werde, und sie richteten ein großes Fest aus, das dauerte vierzig Tage und vierzig Nächte.

Die berühmte Glocke

Yong-Lo, ein großer chinesischer Kaiser der Ming-Dynastie, wurde einmal von dem Wunsch ergriffen, eine vollkommene Glocke zu besitzen, die herrlichste, die je gegossen worden war. Es sollte eine Glocke mit einem so wunderbaren und mächtigen Ton sein, daß alle Menschen seiner Hauptstadt Peking ihren Klang vernehmen könnten. Nach vielen Fehlschlägen gelingt endlich ihr Guß. Aber die Vollendung dieser Glocke verlangt ein furchtbares Opfer – welches, verrät uns das Märchen.

Vor fast sechshundert Jahren befahl der göttliche Kaiser, der Sohn des Himmels, Yong-Lo, Sproß der erhabenen Ming-Dynastie, dem ehrenwerten Beamten Kouan-Yu, es solle eine Glocke gegossen werden, so groß, daß man ihren Klang noch in einer Entfernung von hundert Li wahrnehmen könne. Und er ordnete an, daß die Glockenstimme durch Messing gehärtet, durch Gold vertieft und durch Silber mit Süße durchdrungen werde, daß in Flanke und Bord die gesegneten Sprüche der heiligen Bücher eingraviert werden sollten und daß sie mitten in der kaiserlichen Hauptstadt aufgehängt werde, damit ihr Ton überall in Peking zu hören sei.

Darum versammelte der ehrenwerte Mandarin Kouan-Yu die Meistergießer und bekannten Glockenschmiede des Reiches und alle jene, die großes Ansehen und Kunstfertigkeit in der Gießerei besaßen. Sie prüften die Zutaten für das Gemisch und behandelten sie mit Sorgfalt, sie fertigten die Gußform, die Werkzeuge und den riesigen Schmelztiegel, in dem die Metalle flüssig gemacht wurden. Sie arbeiteten wie Riesen, kannten weder Rast noch Schlaf und keine Erquikkung, plagten sich Tag und Nacht, um dem Herrn Kouan-Yu gehorsam zu sein, und waren nur mehr erfüllt von dem Bestreben, dem Sohne des Himmels seinen Wunsch zu erfüllen.

Aber als das Metall gegossen war und die Lehmform vom glühenden Guß getrennt wurde, da erwies es sich, daß all ihre Mühe, ihre unendliche Plage umsonst gewesen waren. Die Metalle hatten gegeneinander gekämpft, das Gold verächtlich die Vereinigung mit dem Messing gemieden, das Silber sich nicht mit dem geschmolzenen Eisen gemischt. Darum mußte die Gußform noch einmal bereitet, das Feuer noch einmal geschürt und die Metalle wiederum eingeschmolzen und die ganze Arbeit mühsam noch einmal aufgenommen werden. Das vernahm der Sohn des Himmels, er war erzürnt, aber er sagte nichts.

Die Glocke wurde ein zweites Mal gegossen und mißriet noch schlimmer als zuvor. Wieder wollte sich die Glockenspeise nicht miteinander verbinden. Das Gleichmaß gelang nicht, die Flanken der Glocke waren zersprungen und voll von Rissen, ihr Bord war verschlackt und gespalten, so daß die Arbeit ein drittes Mal aufgenommen werden mußte, zum großen Ärger des Herrn Kouan-Yu.

Als dies dem Sohn des Himmels zu Ohren kam, geriet er in schlimmeren Zorn als das erstemal, und er sandte Boten mit einem Brief zu Kouan-Yu, da standen auf zitronengelber Seide und gesiegelt mit dem Drachensiegel diese Worte:

»Der mächtige Yong-Lo, erhabener Tait-Sung, Himmlischer und Kaiser, dessen Herrschaft Ming genannt wird, an Kouan-Yu, den Fuh-Yin: Zweimal habt Ihr das Vertrauen enttäuscht, welches Wir in Unserer Güte in Euch zu setzen geruht haben. Wenn Ihr ein drittes Mal in Eurem Gehorsam versagt, soll Euer Kopf von Eurem Rumpf getrennt werden. Zittert und gehorcht!«

Nun besaß dieser Kouan-Yu eine Tochter von betörender Schönheit namens Ko-Ngai, von der die Dichter sangen und deren Herz noch herrlicher war als ihr Antlitz. Ko-Ngai liebte ihren Vater so sehr, daß sie hundert und mehr würdige Freier ausgeschlagen hatte, damit das Haus ihres Vaters nicht einsam werde. Als sie das schreckliche gelbe Sendschreiben mit dem Drachensiegel gesehen hatte, wurde sie ohnmächtig vor Angst um das Leben ihres Vaters. Und als ihre Sinne wiederkehrten, fand sie weder Schlaf noch Ruhe, weil sie ohne Unterlaß an die Gefahr denken mußte, in welcher sich ihr Vater befand. Heimlich verkaufte sie einige ihrer Juwelen und lief mit dem Geld zu einem Sterndeuter. Sie bezahlte ihn verschwenderisch, damit er ihr sage, wodurch ihr Vater vor dem drohenden Verderben gerettet werden könne. Der Astrologe beobachtete den Himmel und bestimmte den Aspekt des Silbernen Flusses, den er Milchstraße nannte, und prüfte die Zeichen des Tierkreises, des *Hwang-tao* oder der Gelben Straße, und befragte die Tabellen der fünf *Hin* oder der Gesetze des Universums und die mystischen Bücher der Alchimisten.

Nach langem Schweigen gab er ihr Antwort. »Gold und Messing werden sich niemals vermählen, niemals werden sich Silber und Eisen umarmen, ehe nicht das Fleisch eines Mädchens im Schmerztiegel vergeht, ehe nicht das Blut einer Jungfrau sich mit den Metallen mischt.«

Tief bekümmert kehrte Ko-Ngai nach Hause zurück, aber sie behielt ihr Geheimnis für sich und erzählte niemand, wo sie gewesen.

Endlich kam der furchtbare Tag, an dem der dritte und letzte Versuch des Glockengusses stattfinden sollte, und Ko-Ngai begleitete ihren Vater mit ihrer Dienerin zur Gießerei. Sie nahmen auf einem Podest ihren Platz ein, wo sie die Arbeit der Gießer beobachten konnten und das Becken mit dem flüssigen Metall. Schweigend taten die Handwerker ihre Arbeit. Kein Laut war zu hören außer dem Knistern und Zischen des Feuers. Das Zischen wuchs an wie das Brausen eines nahenden Wirbelsturmes, und die blutrote Schmelzmasse leuchtete und erhellte sich langsam wie die aufgehende Sonne und verwandelte sich in den strahlenden Glanz von Gold, und das Gold wurde zu blendendem Weiß, wie das silberne Antlitz des Mondes. Da hörten die Männer auf, den rasenden Flammen Nahrung zu geben, und aller Augen richteten sich auf Kouan-Yu, und Kouan-Yu schickte sich an, das Zeichen zum Gusse zu geben.

Aber noch ehe er die Hand erheben konnte, ließ ihn ein Schrei sich umwenden. Alle vernahmen die Stimme Ko-Ngais, die süß und durchdringend wie Vogelgesang über dem Donnern der Flammen ertönte:

»Für dich, o mein Vater!«

Und während sie dies rief, stürzte sie sich in den weißen Gischt des Metalls. Die Lava des Schmelzofens brüllte auf, um sie zu empfangen, und spie riesige Flammenzungen zum Dach hinauf, sie barst über den Rand des Lehmkraters und schleuderte eine tanzende Fontäne vielfarbigen Feuers empor und flutete zurück, stöhnend unter Blitz und Donnergrollen.

Wahnsinnig vor Jammer, wollte sich Ko-Ngais Vater hinter ihr herstürzen, aber starke Männer hielten ihn zurück, mit eisernen Griffen, bis ihn die Sinne verließen. Dann trugen sie ihn wie einen Toten nach Hause. Betäubt und sprachlos vor Gram stand Ko-Ngais Dienerin vor dem Schmelzofen, einen kleinen schmalen Schuh in Händen, der mit Perlen und Blumen bestickt war, den Schuh ihrer schönen Herrin. Denn sie hatte Ko-Ngai an den Füßen fassen wollen, als diese sich nach vorn stürzte, aber sie hatte nur einen Schuh zu greifen bekommen, und er war in ihrer Hand geblieben. Und so stand sie und starrte den Schuh an wie eine Wahnsinnige.

Doch trotz allem mußte der Befehl des Göttlichen und Kaisers, des Sohnes des Himmels, befolgt werden, und die Gießer mußten ihr Werk zu Ende führen, so hoffnungslos der Erfolg sein mochte. Aber das Metall schimmerte weißer und reiner als zuvor, und man sah keine Spur von dem schönen Leib, der darin begraben lag. Der gewaltige Guß war vollendet, und siehe, als das Metall erkaltete, zeigte sich die Glocke schön und vollkommen in ihrer Gestalt, herrlich in ihrer Farbe, herrlicher als alle Glocken. Ko-Ngai war untergegangen in dem kostbaren Gemisch, vereint mit Messing und Gold, durchdrungen von Silber und Eisen.

Als man die Glocke läutete, war ihr Klang tiefer und weicher und mächtiger als der Klang aller anderen Glocken. Und er reichte weiter als hundert Li. Er war wie das Dröhnen des Donners im Sommer, wie eine ferne, unendliche Stimme, die einen Namen rief, einen Mädchennamen, immer und immer wieder den Namen Ko-Ngai! . . . Ko-Ngai! . . . Ko-Ngai!

Die Geschichte vom Kalifen Storch

Dieses reizende, lustige Märchen aus Arabien wird mit Humor und feinem Witz erzählt. Es soll Gelächter ernten, und die beiden Vögel, die uns in diese Stimmung bringen sollen, sind gut dafür gewählt: der Storch und die Eule. Es ist eine fröhliche Unterhaltung ohne tragische Untertöne. Die menschliche Beziehung zwischen dem Kalifen und seinem Wesir ist so erfreulich wie amüsant. Die ganze Geschichte hört sich an wie eine musikalische Bagatelle.

Kalif Chasid von Bagdad ruhte an einem schönen Nachmittag ausgestreckt auf seinem Diwan. Er rauchte eine lange Pfeife und trank von Zeit zu Zeit ein Schlückchen Kaffee, der ihm von einem Sklaven gereicht wurde. Nach jedem Schluck strich er sich voll Behagen seinen langen Bart – kurz und gut, man sah, daß sich der Kalif in bester Laune befand. Und in der Tat war dies die passendste Zeit des Tages, um vor seinem Angesicht zu erscheinen, denn um diese Stunde war er stets guter Dinge. Darum wählte der Großwesir Mansor diese Stunde, um dem Kalifen den täglichen Besuch abzustatten. So kam er an diesem Nachmittag wie sonst, aber im Gegensatz zu seiner gewohnten Art trug er diesmal eine sorgenvolle und bekümmerte Miene zur Schau.

Der Kalif nahm die Pfeife aus dem Mund. »Was schaust du so bekümmert, Großwesir?«

Der Großwesir kreuzte die Arme über der Brust, verneigte sich tief vor seinem Herrn und antwortete: »Ach, mein Gebieter! Ich weiß nicht, ob mein Gesicht bekümmert aussieht, aber da unten im Hof des Palastes steht ein Bettler, der so herrliche Dinge zum Verkauf anbietet, daß ich mich wahrhaft ärgern muß, so wenig Geld zu besitzen.«

Der Kalif wollte seinem Großwesir schon lange ein Geschenk machen, darum befahl er einem Sklaven, den Bettler sogleich heraufzuholen. Bald darauf kam der Sklave zurück, der Bettler folgte ihm. Es war ein kleiner, beleibter Mann, sehr dunkelhäutig und in zerlumpter Kleidung. Er trug einen Kasten umgehängt, in dem die mannigfaltigsten Waren lagen: Perlenschnüre, Ringe, Pistolen mit reichverzierten Griffen, Pokale und Kämme. Der Kalif und sein Großwesir betrachteten alles, dann wählte der Kalif einige schöne Pistolen für sich selbst und Mansor, und für die Frau des Großwesirs einen juwelenbesetzten Kamm. Der Bettler wollte gerade seinen Kasten wieder schließen, da bemerkte der Kalif eine kleine Schublade, die ihm bisher entgangen war, und er fragte den Bettler, was darin sei. Der öffnete die kleine Schublade und zeigte seinen beiden Kunden ein Schächtelchen mit

schwarzem Puder und einer Schriftrolle in fremden, unbekannten Buchstaben.
»Ich habe die beiden Dinge von einem Kaufmann bekommen, der wiederum hat sie auf einer Straße in Medina gefunden«, erzählte der Bettler. »Ich weiß nicht, was die beiden Sachen wert sind, aber ich habe keine Verwendung für sie. Ihr könnt sie gern für ein paar Münzen haben.«
Der Kalif liebte alte Manuskripte, er sammelte sie für seine Bibliothek, auch wenn er sie selbst nicht lesen konnte. Darum kaufte er auch diese Schriftrolle und entließ den Bettler. Weil er aber begierig war zu erfahren, welchen Inhalt diese Pergamentrolle habe, fragte er seinen Großwesir, ob er jemand kenne, der diese Schrift zu entziffern vermöge.
»Allergütigster Herr und Gebieter«, erwiderte der Wesir, »in der Nähe der großen Moschee wohnt ein Mann, den man Selim den Gelehrten nennt. Er kennt alle Sprachen unter der Sonne. Laßt ihn kommen, vielleicht kann er diese geheimnisvollen Schriftzeichen deuten.«
Sogleich war der gelehrte Selim vor den Kalifen befohlen.
»Selim«, sprach der Kalif, »ich vernahm von deiner Wissenschaft. Sieh dir diese Schriftrolle an und bemühe dich, sie zu entziffern. Bringst du es fertig, so erhältst du ein Ehrenkleid, versagst du aber, so lasse ich dir zwölf Hiebe auf die Wangen und fünfundzwanzig auf die Fußsohlen geben, weil du dich zu Unrecht Selim den Gelehrten nennen läßt.«
Selim warf sich vor dem Kalifen nieder und sagte: »Es geschehe, wie Ihr wünschet, o Gebieter!« Dann betrachtete er lange und eingehend das Pergament. Plötzlich rief er: »Der Schlag soll mich rühren, o Herr, wenn dies nicht Lateinisch ist!«
»Nun«, sprach der Kalif, »wenn es Lateinisch ist, so laß uns hören, was da steht!«
Da übersetzte Selim: »Derjenige, welcher dies findet, preise Allah für seine Gnade. Wer aus dieser Schachtel den Puder schnupft und dabei gleichzeitig das Wort *Mutabor!* ausruft, kann sich in jedes beliebige Tier verwandeln und die Sprache aller Tiere verstehen. Wünscht er aber wieder menschliche Gestalt anzunehmen, so muß er sich nur dreimal gen Osten verneigen und abermals *Mutabor!* rufen. Vorsicht ist jedoch geboten, wenn man in Tier- oder Vogelgestalt in Gelächter ausbricht, denn sogleich wird man das Zauberwort vergessen und für immer ein Tier bleiben.«
Als Selim der Gelehrte dies vorgelesen hatte, war der Kalif entzückt. Er nahm dem weisen Mann einen Schwur ab, zu niemand darüber zu sprechen, schenkte ihm eine prächtige Robe und entließ ihn. Dann

sagte er zu seinem Wesir: »Das nenne ich einen guten Kauf, Mansor! Ich kann es schon gar nicht mehr erwarten, bis ich mich in ein Tier verwandeln kann. Komme morgen in aller Frühe, dann gehen wir hinaus und nehmen eine Prise aus diesem Schächtelchen, damit wir hören, was in den Lüften, auf der Erde und im Wasser gesprochen wird.«

Am anderen Morgen – der Kalif Chasid war kaum angekleidet und mit seinem Frühstück zu Ende – erschien der Großwesir, um seinen Herrn bei dem Unternehmen zu begleiten. Der Kalif steckte das Schächtelchen in seinen Gürtel und entfernte sich mit dem Großwesir. Seinen Dienern hatte er zuvor erklärt, er wünsche ohne Gefolge auszugehen. Zuerst schritten die beiden Herren durch die Palastgärten, aber da schauten sie vergeblich nach einem Tier aus, das sie gereizt hätte, ihren Zauber anzuwenden. Schließlich meinte der Großwesir, sie sollten zu einem Teich gehen, welcher außerhalb der Stadt lag, dort habe er schon oft die verschiedensten Tiere beobachtet, vor allem die Störche, deren ernstes, würdiges Aussehen und ständiges Plappern seine Aufmerksamkeit erregt hatten.

Dem Kalifen war das recht, und so wählten sie den nächsten Weg zu jenem Teich. Als sie dort waren, sahen sie auch schon einen Storch majestätisch auf und ab stolzieren. Er fing Frösche und schwätzte hie und da etwas vor sich hin. Und da erblickten die beiden Männer auch noch einen anderen Storch in den Lüften, der geradewegs auf den Teich zusteuerte.

»Bei meinem Barte, allergütigster Gebieter«, sagte der Großwesir, »die beiden Langbeine werden sich alsbald köstlich unterhalten. Wie wäre es, wenn wir uns in Störche verwandelten?«

»Wohlgesprochen!« lobte der Kalif. »Aber laß uns zuerst genau wiederholen, wie wir wieder zu Menschen werden. Also: Dreimal gen Osten verneigen und *Mutabor!* rufen, dann bin ich wieder Kalif, und du bist wieder mein Großwesir. Aber lache um Himmels willen nicht, sonst sind wir verloren!«

Während der Kalif noch sprach, sah er den anderen Storch über sich kreisen und sich endlich gewichtig zur Erde niedersenken. Da nahm der Herrscher rasch das Schächtelchen aus seinem Gürtel, schnupfte ein wenig davon und bot auch Mansor davon an, der ebenfalls eine Prise nahm. Dann riefen sie wie aus einem Munde: *»Mutabor!«*

Sogleich schrumpften ihre Beine, wurden dünn und rot, ihre feinen gelben Pantoffeln wurden zu plumpen Storchenfüßen, ihre Arme zu Schwingen, ihre Hälse wuchsen zwischen den Schultern heraus und wurden lang und länger, ihr Bärte verschwanden, und ihre Körper bedeckten sich mit Federn.

»Du hast einen herrlichen langen Schnabel, Wesir!« rief der Kalif nach kurzem Staunen. »Beim Barte des Propheten, dergleichen habe ich mein Lebtag nicht gesehen!«

»Meinen ergebensten Dank!« erwiderte der Großwesir und verneigte sich mit seinem langen Hals. »Aber wenn ich es aussprechen darf, so dünkt mir Eure Hoheit als Storch noch schöner denn als Kalif. Wenn es Euch recht ist, wollen wir in die Nähe unserer Kameraden gehen, um zu hören, ob wir nun wirklich die Storchensprache verstehen.«

Unterdessen war auch der fliegende Storch auf der Erde gelandet. Er kratzte sich zuerst den Schnabel mit einem Fuß, strich sich über die Federn und stolzierte dann auf den ersten Storch zu. Die beiden neugeschaffenen Störche beeilten sich, näher zu kommen, und vernahmen zu ihrem Erstaunen folgendes Gespräch:

»Guten Morgen, Dame Langbein! Ihr seid aber heute früh unterwegs.«

»Richtig, Herr Plapperschnabel! Ich suche mir einen Bissen zum Frühstück. Darf ich Ihnen eine Eidechsenkeule anbieten oder einen Froschschenkel?«

»Oh, tausend Dank! Aber ich habe heute wirklich keinen Appetit. Ich bin wegen einer schwierigen Sache hierhergekommen: Ich muß heute vor den Gästen meines Vaters tanzen und möchte darum auf der Wiese ein bißchen für mich üben.«

Und schon fing der Storch mit den wunderlichsten Schritten an. Der Kalif und Mansor sahen voll Verwunderung zu, und als der Storch schließlich in malerischer Pose auf einem Bein balancierte, und dabei mit den Flügeln graziös wippte, konnten sie nicht mehr an sich halten. Schallendes Gelächter barst aus ihren langen Schnäbeln, und es dauerte lange, bis sie ihre Fassung wiedererlangten.

Der Kalif fing sich als erster. »Das war das Lustigste, was ich je gesehen habe!« sagte er. »Schade, daß wir die beiden Tiere durch unser Gelächter vertrieben haben, zweifellos hätten sie auch noch zu singen angefangen.«

Da fiel es dem Wesir auf einmal ein, wie ernsthaft sie davor gewarnt worden waren, während ihrer Verwandlung zu lachen. Sogleich teilte er dem Kalifen seine Besorgnis mit, und dieser rief: »Mekka und Medina! Das wäre wohl ein trauriger Spaß, wenn ich mein Lebtag ein Storch bleiben müßte! Versuche du dich an das dumme Wort zu erinnern, meinem Gedächtnis ist es entfallen.«

»Wir müssen uns dreimal gegen Osten neigen und sagen *Mu.. Mu.. Mu..*«

Sie wandten sich gegen Osten und verneigten sich so tief, daß ihre langen Schnäbel auf den Boden stießen, aber, o Schrecken, sie hatten das Zauberwort vergessen! Und wie oft sich der Kalif auch verneigte

und wie oft sein Wesir kläglich ausrief: *»Mu. . . Mu. . .«* – das Wort fiel ihnen nicht mehr ein, und der unglückliche Kalif Chasid und sein Wesir Mansor blieben Störche.
Traurig gingen sie über die Wiesen. In ihrem Elend wußten sie nicht, was sie nun anfangen sollten. Ihre neue Gestalt konnten sie nicht mehr loswerden, also hatte es auch keinen Sinn, in die Stadt zurückzugehen und zu sagen, wer sie waren, denn wer würde schon einem Storch glauben, der behauptete, der Kalif zu sein? Und selbst wenn man ihm glaubte, würde das Volk von Bagdad einen Storch als Herrscher haben wollen?
Ziellos wanderten sie einige Tage umher, ihren Hunger stillten sie mit Früchten, obwohl es ihnen mit den langen Schnäbeln schwerfiel, sie zu essen. Aber mit Fröschen und Eidechsen mochten sich ihre Gaumen nicht befreunden. Das einzig Schöne in ihrer mißlichen Lage war die Fähigkeit zu fliegen. Und so flogen sie oft über die Dächer von Bagdad und sahen hinab, was da unten geschah.
Während der ersten Tage bemerkten sie Verwirrung und Trauer in den Straßen, aber als sie, am vierten Tag etwa, auf dem Dach des Palastes saßen, erblickten sie einen prachtvollen Zug, der sich unter ihnen auf der Straße bewegte. Trommeln und Trompeten erklangen, auf einem herrlich geschmückten Pferd saß ein Mann in einem scharlachroten, reich mit Gold bestickten Mantel, von kostbar gekleideten Sklaven umgeben. Halb Bagdad lief hinterher, und alles schrie: »Heil, Mirza, Herr von Bagdad!«
Die beiden Störche auf dem Dach des Palastes sahen einander an, und Kalif Chasid sagte: »Errätst du jetzt, Großwesir, warum ich verzaubert wurde? Dieser Mirza ist der Sohn meines Todfeindes, des mächtigen Zauberers Kaschnur, der mir in einem bösen Augenblick Rache geschworen hat. Aber ich will mich nicht der Verzweiflung überlassen. Komm mit mir, treuer Freund, wir ziehen zum Grabe des Propheten, vielleicht löst sich an diesem heiligen Ort der böse Zauber.«
Sie erhoben sich vom Dach des Palastes, breiteten ihre Schwingen aus und flogen nach Medina. Aber das Fliegen fiel ihnen gar nicht so leicht, denn sie hatten zuwenig Übung darin.
»O Herr!« keuchte der Wesir nach einigen Stunden. »Ich kann nicht mehr. Ihr fliegt mir zu schnell. Zudem wird es bald Abend sein, und es wäre besser, wir suchten einen Unterschlupf für die Nacht.«
Chasid schenkte diesem Vorschlag ein gewogenes Ohr, und da sie im Tal unten eine Ruine erblickten, die ihnen Schutz versprach, flogen sie darauf zu. Das Gebäude war sichtlich einst ein Schloß gewesen. Da standen noch einige Säulen von großer Schönheit, und auch ein paar Zimmer waren noch gut erhalten und zeugten von einstiger Pracht.

Chasid und sein Freund gingen durch die Räume und suchten ein trockenes Fleckchen, da blieb Mansor auf einmal stehen.
»Mein Herr und Gebieter«, flüsterte er, »wäre es nicht unschicklich für einen Großwesir und noch viel unschicklicher für einen Storch, sich vor Geistern zu fürchten, so fühlte ich mich wahrhaft beunruhigt, denn eben seufzte und wimmerte etwas ganz in meiner Nähe.«
Der Kalif blieb gleichfalls stehen, und da hörte er ein leises Weinen, das eher von einem Menschen als von einem Tier herzurühren schien. Voll Neugier wollte er in die Richtung des Geräusches laufen, aber der Wesir packte ihn mit seinem Schnabel an einem Flügel und flehte ihn an, sich doch nicht neuen Gefahren auszusetzen. Der Kalif jedoch riß sich los, denn unter seiner Storchenbrust schlug noch sein tapferes Herz. Er verlor ein paar Federn dabei, aber er lief schnell durch den dunklen Gang, bis er zu einer Tür kam, die halb offenstand. Da hörte er wieder die Seufzer, mit Schluchzen gemischt. Er stieß die Tür mit seinem Schnabel ganz auf, aber auf der Schwelle blieb er wie angewurzelt stehen. Denn da saß auf dem Boden der verfallenen Kammer, in die durch ein vergittertes Fensterchen spärliches Licht fiel, eine große Eule. Dicke Tränen kollerten aus ihren riesigen runden Augen, und aus ihrem gebogenen Schnabel kamen heisere Klagen. Kaum hatte sie den Kalifen und seinen Wesir erblickt – denn der war seinem Herrn inzwischen nachgeeilt –, da stieß sie einen Freudenschrei aus. Mit ihren gesprenkelten braunen Flügeln wischte sie sich sorgsam die Tränen aus den Augen, und zum größten Erstaunen der beiden Besucher sprach sie sie in gutem Arabisch an:
»Willkommen, Störche! Ihr seid ein gutes Zeichen für meine Rettung, denn mir ist geweissagt, daß mir ein Storch Glück bringen wird.«
Als sich der Kalif von seinem Staunen erholt hatte, zog er einen Fuß anmutig empor, neigte seinen langen Hals und sprach: »Ach, Eule! Aus deinen Worten entnehme ich, daß wir Genossen im Unglück sind. Aber o weh! Du erhoffst dir vergeblich Rettung durch uns. Du wirst einsehen, wie hilflos wir sind, wenn du unsere Geschichte gehört hast.«
Die Eule bat ihn, ihr diese Geschichte zu berichten, und der Kalif erzählte ihr, was wir bereits wissen.
Als er seine Erzählung beendet hatte, dankte ihm die Eule und sprach: »Nun hört meine Geschichte an, dann werdet Ihr erkennen, daß ich nicht weniger unglücklich bin als Ihr. Mein Vater ist der König von Indien. Ich bin Lusa, seine einzige Tochter. Der Zauberer Kaschnur, der Euch verzaubert hat, ist auch der Urheber meines Unglücks. Er kam eines Tages zu meinem Vater und verlangte meine Hand für seinen Sohn Mirza. Mein Vater, der sehr jähzornig ist, befahl, man solle ihn

die Treppe hinabwerfen. Nicht lange darnach gelang es dem Unhold, sich mir in anderer Gestalt zu nähern. Eines Tages, als ich gerade im Garten war und um eine Erfrischung bat, brachte er mir als Sklave verkleidet einen Trunk, der mich sogleich in diese abscheuliche Gestalt verwandelte. Ich wurde ohnmächtig vor Schrecken, da brachte er mich hierher und schrie mit fürchterlicher Stimme: ›Hier sollst du bleiben, einsam und verborgen, verachtet sogar von den Tieren, bis ans Ende deiner Tage sollst du hier bleiben oder bis dich jemand aus freien Stücken bittet, seine Frau zu werden. So räche ich mich an dir und deinem stolzen Vater.‹
Seitdem sind viele Monate vergangen. Allein und traurig lebe ich wie eine Einsiedlerin in diesen Mauern, von der Welt gemieden, selbst den Tieren ein Greuel. Die Schönheiten der Natur fliehen mich, denn ich bin am Tage blind, und nur wenn der Mond seine bleichen Strahlen hereinwirft, fällt der Schleier von meinen Augen, und ich kann sehen.«
Die Eule hielt inne und wischte sich wieder mit den Flügeln die Tränen ab, die die Schilderung ihres Jammers ihr von neuem entlockte.
Der Kalif versank in tiefes Nachdenken, als er dies vernommen hatte. »Wenn ich nicht irre«, sprach er, »so besteht eine geheimnisvolle Verbindung zwischen unseren unglücklichen Schicksalen. Aber die Frage ist, wie wir den Schlüssel zu diesem Rätsel finden sollen.«
Die Eule antwortete: »Ach, mein Herr, auch ich habe das sichere Gefühl, daß dies so ist, denn in meiner frühesten Jugend hat mir eine weise Frau prophezeit, daß mir ein Storch Glück bringen werde – und ich glaube, ich kann Euch sagen, wie wir uns retten können.«
Verwundert fragte der Kalif, was sie damit meine.
»Der Zauberer kommt einmal in jedem Monat in diese Ruine. Nicht weit von meiner Kammer hier befindet sich ein großer Saal, wo er mit seinen Gesellen zu tafeln pflegt. Ich habe sie oft beobachtet. Sie erzählen einander von ihren bösen Taten, und vielleicht erwähnen sie dabei auch das Zauberwort, das Ihr vergessen habt.«
»O liebste Prinzessin!« rief der Kalif. »Sagt mir, wann kommt er, und wo ist dieser Saal?«
Die Eule schwieg einen Augenblick, dann sagte sie: »Haltet mich nicht für unfreundlich, aber ich kann Euch diese Fragen nur unter *einer* Bedingung beantworten.«
»Sprecht, sprecht!« schrie Chasid. »Ich will Euch jeden Wunsch erfüllen.«
»Nun«, erwiderte die Eule, »Ihr wißt, daß auch ich befreit werden möchte, aber dies kann nur geschehen, wenn mir einer von Euch seine Hand zur Ehe gibt.«

Die beiden Störche schienen sehr bestürzt von dieser Forderung, und der Kalif bat den Wesir, er möge sich mit ihm zur Beratung zurückziehen. Als sie vor der Tür draußen standen, sprach der Kalif: »Großwesir, das ist eine unangenehme Sache. Aber du kannst sie ja heiraten.«
»Potzblitz!« rief der Großwesir. »Daß mir meine Frau die Augen auskratzt, wenn ich heimkomme? Außerdem bin ich ein alter Mann, und Eure Hoheit ist noch jung und unverheiratet und eine weit passendere Partie für eine junge, hübsche Prinzessin.«
»Das ist es ja gerade!« seufzte der Kalif und ließ traurig die Flügel hängen. »Wie willst du wissen, daß sie jung und schön ist? Das nenne ich die Katze im Sack kaufen!«
Eine Weile ging es noch so hin und her, aber schließlich sah der Kalif ein, daß der Wesir lieber bis ans Ende seiner Tage ein Storch bliebe, als die Eule zu heiraten, und da entschloß er sich, die Bedingung selbst zu erfüllen. Die Eule freute sich sehr darüber. Sie sagte, sie hätten gar keinen günstigeren Zeitpunkt wählen können, denn es sehe ganz danach aus, als träfen sich die Zauberer in dieser Nacht.
Dann ging sie voran, um die Störche zu dem Saal zu führen. Sie durchschritten einen langen dunklen Gang, bis sie endlich einen Lichtstrahl durch die Ritzen einer halbverfallenen Mauer dringen sahen. Als sie näher kamen, riet die Eule, ganz leise zu sein. Durch ein Loch in der Mauer konnten sie mit Leichtigkeit den ganzen Saal überblicken. Er war mit herrlich gemeißelten Säulen geschmückt, und viele bunte Lampen ersetzten das Tageslicht. Inmitten des Saales stand ein runder Tisch, gedeckt mit vielen Tellern, und um den Tisch stand ein Diwan, darauf saßen acht Männer. Die beiden Störche erkannten einen von ihnen sogleich als den Bettler, welcher dem Kalifen den Zauberpuder verkauft hatte. Der Mann neben ihm bat ihn gerade, seine letzte Untat zum besten zu geben, und da erzählte der Bettler die Geschichte von dem Kalifen und seinem Wesir.
»Und was für ein Wort hast du ihnen aufgegeben?« fragte ein anderer alter Zauberer.
»Ein sehr schwieriges lateinisches Wort. Es heißt *Mutabor*.«
Als die beiden Störche dies hörten, waren sie außer sich vor Freude. Sie liefen so schnell zum Ausgang der Ruine, daß die Eule kaum mehr Schritt zu halten vermochte. Und als sie draußen waren, sagte der Kalif herzlich zur Eule: »Retterin meines Freundes und meiner selbst, nimm mich als Zeichen meiner ewigen Dankbarkeit zu deinem Ehemann.«
Dann wandte er sich gen Osten. Dreimal verneigten sich die beiden Störche mit ihren langen Hälsen vor der aufgehenden Sonne.

»Mutabor!« riefen sie beide, und im nächsten Augenblick waren sie zurückverwandelt.
Im Freudentaumel über ihr neugeschenktes Menschenleben fielen sich der Gebieter und sein Diener in die Arme, weinten und lachten zugleich. Wer aber vermag ihr Erstaunen zu beschreiben, als sie sich umwandten und eine wunderschöne Dame in feinem Gewand vor sich erblickten! Lächelnd streckte sie ihre Hand dem Kalifen entgegen: »Erkennst du deine Eule nicht wieder?«
Sie war es! Der Kalif war von ihrer Anmut und Schönheit so bezaubert, daß er die Verwandlung in einen Storch als sein größtes Glück bezeichnete. Sogleich machten sich die drei auf den Weg nach Bagdad. Zum Glück fand der Kalif in seinem Gürtel nicht nur den Zauberpuder, sondern auch einen Beutel voll Gold. So konnten sie im nächsten Dorf alles kaufen, was sie für ihre Reise brauchten, und erreichten schließlich die Stadttore von Bagdad.
Hier erregte des Kalifen Ankunft das größte Aufsehen. Man hatte ihn für tot gehalten, und das Volk war glücklich, als es seinen geliebten Herrscher wiedersah. Doch ebenso groß wie sein Glück war sein Zorn auf den Thronräuber Mirza. Mit großer Macht stürmten sie in den Palast und nahmen Mirza und seinen Vater, den Zauberer, gefangen. Der Kalif ließ den Zauberer in die Kammer bringen, wo die Prinzessin als Eule gelebt hatte, und ließ ihn dort hängen. Seinem Sohn jedoch, der von des Vaters Machenschaften nichts gewußt hatte, stellte der Kalif zur Wahl, ob er getötet oder in einen Storch verwandelt werden wolle. Er wählte das letztere, und der Großwesir brachte ihm den Zauberpuder. Ein Prise davon, und das Zauberwort verwandelte ihn in einen Storch. Der Kalif befahl, daß man ihn in einen eisernen Käfig sperre und im Palastgarten aufstelle.
Lange und glücklich lebte Kalif Chasid mit seinem Weib, der Prinzessin Lusa. Am fröhlichsten aber war er immer dann, wenn ihn nachmittags der Großwesir besuchte. Und war der Kalif besonders wohlgelaunt, so ließ er sich herbei, den Großwesir nachzuahmen, wie dieser als Storch ausgesehen hatte. Dann stolzierte er würdig mit steifen Beinen im Zimmer auf und ab, plapperte und zeigte, wie der Großwesir vergeblich sich gen Osten verneigt und *Mu. . . Mu. . .* gerufen hatte. Und die Gemahlin des Kalifen und ihre Kinder ergötzten sich daran, aber wenn es der Kalif zu lange trieb, drohte der Großwesir lachend, er werde der guten Frau seines Herrschers verraten, was sie damals vor der Tür der Prinzessin Eule besprochen hatten.

Der neidische Nachbar

Ein braver Hund ist Mittelpunkt dieses japanischen Märchens – für ein asiatisches Märchen sehr ungewöhnlich, denn in Asien sind die Hunde eher scharf und bösartig, vielleicht deshalb, weil sie nicht als Haustiere gehalten werden, sondern als Wachhunde, die man halb verhungern läßt. In diesem Märchen aber bringt ein kleiner Hund einem alten Paar, das ihn wie sein Kind behandelt, Wohlstand und Glück. Und da es ein Märchen ist, hat der Hund Zauberkräfte und die Fähigkeit, das Gute zu belohnen und das Böse zu bestrafen.

Vor langer, langer Zeit lebte in einem Dorf ein altes Ehepaar. Es hatte keine Kinder und schenkte darum all seine Liebe und Sorge einem kleinen Hund. Es war ein niedliches Tierchen, dankbar für die Güte, die ihm erwiesen wurde, und nicht verwöhnt und unzufrieden, wie Kinder manchmal sind, wenn ihnen nicht jeder Wunsch erfüllt wird. Er wich den beiden Alten nicht von der Seite, ob sie nun im Hause waren oder draußen.

Eines Tages arbeitete der alte Mann im Garten, und sein Hund war wie stets bei ihm. Es war ein schwüler Morgen. Einmal hielt der Alte inne, stützte sich auf seinen Spaten und wischte sich über die nasse Stirn, da bemerkte er, daß der Hund in der Nähe schnüffelte, kratzte und scharrte. Daran war nichts Seltsames, denn das ist Hundeart. Der Mann fuhr darum auch ruhig in seiner Arbeit fort. Da sprang der Hund laut bellend zu seinem Herrn und wieder zurück zu dem Platz, wo er gescharrt hatte. Das tat er ein paarmal, bis der alte Mann sich verwundert fragte, was da wohl sei, und seinen Spaten nahm und dem Hund folgte. Der Hund freute sich so darüber, daß er seinen Herrn laut bellend umsprang, so daß auch die alte Frau, von dem Lärm aufgeschreckt, aus dem Hause trat.

Der Mann war neugierig, ob der Hund wirklich etwas gefunden habe, und begann zu graben. Bald stieß sein Spaten auf etwas Hartes. Er bückte sich und zog eine große Schatulle aus der Erde, die war voll gleißender Goldstücke. Und so schwer war sie, daß die alte Frau ihrem Mann beim Tragen helfen mußte. Man kann sich denken, was für eine Mahlzeit der Hund an diesem Abend bekam! Jetzt, da er sie zu reichen Leuten gemacht hatte, setzten sie ihm alle Tage das Beste vor, und seine Kissen wären wohl für einen Prinzen nicht zu schlecht gewesen.

Die Geschichte von dem Hund und dem Schatz wurde bald bekannt, und ein Nachbar, dessen Garten an den der alten Leute grenzte, wurde neidisch auf ihr Glück, so neidisch, daß er nicht mehr essen und nicht mehr schlafen konnte. Der törichte Mann meinte, ein Hund, der einmal einen Schatz gefunden, könne immer wieder einen finden, und darum bat er das alte Paar, ihm den Hund eine Weile zu leihen, damit er auch reich werde.

»Wie kannst du so etwas verlangen?« fragte der alte Mann unwillig. »Du weißt doch, wie wir an dem Tier hängen und daß es uns keine fünf Minuten verläßt.«

Aber der mißgünstige Nachbar hörte nicht auf diese Worte und kam Tag für Tag mit demselben Wunsch, bis die alten Leute, die anderen nicht gut etwas abschlagen konnten, endlich versprachen, ihm den Hund für eine oder zwei Nächte zu überlassen. Kaum hatte der Nachbar den Hund bekommen, als er ihn schon in seinen Garten hinausließ. Aber der Hund rannte nur umher, und der Mann mußte seine ganze Geduld aufbieten und warten. Als die Nacht hereinbrach, nahm er den Hund ins Haus.

Als er am nächsten Morgen die Haustür öffnete, sprang der Hund lustig in den Garten hinaus und lief zu einem Baum hin, an dessen Wurzeln er zu kratzen und zu scharren begann. Da rief der Mann laut seinem Weib, sie solle ihm einen Spaten bringen, und folgte dem Hund, denn er wollte der erste sein, der den erwarteten Schatz sah. Als er aber gegraben hatte, was fand er da? Nichts als einen Haufen alter Knochen, die so übel stanken, daß er den Geruch keinen Augenblick länger ertragen konnte.

Sein Herz brannte vor Zorn auf den Hund, der ihm diesen Streich gespielt hatte. Er nahm eine Axt und schlug ihn auf der Stelle tot, ohne recht zu wissen, was er da tat. Als ihm einfiel, daß er es dem alten Mann und dessen Frau sagen mußte, fürchtete er sich freilich, aber aufschieben half nichts, und so ging er mit traurigem Gesicht zu seinem Nachbarn.

»Dein Hund«, sagte er und tat dabei, als ob er weinte, »ist auf einmal tot umgefallen, obgleich ich sehr auf ihn geachtet und ihm alles zugesteckt habe, was er sich nur wünschen konnte. Da dachte ich, es sei am besten, wenn ich es dir gleich sagte.«

Der alte Mann weinte bitterlich, ging und holte den Leichnam seines Hundes, brachte ihn nach Hause und begrub ihn unter dem großen Feigenbaum, wo er den Schatz gefunden hatte. Von morgens bis abends weinten er und seine Frau über den Verlust, und nichts vermochte sie zu trösten. Aber eines Nachts träumte der alte Mann, ihm erscheine der Hund und verlange, er solle den Baum fällen, unter dem das Grab war. Aus dem Holz des Baumes solle der Mann einen Mörser schnitzen. Als der Mann erwachte und über seinen Traum nachsann, verspürte er wenig Lust, einen Baum zu fällen, der jedes Jahr soviel Früchte trug. Deshalb fragte er seine Frau um Rat. Die Frau zöger-

te keinen Augenblick. Sie sagte, nach allem, was sich bisher zugetragen habe, müsse man des Hundes Befehl getreu befolgen. Also wurde der Baum gefällt und ein schöner Mörser daraus gefertigt.
Als die Zeit der Reisernte kam, holten sie den Mörser hervor und taten die Reiskörner hinein, um sie zu mahlen. Aber siehe da, im nächsten Augenblick hatten sich alle Reiskörner in Gold verwandelt! Als die alten Leute das sahen, freuten sie sich und priesen aufs neue ihren treuen Hund.
Es dauerte nicht lange, da kam auch dieses Geschehnis dem neidischen Nachbarn zu Ohren, und er lief gleich zu den beiden Alten und fragte, ob sie nicht zufällig einen Mörser hätten, den sie ihm leihen könnten. Der alte Mann wollte das kostbare Ding nicht gern aus der Hand geben. Weil er aber auch diesmal nicht nein sagen konnte, ging der Nachbar mit dem Mörser unterm Arm aus seinem Hause fort.
Kaum war er in seinem Hause, so nahm er eine große Handvoll Reis und füllte den Mörser damit, seine Frau half ihm, und sie rieben beide, um die Körner von den Schalen zu lösen. Aber statt sich in Goldstücke zu verwandeln, wie sie es gehofft hatten, wurde der Reis im Mörser zu Beeren, die einen so greulichen Gestank verbreiteten, daß die beiden davonlaufen mußten. Zuerst aber zerschlugen sie in ihrer Wut noch den Mörser und verbrannten die Trümmer.
Die alten Leute von nebenan waren freilich sehr außer sich, als sie erfuhren, was aus ihrem Mörser geworden, und die Ausflüchte und Entschuldigungen des Nachbarn konnten sie nicht trösten.
Aber in der folgenden Nacht erschien dem alten Mann wiederum im Traum sein Hund und befahl ihm, die Asche des verbrannten Mörsers zu sammeln und in sein Haus zu tragen. Wenn der große Mantschu, dem das Land gehörte, in der Hauptstadt eintreffe, solle der Mann mit der Asche auf die Hauptstraße gehen, durch welche der Zug kommen werde, und dort auf alle Kirschbäume steigen, von Ast zu Ast, und sie alle mit der Asche bestreuen. Dann würden die Bäume Blüten tragen wie nie zuvor.
Diesmal vertat der alte Mann keine Zeit damit, seine Frau zu fragen, ob er dem Hunde gehorchen solle oder nicht. Kaum war er aufgestanden, ging er in das Haus des Nachbarn und sammelte die Asche des verbrannten Mörsers.
Er schüttete sie vorsichtig in eine chinesische Vase, ging damit zur Hauptstraße und setzte sich dort nieder, um auf den Einzug des Mantschu zu warten. Die Kirschbäume standen kahl, denn es war die Zeit, wo reiche Leute kleine Töpfe mit Zweigen kauften, die sie dann in ihren Häusern pflegten, damit sie früher blühten und Schönheit in die Wohnung brächten. Was jedoch die Bäume am Straßenrand anging,

so hätte wohl kein Mensch vor Monatsfrist nach einer Knospe Ausschau gehalten.
Der alte Mann saß noch nicht lange da, als er in der Ferne eine Staubwolke erblickte. Da wußte er, daß dies der Zug des Mantschu war. Und da erschienen auch schon viele Leute auf der Straße, in ihren schönsten Gewändern, um den Mantschu zu sehen. Als er vorüberkam, verbeugten sich alle tief bis zur Erde hinab. Nur der alte Mann verbeugte sich nicht. Der mächtige Herr bemerkte dies und geriet in Zorn. Er beauftragte einen seiner Höflinge, den Mann zu fragen, warum er die alten Sitten mißachte. Noch ehe der Höfling an den alten Mann herankam, war dieser auf den nächsten Baum gestiegen und hatte die Asche verstreut in alle Richtungen. Und augenblicklich erwachten die weißen Blüten und sprangen auf. Über diesen Anblick freute sich der Mantschu so sehr, daß er den alten Mann reich beschenkte und ihn in sein Schloß einlud.
Natürlich erfuhr der neidische Nachbar auch von diesem Ereignis, und wieder erfüllte Mißgunst sein Herz. Gleich lief er dorthin, wo er den Mörser verbrannt hatte, und sammelte die Stäubchen, die der alte Mann liegengelassen hatte. Dann ging auch er damit auf die Straße und hoffte ebenso sein Glück zu machen wie der Alte – wenn nicht noch mehr.
Sein Herz schlug vor Freude, als er den Zug des Mantschu nahen sah. Gleich machte er sich für sein Werk bereit. Als der Mantschu näher kam, streute der neidische Nachbar seine Handvoll Asche über die Bäume. O weh! Keine Blüte, keine Knospe sproß da hervor! Die Asche flog dem Mantschu und seinen Kriegern in die Augen, daß sie vor Schmerzen schrien. Da befahl der Mantschu, den Übeltäter zu ergreifen, zu fesseln, in den Turm zu werfen und viele Monate gefangenzuhalten. Als der neidische Nachbar wieder freigelassen worden war, hatten in seinem Dorf längst alle seine Bosheit durchschaut, und sie wollten ihn nicht länger unter sich dulden. Weil er aber von seinem schlechten Tun nicht abließ, sank er bald immer tiefer und nahm zuletzt ein böses Ende.

Der Prinz und die drei Verhängnisse

Im Orient, vor allem im tropischen Orient, sind die drei Hauptfeinde des Menschen das Krokodil, das sich im schlammigen Wasser der Flüsse verbirgt; die Schlange, die todbringend von einem Baum herabhängt oder sich im Staub versteckt, wo der bloße Fuß ihrem Giftzahn ausgesetzt ist; und der halbverhungerte Hund, der in seiner Tobsucht den Menschen anfällt. Dies sind in der Tat drei Verhängnisse, und der königliche Vater tut gut daran, seinen Sohn davor zu bewahren. Das Liebenswürdige an dieser Geschichte ist, daß eben ein kleiner Hund den wohlbehüteten Knaben betört.

Vor langer, langer Zeit wurde einem König, der über ein großes Land herrschte, durch welches ein breiter Fluß strömte, ein Kind geboren, ein kleiner Knabe. Der König war außer sich vor Freude, denn er hatte sich schon immer einen Thronerben gewünscht. Nun sandte er Boten aus, um alle mächtigen Feen des Landes einzuladen, daß sie den kleinen Prinzen ansähen. Und bald waren viele Feen um die Wiege versammelt. Der König beobachtete die Feen genau, und als er ihre ernsten Gesichter sah, erschrak er.

»Ist etwas?« fragte er ängstlich.

Die Feen schüttelten alle zugleich die Köpfe. »Es ist ein schönes Knäblein, und es ist sehr schade, aber was geschehen muß, wird geschehen«, sagten sie. »Im Schicksalsbuch steht es geschrieben, daß er sterben muß: entweder an einem Krokodil oder an einer Schlange oder an einem Hund. Könnten wir ihn retten, wir täten es gewiß, aber es geht über unsere Macht.« Und als sie das gesagt hatten, verschwanden sie.

Eine Zeitlang stand der König reglos vor Entsetzen, aber er war ein zuversichtlicher Mann, und so ersann er sogleich Pläne, um den Prinzen vor seinem furchtbaren Schicksal zu bewahren. Er ließ sofort seinen obersten Baumeister zu sich rufen und befahl ihm, eine Burg zu entwerfen, eine feste Burg auf dem Gipfel eines steilen Felsens, und sie sollte mit den kostbarsten Dingen aus dem Königreich ausgestattet werden und mit Spielzeug aller Art, wie es sich ein Kind nur wünschen konnte. Außerdem ordnete der König an, daß Tag und Nacht eine Wache um die Burg gehen solle.

Vier oder fünf Jahre lebte das Kind in der Burg allein mit seinen Ammen, und wenn es frische Luft haben sollte, so spielte es auf den breiten Terrassen, die von Mauern umgeben waren, und hinter diesen Mauern befanden sich tiefe Gräben, über die nur eine Zugbrücke die Burgbewohner mit der übrigen Welt verband.

Eines Tages, als der Knabe schon alt genug war, um allein schnell laufen zu können, schaute er von der Terrasse über den Graben und sah einen kleinen flaumigweichen Ball von einem Hund auf der anderen Seite drüben springen und tollen. Nun waren ihm freilich alle Hunde ferngehalten worden, wegen der Prophezeiung der Feen, darum hatte er nie zuvor einen Hund gesehen. Er fragte den Pagen, der hinter ihm stand: »Was ist das für ein lustiges kleines Ding da drüben, das so schnell läuft?«
»Das ist ein Hund, mein Prinz!« antwortete der Page.
»So bring mir einen Hund, dann wollen wir sehen, wer schneller laufen kann.« Und er sah dem kleinen Hund nach, bis er um eine Ecke verschwand.
Der Page wußte nun nicht, was er tun sollte. Er hatte strengen Befehl, dem Prinzen nichts zu verweigern, aber er dachte an die Prophezeiung und meinte, dies sei eine ernste Sache. Schließlich hielt er es für das beste, dem König selbst den Wunsch des Prinzen vorzutragen und ihn entscheiden zu lassen.
»Gebt ihm einen Hund, wenn er einen haben möchte!« sagte der König. »Er weint sich nur die Seele aus dem Leibe, wenn er ihn nicht bekommt.« Man fand einen Welpen, der dem anderen glich, als wären sie vom selben Wurf, und vielleicht waren sie es auch.
Die Jahre vergingen, der Knabe und der Hund spielten miteinander, bis der Knabe groß und stark war. Da schickte er seinem Vater eine Botschaft.
»Warum hältst du mich hier eingeschlossen und verurteilst mich zum Nichtstun?« fragte er. »Ich weiß, was mir bei meiner Geburt prophezeit wurde, aber lieber sterbe ich auf der Stelle, als daß ich mein Leben hier so leer und unnütz verbringe. Ich bitte dich, gib mir Waffen und laß mich mit meinem Hund zusammen ziehen!«
Und wieder lieh der König seinen Wünschen ein geneigtes Ohr, und der Prinz wurde mit seinem Hund in einem Schiff über den Fluß gesetzt, der dort fast so breit war wie ein Meer. Am anderen Ufer wartete, an einen Baum gebunden, des Prinzen Rappe, er schwang sich hinauf und ritt davon, wohin ihn die Lust führte, und der Hund sprang daneben her. Kein Prinz war so glücklich wie er; er ritt und ritt, bis er endlich an ein Königsschloß kam.
Der König, der über dieses Land herrschte, kümmerte sich wenig um seine Regierungsgeschäfte oder darum, ob sein Volk froh und zufrieden leben konnte. Statt dessen verbrachte er seine ganze Zeit damit, Rätsel zu ersinnen und Pläne auszuhecken, von denen er besser abgelassen hätte. Zu der Zeit, als der Prinz in sein Land kam, hatte dieser König gerade ein wunderbares Haus für sein einziges Kind, eine

Tochter, vollendet. Das Haus hatte siebzig Fenster, und jedes Fenster war siebzig Fuß über dem Boden. Der König hatte Herolde bis an die Grenzen seines Landes ausgesandt, um zu verkünden, daß der die Prinzessin zur Frau bekomme, der es fertigbringe, die Mauer hinauf zu einem dieser Fenster zu gelangen.

Die Kunde von der Schönheit der Prinzessin hatte sich überall verbreitet, und so fehlte es nicht an Prinzen, die ihr Glück versuchen wollten. Das Schloß muß sonderbar ausgesehen haben mit den vielen Flecken auf der weißen Mauer, die von den Versuchen der Prinzen herrührten, dort hinaufzusteigen. Manche brachten es zwar fertig, ein wenig weiter als die anderen hinaufzukommen, aber niemals erreichte einer einen Fenstersims.

Sie hatten schon einige Tage mit so fruchtlosen Versuchen hingebracht, da erschien der junge Prinz unter ihnen, und weil er nett anzusehen und auch höflich und liebenswürdig war, hießen ihn die anderen Prinzen sofort in ihrer Mitte willkommen, und er durfte in dem Hause wohnen, wo sie übernachteten, und sie ließen ihm auch ein duftendes Bad richten.

»Woher kommst du?« fragten sie ihn. »Und wessen Sohn bist du?«

Der junge Prinz hatte wohl Gründe, sein Geheimnis zu bewahren. »Mein Vater ist Stallmeister des Königs in unserem Land«, erwiderte er. »Meine Mutter ist tot, und er hat wieder geheiratet. Zuerst ging alles gut, aber als sie eigene Kinder hatte, fing sie an, mich zu hassen, und nun bin ich geflohen, damit sie mir nicht noch ein Leid antut.«

Die jungen Männer waren von dieser Geschichte gerührt, und sie taten alles, um ihn die erlittene Unbill vergessen zu lassen.

»Was tut ihr hier?« fragte der Jüngling.

»Wir verbringen unsere Zeit damit, die Wände des Schlosses hinaufzusteigen, um die Fenster der Prinzessin zu erreichen«, antworteten die jungen Männer. »Aber bis jetzt ist keiner von uns näher als zehn Fuß an ein Fenster herangekommen.«

»Laßt es mich auch versuchen!« rief der Prinz. »Aber morgen will ich erst einmal zusehen, wie ihr es macht, ehe ich selbst damit beginne.«

Am nächsten Tag suchte er sich einen Platz, von wo er alles gut beobachten konnte, und er merkte sich die Stellen, die besonders schwierig waren, und dachte sich einen anderen Weg aus, als die ihn nahmen, welche jetzt die Wand hinaufstiegen. Tag für Tag machte er so seine Beobachtungen, bis er eines Morgens das Gefühl hatte, seinen Weg auf dieser Mauer genau zu kennen. Da reihte er sich unter die anderen ein. Und dank dem, was er aus ihren Fehlern gelernt hatte, brachte er es fertig, sich von einer rauhen und etwas vorspringenden Stelle zur

nächsten zu schwingen, bis er schließlich zum Neid seiner Freunde am Fenstersims der Prinzessin anlangte. Von unten sahen sie, wie sich ihm eine weiße Hand entgegenstreckte und ihn hineinzog.
Sogleich lief einer der jungen Männer ins Schloß des Königs. »Die Mauer ist erstiegen, der Preis ist gewonnen!« schrie er.
»Von wem?« wollte der König wissen und erhob sich von seinem Thron. »Welchen Prinzen darf ich als meinen Schwiegersohn begrüßen?«
»Der Jüngling, der das Fensterbrett erreichte, ist kein Prinz«, antwortete der junge Mann. »Er ist der Sohn des Stallmeisters aus dem Land des großen Königs, welcher über dem Fluß drüben herrscht. Er floh aus seinem Land, um seiner bösen Stiefmutter zu entkommen.«
Über diese Nachricht geriet der König sehr in Zorn, denn es wäre ihm gar nicht in den Sinn gekommen, daß ein anderer als ein Prinz um seine Tochter freien könnte.
»Schickt ihn zurück in das Land, aus dem er stammt!« schrie er voll Grimm. »Glaubt er, ich gebe meine Tochter einem Flüchtling?« Und in seinem gewaltigen Zorn fing er an, die Trinkgläser zu zertrümmern. Der junge Mann geriet in Angst und lief fort, um dem Prinzen zu erzählen, was der König von ihm hielt.
Aber auch die Prinzessin, die sich aus dem Fenster lehnte, hörte seine Worte, und sie schickte sogleich einen Boten zu ihrem Vater, daß er ihm bestelle, sie habe geschworen, weder zu essen noch zu trinken, wenn man ihr den jungen Mann verweigere. Als der König diese Botschaft erhielt, war er noch zorniger als zuvor, und er befahl seiner Wache, den erfolgreichen Freier zu ergreifen und sofort zu töten. Aber die Prinzessin warf sich zwischen die Wache und den bedrohten Prinzen.
»Krümmt ihm auch nur einen Finger, und ich werde sterben, noch ehe die Sonne untergeht!« rief sie. Und weil sie sahen, daß sie wirklich dazu entschlossen war, ließen sie den Prinzen los und meldeten ihre Worte dem Vater.
Diesmal legte sich des Königs Zorn, und er besann sich, was das Volk von ihm sagen würde, wenn er sein Versprechen nicht hielte. Er befahl, die Prinzessin solle samt dem jungen Mann zu ihm kommen. Und als die beiden den Thronsaal betraten, war er so entzückt von der vornehmen Art des Siegers, daß sein Grimm gänzlich schmolz. Er lief auf ihn zu und umarmte ihn. »Sag mir, wer du bist«, sprach er, als er sich ein wenig gefaßt hatte, »denn ich werde niemals glauben, daß kein königliches Blut in deinen Adern rollt.«
Der Prinz aber hatte seine Gründe, weiterhin zu schweigen, und so erzählte er dem König dieselbe Geschichte wie seinen Freunden. Aber

der König hatte ihn schon so liebgewonnen, daß er keinen Einwand mehr erhob. Schon am anderen Tag feierte man Hochzeit, und dem jungen Paar wurden große Ländereien und Viehherden geschenkt. Einige Wochen darnach sagte der Prinz zu seinem Weib: »Mein Leben ist von drei Tieren bedroht: einem Krokodil, einer Schlange und einem Hund.«

»Oh, wie unvorsichtig bist du!« rief die Prinzessin und warf ihre Arme um seinen Hals. »Wenn du dies weißt, wie kannst du dann das schreckliche Tier um dich dulden? Ich lasse es auf der Stelle töten!«

Aber davon wollte der Prinz nichts wissen. »Meinen lieben kleinen Hund töten, der schon als Welpe mein Spielkamerad war?« erwiderte er. »Nein, das erlaube ich niemals.« Und alles, was die Prinzessin erreichen konnte, war dies, daß er fortan stets ein Schwert trug und niemals ohne Begleiter das Schloß verließ.

Der Prinz und die Prinzessin waren erst wenige Monate verheiratet, als der Prinz Kunde bekam, daß sein Vater, alt und krank geworden, sich nach der Rückkehr seines Sohnes sehne. Gegen eine solche Botschaft konnte der Prinz nicht taub sein, er verabschiedete sich darum zärtlich von seinem Weib und machte sich auf die Heimreise. Es war ein langer Weg, und er mußte oft rasten. So geschah es, daß eines Nachts, als er in einem Schloß am Ufer des breiten Flusses übernachtete, leise das Krokodil aus dem Fluß zu dem schlafenden Prinzen kroch. Glücklicherweise erwachte einer aus dem Gefolge des Prinzen, als das Krokodil an ihm vorbeischleichen wollte. Er sperrte es in einen Saal und ließ es von einem Riesen bewachen, der nicht mehr von der Seite des Ungetüms wich, außer bei Nacht, wenn es schlief. Der Prinz aber ritt weiter zu seinem Vater. Nach einem Monat erkannte er, daß er seines Vaters Königreich nicht mehr verlassen würde, und sandte darum Boten zu seiner Gemahlin, damit sie zu ihm kommen solle. Er ließ ihr sagen, er werde sie am Ufer des Flusses erwarten. Voll Ungeduld harrte er ihrer Ankunft. Als er sie endlich in seine Arme schließen konnte, brachte er sie sogleich in sein Schloß. Aber in der ersten Nacht, während sie schliefen, erwachte die Prinzessin von einem Rascheln, und als sie aufblickte, sah sie einen dunklen Fleck in einer Ecke des Zimmers. Der Fleck schien immer länger zu werden und sich auf den schlafenden Prinzen zuzubewegen. Vor Entsetzen schrie die Prinzessin leise auf, das hörte das Wesen und hob gespannt seinen Kopf. Da sah die Prinzessin, daß es der schmale, längliche Kopf einer Schlange war, und sogleich fiel ihr die düstere Weissagung ein. Ohne ihren Gemahl zu wecken, glitt sie aus dem Bett und nahm den großen Milchkrug vom Tisch, der neben ihrem Bett stand, und stellte ihn auf den Boden, der Schlange in den Weg, denn sie wußte, daß keine

Schlange dem Genuß von Milch zu widerstehen vermag. Die Prinzessin hielt ihren Atem an, als die Schlange näher und näher kam und abermals ihren Kopf hob, weil sie etwas Köstliches roch, wonach sie gierig ihre gespaltene Zunge ausstreckte. Schließlich steckte das böse Tier seinen Kopf in den Milchkrug und trank und trank, und es hob den Kopf kein einziges Mal aus dem Krug, bis dieser ganz geleert war. Darnach fiel die Schlange auf den Boden zurück und schlief ein. Darauf hatte die Prinzessin gewartet, sie ergriff das Schwert ihres Gemahls und hieb der Schlange den Kopf vom Rumpf.

Am Morgen nach diesem Abenteuer machten sich der Prinz und die Prinzessin auf, um zum Königspalast zu reiten, aber als sie dort ankamen, war des Prinzen Vater schon tot. Sie bestatteten ihn mit großer Pracht und Feierlichkeit. Dann mußte sich der Prinz der Regierungsgeschäfte annehmen und die neuen Gesetze prüfen, die während seiner Abwesenheit erlassen worden waren, bis er vor Müdigkeit ganz krank war und in eines seiner Schlösser am Flußufer ziehen mußte, um sich zu erholen.

Da wurde er auch bald wieder ganz gesund und fing wieder an zu jagen und wilde Enten mit dem Pfeil zu schießen, und wo er auch hinging, sein kleiner Hund, der inzwischen schon alt geworden war, begleitete ihn immer.

Eines Morgens, als der Prinz wie gewöhnlich mit seinem Hund auf der Jagd war, kam er bei der Verfolgung eines Wildes in die Nähe des Flusses. Der Prinz lief hinter dem Hund her und stolperte dabei fast über etwas am Wege, das er anfänglich für einen gefällten Baumstamm hielt. Da sprach dieser ihn an, und er sah, daß es kein Baumstamm, sondern ein Krokodil war.

»Du kannst mir nicht entkommen«, hörte er das Krokodil sprechen, nachdem er sich von dem ersten Entsetzen erholt hatte. »Ich bin dein Schicksal, und wohin du auch gehst und was du auch tust, du wirst mich immer vor dir sehen. Es gibt nur *einen* Weg, meine Macht über dich zu brechen: Wenn du eine Grube in den Wüstensand graben und sie mit Wasser füllen kannst, so daß es darin stehenbleibt, dann ist der Zauber gebrochen. Wenn es dir aber nicht gelingt, so wird dich der Tod schon sehr bald ereilen. Und jetzt geh!«

Traurig ging der junge Mann von dannen. Als er in das Schloß zurückkam, schloß er sich in seinem Zimmer ein und ließ niemand zu sich, nicht einmal seine Gemahlin. Als die Sonne schon unterging und sie noch immer keinen Laut aus des Prinzen Zimmer dringen hörte, geriet die Prinzessin in große Sorge und schlug Lärm, so daß ihr Gemahl wohl oder übel den Riegel zurückschieben und sie hereinlassen mußte.

»Wie bleich du bist!« weinte sie. »Hast du dich verletzt? Ich bitte dich, erzähle mir, was dir ist, vielleicht kann ich dir helfen.«
Der Prinz erzählte ihr alles, auch die unmögliche Aufgabe, welche das Krokodil ihm gestellt hatte.
»Wie vermöchte trockener Sand Wasser zu halten?« fragte er. »Es wird doch sogleich versickern. Ebensogut hätte mich das Krokodil sofort in den Fluß schleifen können. Es hatte nur allzu recht, als es sagte, ich könne ihm nicht entkommen.«
»Ach, wenn es nicht schlimmer ist!« rief die Prinzessin. »Ich selbst kann dich von dem Zauberbann lösen, denn meine Patenfee lehrte mich die Pflanzen und ihren Nutzen kennen. In einer einsamen Gegend, nicht weit von hier, wächst ein vierblätteriges Kräutchen, das vermag für ein ganzes Jahr Wasser in einer Sandgrube zu halten. Bei Morgengrauen will ich mich auf die Suche machen, indessen kannst du die Sandgrube ausheben.«
Um ihren Gemahl zu trösten, hatte die Prinzessin fröhlich und zuversichtlich gesprochen, aber sie wußte sehr gut, daß sie keine leichte Aufgabe vor sich hatte. Sie war jedoch voll Mut und Tatkraft und beschloß, ihren Gemahl um jeden Preis zu retten. Die Sterne schienen noch herab, als sie den Palast auf einem schneeweißen Esel verließ und vom Fluß aus gerade nach Westen ritt. Eine Zeitlang sah sie nichts als die weite, ebene Sandwüste vor sich, und es wurde heißer und heißer, je höher die Sonne stieg. Ein schrecklicher Durst ergriff sie und ihren Esel, aber nirgends war ein Wasserlauf, an welchem sie ihren Durst stillen konnten, und hätten sie einen gesehen, so hätten sie kaum Zeit gehabt, ihren Ritt zu unterbrechen, denn sie hatten noch einen weiten Weg vor sich und mußten vor Abend zurück sein, sonst würde das Krokodil wohl behaupten, der Prinz habe die Bedingungen nicht erfüllt. Die Prinzessin sprach aufmunternd auf den Esel ein, und der Esel schrie zurück, und so zogen sie miteinander tapfer voran. Ach, wie froh waren beide, als sie in der Ferne einen Felsen aufragen sahen. Da vergaßen sie ihren Durst und die heiße Sonne. Der Boden unter ihren Füßen schien zu fliegen, bis der Esel ganz von selbst im kühlen Schatten des Felsens hielt. Aber wenn auch der Esel nun rasten konnte, die Prinzessin konnte es nicht, denn sie wußte, daß die Pflanze auf dem Gipfel des Felsens wuchs, von dem sie ein breiter und tiefer Abgrund trennte. Glücklicherweise hatte die Prinzessin ein Seil bei sich. Sie band das eine Ende zu einer Schlinge und warf es mit aller Kraft über den Abgrund. Zuerst fiel das Seil in den Graben, und sie mußte es herausziehen und noch einmal werfen, aber dann blieb die Schlinge an etwas hängen, die Prinzessin konnte aus der Ferne nicht sehen, was es war, und nun mußte sie sich ganz dieser schwachen,

schwankenden Brücke anvertrauen, die vielleicht riß und sie in den Abgrund unter den Felsen stürzen ließ. Wenn das geschah, so war ihr Tod so sicher wie der des Prinzen.
Aber nichts derart Schreckliches geschah. Die Prinzessin kam sicher auf die andere Seite. Nun kam aber erst der schwierigste Teil ihrer Aufgabe. Kaum setzte sie ihren Fuß auf einen Felsvorsprung, so brach dieser unter ihr zusammen, und sie rutschte zurück auf den Platz, wo sie ihre Kletterei begonnen hatte. So vergingen Stunden, und die Sonne stand im Zenit. Die arme Prinzessin war schon ganz verzweifelt, aber sie gab den Kampf nicht auf. Sie sah umher und entdeckte endlich über sich einen Stein, der fester aussah als die anderen, und indem sie ihren Fuß auf die dazwischenliegenden Stellen nur ganz leicht aufsetzte, gelang es ihr, diesen Stein mit den Händen zu erreichen. Es kostete sie große Anstrengung, und ihre Hände waren blutig zerkratzt, aber so gelangte sie zum Gipfel. Dort blies ein heftiger Wind, der ihr den Sand in die Augen trieb, daß sie ganz blind davon war. Sie mußte sich zu Boden werfen und mit den Händen umhertasten.
Zuerst meinte sie voll Entsetzen, der Felsengrund sei leer und ihre Mühe vergeblich gewesen. Wohin sie auch griff, nirgends war etwas anderes als Geröll und Steine. Aber plötzlich faßten ihre Finger in einer Felsspalte etwas Weiches. Es war eine Pflanze, aber war es die rechte? Sehen konnte sie nichts, denn der Wind tobte immer heftiger. So zählte sie mit den Fingern die Blätter der Pflanze. Eins, zwei, drei – ja, ja, es waren vier! Sie riß das Büschel aus dem Erdreich und hielt es fest in ihrer Hand, während sie sich auf den Rückweg machte und vom Wind fast hinuntergeweht wurde.
Als sie sich endlich mühsam umgedreht hatte, wurde es auf einmal ganz still, und dann rutschte sie über den Felsen hinab, so rasch, daß es ein Wunder war, daß sie nicht in den Abgrund stürzte. Aber das Glück stand auf ihrer Seite, und sie konnte sich gerade dort festhalten, wo das Seil hing, und kam auch glücklich über die Seilbrücke auf die andere Seite des tiefen Grabens. Als der Esel die Prinzessin sah, schrie er freudig und trug sie, so schnell er konnte, zurück und achtete gar nicht darauf, daß der Boden unter seinen Füßen fast so heiß brannte wie die Sonne über seinem Kopf.
Am Ufer des großen Flusses hielt das brave Tier an, und die Prinzessin sprang von seinem Rücken und lief zu dem Prinzen, der in der Nähe eine Sandgrube ausgehoben und daneben einen Topf voll Wasser gestellt hatte. Nicht weit davon lag das Krokodil blinzelnd in der Sonne, mit weit offenem Rachen seine scharfen Zähne zeigend.
Auf ein Zeichen der Prinzessin füllte der Prinz das Wasser in die Grube, und als sie bis zum Rande voll war, warf sie geschwind die vier-

blätterige Pflanze hinein. Würde der Zauber gelingen, oder würde das Wasser im Sande versickern und der Prinz dem furchtbaren Krokodil zum Opfer fallen? Eine halbe Stunde standen sie da und hefteten ihre Augen auf denselben Fleck, aber das Wasser blieb in der Grube, und auf dem Wasserspiegel tanzte die kleine grüne Pflanze. Da wandte sich der Prinz mit einem Triumphschrei um, und das Krokodil plumpste mürrisch in den Schlamm des großen Flusses.

Nun war der Prinz für immer seinem zweiten Verhängnis entronnen. Er stand da und sah zu, wie das Krokodil untertauchte, und freute sich, daß er frei war. Da erschreckte ihn plötzlich eine Wildente, die an ihm vorüberflog und in den Binsen des Ufers verschwand. Im selben Augenblick sauste der Hund hinter dem Vogel her und stieß seinen Herrn dabei heftig. Der Prinz taumelte, verlor das Gleichgewicht und fiel nach rückwärts in den Fluß. Schlamm und Binsen machten es ihm unmöglich, aufzustehen. Er schrie um Hilfe, und schon kam seine Gemahlin, und die hatte zum Glück ihr Seil in der Hand. Der arme alte Hund versank, aber den Prinzen konnte sie ans Ufer ziehen.

»Mein Weib«, sagte er, »war stärker als mein Schicksal.«

Die Geschichte von Aoyagi

Ein adliger Krieger, ein Samurai, liebt ein schönes Bauernmädchen. Aber es ist nicht von niederem Stand, es besitzt die zauberhafte Schönheit und Anmut einer Prinzessin – und doch ist dieses wundersame Wesen auch keine Prinzessin. So ungewöhnlich das Mädchen ist, so ganz ungewöhnlich endet auch dieses Märchen aus dem alten Japan.

In der Bummei-Epoche stand ein junger Samurai namens Tomotada im Dienst des Hatakeyama Yosimune, des Fürsten von Noto. Tomotada war von Echizen gebürtig, in jungen Jahren kam er als Page an den Hof des Fürsten von Noto und wurde unter seiner Aufsicht im Kriegshandwerk ausgebildet. So wuchs Tomotada zum Mann heran und erwies sich stets als gelehriger Schüler und guter Soldat, so daß ihm der Fürst sehr gewogen war. Und auch seine Kameraden, die anderen Samurais, liebten und bewunderten Tomotada wegen seines gewinnenden Betragens, seines liebenswürdigen Charakters und seines gefälligen Äußeren.

Als Tomotada etwa zwanzig Jahre alt war, sandte ihn sein Herr zu einem nahen Verwandten, dem Fürsten von Kyoto, mit einem vertraulichen Auftrag. Und weil ihn sein Weg durch Echizen führte, bat der Jüngling um Erlaubnis, seine verwitwete Mutter besuchen zu dürfen. Es war die kälteste Zeit des Jahres, als er aufbrach. Das Land lag unter einer dichten Schneedecke, und Tomotada kam nur langsam voran, obgleich er ein vorzügliches Pferd ritt. Sein Weg führte durch eine Gebirgsgegend, wo es nur wenige, weit auseinanderliegende Siedlungen gab. Am zweiten Tag seiner Reise mußte er sich nach einem viele Stunden dauernden ermüdenden Ritt enttäuscht eingestehen, daß er den angestrebten Rastplatz vor Einbruch der Nacht nicht mehr erreichen würde. Ein schwerer Schneesturm kam auf, der Wind blies scharf und kalt, und sein Pferd zeigte sich erschöpft. Da erblickte er am Fuße eines nahen Hügels eine kleine strohgedeckte Hütte unter Weidenbäumen. Er trieb sein müdes Pferd an, bis das Häuschen erreicht war, dann klopfte er kräftig an die Sturmtüren, welche gegen den Wind vorgeschoben waren.

Eine alte Frau öffnete und schrie auf vor Mitleid, als sie den hübschen Fremden sah. »Ach, junger Herr, so allein reitet Ihr und bei so schrecklichem Wetter! Kommt herein, junger Herr, bitte, kommt herein!«

Tomotada stieg ab, führte sein Pferd in einen Schuppen hinter dem Haus und ging der alten Frau nach in die Hütte hinein, wo er einen alten Mann und ein Mädchen sah, welche sich an einem Bambusfeuer wärmten. Respektvoll luden sie ihn ein, näher ans Feuer zu kommen, und das alte Paar beeilte sich, dem jungen Gast Tee zu bereiten und zu essen zu geben, und dann wagten sie auch, ihn nach seinem Reiseziel zu befragen. Unterdessen verschwand das junge Mädchen hinter einem Wandschirm. Voll Erstaunen hatte Tomotada bemerkt, daß dieses Mädchen von außergewöhnlicher Schönheit war, obwohl ihr Äußeres ärmlich und ungepflegt erschien und ihre langen Haare ungeordnet herabhingen. Er wunderte sich, daß ein so liebliches Mädchen in einer so armseligen und einsamen Umgebung aufwuchs.

Der alte Mann sagte: »Sehr ehrenwerter Herr, das nächste Dorf ist weit, und der Schnee fällt dicht, der Wind ist durchdringend, die Straße schlecht. Gewiß wäre es gefährlich, wenn Ihr Eure Reise heute fortsetztet. Obgleich diese elende Hütte Eures Aufenthaltes nicht würdig ist und wir Euch nur wenig Bequemlichkeit zu bieten vermögen, wäre es doch sicherer, Ihr würdet die Nacht unter unserem Dach verbringen. Euer Pferd wollen wir gut versorgen.«

Tomotada nahm den Vorschlag an, und insgeheim beglückte es ihn, daß er nun das junge Mädchen noch länger betrachten durfte. Sogleich wurde ihm eine einfache, aber reichliche Mahlzeit vorgesetzt, und das Mädchen kam hinter dem Wandschirm hervor, um den Tee aufzutragen. Sie hatte jetzt ein rauhes, aber sauberes Leinenkleid aus handgewebtem Stoff an, und ihr langes Haar war gekämmt und geglättet. Während sie sich niederbeugte, um den Tee einzugießen, sah Tomotada, daß sie unvergleichlich schöner war als alle Frauen, die er je gesehen, und daß ihre Bewegungen von einer Anmut waren, die sein Erstaunen erregte.

Die Eltern aber entschuldigten sich für sie, indem sie sagten: »Herr, unsere Tochter Aoyagi ist hier in den Bergen aufgewachsen, fast ganz allein, und sie besitzt keine Kenntnis vornehmer Bedienung. Wir bitten Euch sehr, ihre Unwissenheit und Torheit zu verzeihen.«

Tomotada widersprach und sagte, er schätze sich glücklich, von einem so hübschen Mädchen bedient zu werden. Er konnte die Augen nicht von ihr wenden, obwohl er bemerkte, daß sein Blick sie erröten machte. Und er berührte fast nichts von dem Essen, welches sie ihm vorlegte, und von dem Tee, den sie eingeschenkt.

»Guter Herr«, sprach da die Mutter, »wir hoffen inständig, daß Ihr unsere Kost versuchen möget, wenn es auch nur Bauernkost ist, aber Ihr seid gewiß durchfroren von diesem schrecklichen Wind.«

Um die beiden Alten nicht zu kränken, aß und trank Tomotada, aber er schmeckte nichts, denn alle seine Sinne waren gefangen vom Zauber des errötenden Mädchens. Er unterhielt sich mit ihr und fand ihre Sprechweise so einnehmend wie ihr Gesicht. Wenn sie auch hier im

Gebirge aufgewachsen war, ihre Eltern mußten von höherer Geburt sein, denn sie sprach und bewegte sich wie eine Dame von Stand. Plötzlich redete er sie mit Worten der Poesie an, um eine Frage verschleiert vorzubringen und zugleich das Entzücken seines Herzens auszusprechen:
»Während ich mich auf der Reise befand, kehrte ich zu Besuch ein, da fand ich eine Blume. Um ihretwillen blieb ich die Nacht. Aber ob die Morgenröte vor Anbruch des Tages in der Dunkelheit erglühen mag, das weiß ich nicht.«
Ohne einen Augenblick zu zögern, erwiderte sie: »Vielleicht verweilt mein Herr länger, wenn ich der Morgensonne fernen, schwachen Glanz mit meinem Ärmel verdecke.«
Da wußte Tomotada, daß sie seine Bewunderung annahm. Und er war ebenso überrascht über die kunstvolle Form, mit der sie ihrem Gefühl Ausdruck verliehen hatte, wie er von der Verheißung entzückt war, die in ihren Worten lag. Er war gewiß, daß er nirgends auf der Welt ein schöneres und klügeres Mädchen finden oder gar gewinnen könne als dieses Bauernkind. In seinem Herzen rief es ohne Unterlaß: »Nimm das Glück, das dir die Götter auf den Weg gelegt haben.« Und so bat er ohne lange Vorreden das alte Paar, sie möchten ihm ihre Tochter zur Frau geben, und nun nannte er auch seinen Namen, seine Abstammung und seinen Rang am Hofe des Fürsten von Noto.
Die beiden Alten verbeugten sich tief vor ihm unter vielen Ausrufen des Erstaunens und der Dankbarkeit. Dann erwiderte der Vater nach sichtbarem Zögern: »Sehr ehrenwerter Gebieter, Ihr seid von hohem Rang und werdet gewiß noch höher aufsteigen. Zu groß ist die Gunst, zu der Ihr Euch herablaßt. Und die Tiefe unseres Dankes kann darum weder in Worten ausgesprochen noch sonst ermessen werden. Dennoch schickte es sich nicht für ein Mädchen wie unsere Tochter, ein törichtes Ding vom Lande, von niedriger Geburt und ohne Erziehung noch Bildung, die Gemahlin eines vornehmen Samurai zu werden. Schon davon zu sprechen ist ein Unrecht. Findet Ihr aber das Mädchen nach Eurem Gefallen und vergebt ihr das bäuerliche Betragen und geruht, ihre Unbildung zu übersehen, so wollen wir sie Euch gern als Eure ergebene Magd schenken. Darum geruht, o Herr, unsere Tochter nach Eurem erhabenen Gutdünken zu behandeln.«
Als es Morgen wurde, hatte sich der Sturm gelegt. Wolkenlos stieg im Osten der neue Tag empor. Tomotada konnte nicht länger verweilen, wenn auch Aoyagis Ärmel den rosigen Hauch der Morgenröte verdeckte. Aber Tomotada konnte sich auch nicht damit abfinden, daß er von Aoyagi Abschied nehmen mußte. Nachdem alles für seinen Aufbruch gerüstet war, sprach er zu ihren Eltern:

»Obwohl es undankbar scheinen mag, daß ich um mehr bitte, als ich bereits von Euch erhalten habe, muß ich Euch noch einmal um die Hand Eurer Tochter bitten. Wenn Ihr erlaubt, daß sie mich begleitet, so werde ich sie mitnehmen, wie sie ist. Wollt Ihr sie mir zur Frau geben, so werde ich Euch immer als meine Eltern ehren. Inzwischen bitte ich Euch, nehmt dieses kleine Entgelt für Eure Gastfreundschaft!« Und damit gab er seinem Gastgeber, der in demütiger Haltung vor ihm stand, einen Beutel voll Goldstücke.

Aber der alte Mann gab ihm den Beutel freundlich zurück. »Guter Herr«, sagte er, »wir können das Gold nicht brauchen, aber Euch könnte es auf Eurer langen Winterreise vielleicht fehlen. In dieser Gegend gibt es nichts zu kaufen, und wir könnten das Geld gar nicht für uns ausgeben, selbst wenn wir es wollten. Das Mädchen aber haben wir Euch geschenkt, unsere Tochter gehört Euch. Darum müßt Ihr uns nicht erst bitten, daß sie Euch zu begleiten wünscht und Eure Dienerin bleiben will, solange Ihr ihre Gegenwart ertragen wollt. Wir sind überglücklich, daß Ihr Euch herablaßt, unsere Tochter anzunehmen, und wir beten, daß Ihr durch uns keine Unbill erfahrt. Wir konnten unser Kind in dieser Gegend nicht mit einer Mitgift ausstatten, nicht einmal mit hinreichender Kleidung. Und da wir schon so alt sind, hätten wir uns eigentlich längst von ihr trennen sollen. Darum trifft es sich sehr glücklich, daß Ihr das Mädchen mit Euch nehmen wollt.«

Vergebens bemühte sich Tomotada, die alten Leute zu überreden, sie möchten sein Geschenk annehmen. Endlich sah er ein, daß ihnen wirklich nichts am Geld lag und daß sie froh waren, das Schicksal ihrer Tochter in seine Hände legen zu können. Da hob er denn das Mädchen auf sein Pferd und sagte den alten Leuten Lebewohl und dankte ihnen noch einmal.

»Sehr ehrenwerter Herr, wir schulden Euch Dank, nicht Ihr uns!« erwiderte der Vater. »Und wir wissen, daß Ihr zu unserem Kind gut sein werdet, und fürchten nicht um ihr zukünftiges Wohl.«

Nun war es aber einem Samurai nicht erlaubt, ohne die Einwilligung seines Lehensherrn zu heiraten. Tomotada wußte, daß er die Zustimmung nicht vor der Beendigung seines Auftrages erwarten durfte. Und mit Recht befürchtete er, Aoyagis Schönheit werde gefährliches Aufsehen erregen, und das Mädchen könne ihm durch Tücke, List oder Gewalt geraubt werden. Darum versuchte er, sie in Kyoto vor neugierigen Blicken zu verbergen. Aber eines Tages entdeckte ein Lehensmann des Fürsten Hosokawa Aoyagi und ihre Beziehung zu Tomotada. Er berichtete seinem Fürsten davon. Und der Fürst, ein junger Mann, der sehr gern hübsche Gesichter sah, gab Befehl, das Mädchen in sein Schloß zu bringen. Aoyagi wurde ohne Umstände und Förmlichkeiten dorthin gebracht. Tomotada war tief bekümmert, denn er wußte, daß er machtlos war. Er war nichts als ein Bote im Dienst eines fernen Fürsten, gegenwärtig einem weit mächtigeren Herrn auf Gnade oder Ungnade ausgeliefert. Mehr noch, Tomotada wußte, daß er selbst an seinem Unglück schuldig war, daß er töricht gehandelt hatte, als er eine Verbindung einging, die von den Gesetzen seines Standes verdammt wurde. Nun gab es nur noch *eine* Hoffnung für ihn, eine verzweifelte Hoffnung, daß Aoyagi vielleicht entkäme und mit ihm zusammen fliehen könnte. Nach langem Nachdenken faßte er den Entschluß, ihr einen Brief zu senden. Der Versuch würde gefährlich sein, gewiß. Denn jedes an sie gerichtete Schreiben konnte dem Fürsten in die Hände geraten, und es war ein unverzeihliches Vergehen, einem Bewohner des Schlosses einen Liebesbrief zu schicken. Aber Tomotada beschloß, die Gefahr auf sich zu nehmen, und er verfaßte einen Brief in der Form eines chinesischen Gedichtes. Dieses bestand nur aus achtundzwanzig Schriftzeichen, aber Tomotada verstand es, mit diesen wenigen Schriftzeichen die ganze Tiefe seines Gefühls und den Schmerz über Aoyagis Verlust auszudrücken.

Einen Tag nachdem Tomotada den Brief abgesandt hatte, wurde er aufgefordert, noch am selben Abend vor dem Fürsten zu erscheinen. Sofort argwöhnte der Jüngling, er sei verraten worden, und er fürchtete die schlimmste Strafe, wenn sein Brief wirklich dem Fürsten Hosokawa vor Augen gekommen war. Er wird mich zum Tode verurteilen, aber mir liegt ohnehin nichts mehr am Leben, wenn mir Aoyagi nicht mehr gehört. So dachte Tomotada.

Als er in den Audienzsaal trat, sah er den Fürsten Hosokawa auf einem Thron, umgeben von den höchsten Samurais in ihren feierlichen Kappen und Roben. Sie standen schweigend wie Statuen, und als Tomotada dem Fürsten seine Reverenz erwies, fühlte er die Stille schwer und düster wie die Ruhe vor dem Sturm.

Aber dann erhob sich Hosokawa plötzlich und schritt ihm entgegen, nahm ihn beim Arm und sprach: »Weil ihr einander so liebt, habe ich es übernommen, an Stelle eines Verwandten, des Fürsten von Noto, eure Heirat zu vollziehen. Die Feier soll jetzt vor den versammelten Gästen stattfinden, die Geschenke liegen schon bereit.«

Auf ein Zeichen des Fürsten wurden die Wandschirme zurückgeschoben, und Tomotada sah die vielen Würdenträger des Hofes versammelt und Aoyagi in bräutlichem Schmuck. So war sie ihm nun wiedergeschenkt, und die Hochzeit wurde unter Jubel und Pracht gefeiert, und das Paar erhielt herrliche Geschenke vom Fürsten und seinem Hofstaat.

Fünf glückliche Jahre lebten Tomotada und Aoyagi zusammen. Aber eines Morgens, während beide im Gespräch miteinander waren, schrie Aoyagi plötzlich vor Schmerz laut auf, erbleichte und verstummte dann. Nach einigen Augenblicken sprach sie mit schwacher Stimme: »Verzeih mir, daß ich so unbeherrscht aufgeschrien habe, aber der Schmerz traf mich so unerwartet. Mein lieber Gemahl, unsere Verbundenheit ist durch eine Fügung des Schicksals schon in einem früheren Leben entstanden, und ich glaube fest, daß uns diese Fügung auch in unserem zukünftigen Leben wieder zusammenführen wird. In diesem Leben aber ist uns keine gemeinsame Zeit mehr geschenkt. Wir werden voneinander getrennt. Ich bitte dich inständig, bete das *Nembutsu* für mich, denn ich muß sterben.«

»O welch seltsame Hirngespinste, meine Liebste!« rief der erschrokkene Gemahl. »Dir ist jetzt nicht wohl, eine plötzliche Übelkeit, Herzliebste. Lege dich ein wenig zur Ruhe, es wird rasch vorübergehen.«

»Nein, o nein, ich sterbe. Es ist kein Hirngespinst, ich weiß es. Und jetzt darf ich auch nicht länger die Wahrheit vor dir verbergen, mein lieber Gemahl: Ich bin kein menschliches Wesen. Meine Seele ist die Seele eines Baumes, mein Herz eines Baumes Herz. Das Mark einer Weide ist mein Leben. Und in diesem schrecklichen Augenblick fällt jemand meinen Baum. Darum muß ich sterben. Ich kann nicht einmal mehr weinen, so rasch verlassen mich die Kräfte. Schnell, schnell, sprich das *Nembutsu* für mich. Schnell! Ach!«

Noch einmal entrang sich ein Schmerzensschrei ihrer Kehle, dann wandte sie ihren schönen Kopf zur Seite und verbarg ihr Antlitz unter ihrem Ärmel. Und zugleich schien ihr ganzer Leib zusammenzusinken, und sie fiel zu Boden. Tomotada war aufgesprungen, um ihr zu Hilfe zu kommen, aber da war nichts mehr zu helfen. Auf der Matte am Boden lagen die leeren Kleider des schönen Wesens und der Schmuck, den sie im Haar getragen hatte. Der Körper war nicht mehr vorhanden. Tomotada schor sein Haar, legte die buddhistischen Gelübde ab und wurde Priester. Er wanderte durch alle Provinzen des Landes, und an allen heiligen Stätten, an welchen er vorüberkam, sprach er für Aoyagis Seele Gebete. Als er auf seiner Pilgerreise durch Echizen kam, suchte er das Elternhaus seiner Liebsten. Als er aber zu dem einsamen Platz zwischen den Bergen gelangte, wo ihre Hütte gestanden hatte, fand er das Häuschen verschwunden. Nichts mehr wies darauf hin, daß er dereinst hier gewesen war, außer den Strünken dreier Weidenbäume – zweier alter und eines jungen Baumes, welcher vor langer Zeit gefällt worden war.

Neben diesen Weidenstrünken errichtete Tomotada ein Grabmal und nahm die Weihehandlungen zu Ehren der Verstorbenen vor, der Seelen Aoyagis und ihrer Eltern.

Der Wind-Dämon

Dieses Märchen erinnert an das russische von Koschtschej dem Unsterblichen. Aber nun ist der alte König ein türkischer Padischah, und seine drei Töchter werden von einem Löwen, einem Tiger und einem gewaltigen Vogel gefreit, statt des russischen Falken, Adlers und Raben, und die wunderbaren Abenteuer des Helden erleben wir in einer südlichen Variante. Aber auch hier werden die Unterschiede zwischen Tier und Mensch und allen Naturgewalten verwischt. Geblieben ist die Geschichte eines jungen Prinzen, der seinen Weg furchtlos durch allen Zauber und alle Gefahren geht, bis er seine Prinzessin findet.

Es war einmal ein alter Padischah, der hatte drei Söhne und drei Töchter. Eines Tages wurde er krank, und man rief alle Ärzte des Landes zusammen, damit sie ihm helfen sollten. Aber sein Zustand wurde nicht besser. Ich gehöre dem Tod, dachte der alte Mann. Er bestellte seine Söhne und Töchter zu sich und sprach zu ihnen:
»Wenn ich sterbe, soll der unter euch Padischah werden, der die ganze Nacht an meinem Grabe Wache hält. Meine Töchter aber sollen denen zum Weibe gegeben werden, die als erste um sie freien.« Und als er dies gesagt hatte, starb er, und er wurde bestattet, wie es sich für einen Padischah geziemt.
Da nun das Reich anders keinen neuen Padischah erhalten konnte, ging der älteste Sohn hinaus zum Grab seines Vaters, setzte sich nieder und sprach auf seinem Gebetsteppich die Totengebete und erwartete so die Morgendämmerung. Da erhob sich plötzlich in der Finsternis ein schreckliches Getöse, das ängstigte den Prinzen so sehr, daß er seine Schuhe nahm und davonlief und nicht zu laufen aufhörte, bis er im Palast angelangt war. Die nächste Nacht ging der zweite Sohn an das Grab, und auch er saß da die halbe Nacht, aber kaum daß er den furchtbaren Lärm hörte, ergriff auch er seine Schuhe und rannte in den Palast zurück.
Nun war die Reihe an dem dritten Sohn, dem Prinzen Mehmed. Er steckte sein Schwert in den Gürtel und zog zum Grab hinaus. Als es Mitternacht wurde, hörte auch er, wie nicht anders zu erwarten, das entsetzliche Getöse, und es war so furchtbar, daß die Erde davon erzitterte. Aber der Jüngling beherrschte seine Furcht und ging geradewegs auf den Platz zu, von wo der lauteste Lärm kam. Und da stand vor ihm ein riesiger Drache! Prinz Mehmed zog sein Schwert und fiel über den Drachen mit so viel wilder Wut her, daß das Ungetüm kaum mehr die Kraft hatte zu sprechen.

»Wenn du ein Mann bist, so setze mir deinen Fuß auf den Kopf und schlage mich noch einmal mit deinem Schwert!« bat das sterbende Tier. Da tötete der Sohn des Padischahs den Drachen mit einem mächtigen Schwertschlag. Darnach wollte er dem erlegten Tier Ohren und Nase abschneiden, als Zeichen, daß er die ganze Nacht am Grab geblieben, aber da verschwand der Mond hinter den Wolken, und in der Dunkelheit sah der Prinz kaum mehr etwas. Er tastete und tappte herum nach Ohren und Nase, da sah er auf einmal ein Licht in der Ferne. Er ging darauf zu, um sich das Licht zu borgen, da sah er einen alten Mann sitzen. Er hielt zwei Kugeln in der Hand, die eine war weiß, die andere schwarz. Die schwarze Kugel drehte er immerfort in seiner Hand, von der weißen ging das Licht aus.
»Was tust du da, alter Vater?« fragte der Sohn des Padischahs.
»Ach Gott, mein Sohn«, erwiderte der alte Mann, »meine Arbeit frißt mich auf. Ich halte die Nächte und lasse die Tage vorübergehen.«
»Ach Gott, Alter«, erwiderte der Sohn des Padischahs, »meine Aufgabe ist noch schwieriger als die deine. Ich muß die Morgendämmerung zurückhalten.«
Und damit band er dem alten Mann die Arme zusammen, daß er die Tage nicht mehr gehen lassen konnte und es Nacht bleiben mußte. Dann ging er, um ein Licht zu suchen. Er ging und ging, bis er zu einer Schloßmauer kam, an deren Fuß vierzig Männer miteinander Rat hielten.
»Was beratet ihr?« fragte der Sohn des Padischahs.
»Wir möchten in das Schloß eindringen und den Schatz daraus stehlen«, sagten die vierzig Männer, »aber wir wissen nicht, wie wir es anstellen sollen.«
»Ich könnte euch gleich helfen, wenn ihr mir nur ein Licht geben wolltet«, erwiderte der Sohn des Padischahs.
Die Räuber versprachen ihm das sogleich, und Prinz Mehmed zog eine Handvoll Nägel aus seiner Tasche, schlug sie in die Schloßmauer, einen nach dem anderen bis hinauf zur Brüstung, kletterte daran empor und rief dann zu ihnen hinunter: »Jetzt kommt herauf, einer nach dem anderen, so wie ich heraufgestiegen bin.«
Und das taten die Räuber, aber der Jüngling war nicht faul. Er zog sein Schwert, und sobald einer an der Brüstung oben erschien, schlug er ihm den Kopf ab und warf ihm samt dem Rumpf in den Schloßhof. Und so verfuhr er mit allen vierzig. Darnach sprang er selbst in den Schloßhof und erblickte einen schönen Palast vor sich. Er öffnete die Tür, und da glitt eine Schlange an ihm vorüber und wand sich an einer Säule neben der Treppe empor. Der Jüngling zog sein Schwert, um die Schlange zu töten. Er holte aus und zerteilte die Schlange in zwei Stük-

ke, aber sein Schwert blieb im Stein stecken, und er konnte es nicht wieder herausziehen. Dann ging er die Treppe hinauf und betrat ein Zimmer, darin lag ein liebliches Mädchen im Schlaf. Er verließ das Zimmer, schloß leise die Tür hinter sich und stieg in den zweiten Stock hinan. Dort betrat er wieder ein Zimmer, und darin schlief ein Mädchen, das war noch liebreicher als das erste. Aber auch diese Tür zog er wieder hinter sich zu und stieg die Treppe hinauf ins letzte Stockwerk und öffnete auch da eine Tür: Und siehe, das ganze Zimmer war mit Gold gefüllt, und auf dem Bett lag ein Mädchen, so schön, daß der Prinz es mit tausend Herzen geliebt hätte, hätte er tausend Herzen besessen. Aber er schloß auch diese Tür hinter sich und ging die Treppen hinunter und zur Schloßmauer hin, an seinen Nägeln stieg er wieder hinab und lief schnurstracks zu dem Alten, dessen Arme er zusammengebunden hatte.

»O mein Sohn«, rief ihm der alte Mann schon von weitem entgegen, »du bist lange ausgeblieben. Den Menschen muß der Rücken vom langen Liegen schmerzen.«

Der Jüngling befreite ihm die Arme von den Fesseln, und der Alte ließ die weiße Kugel des Tages sich drehen, da wurde es Tag. Der Jüngling schnitt dem Drachen Ohren und Nase ab und tat sie in seinen Ranzen. Darauf ging er in den Palast zurück und sah, daß man inzwischen seinen ältesten Bruder zum Padischah gekrönt hatte. Weil er aber jetzt selbst nicht bereit war zu herrschen, ließ er es, wie es nun einmal war, und sagte nichts.

Nicht lange darnach kam ein Löwe in den Palast und trat vor den Padischah.

»Was willst du?« fragte der Padischah.

»Deine ältere Schwester will ich zur Frau«, erwiderte der Löwe.

»Ich gebe meine Schwester keinem wilden Tier«, sagte der Padischah.

Die Diener wollten den Löwen schon fortjagen, aber da erschien der jüngste Bruder des Padischahs und sprach: »So hat es unser Vater nicht gewollt, er sagte, wir sollten sie dem ersten geben, der um sie freit.« Das Mädchen wurde hereingebracht und dem Löwen gegeben, der nahm sie und verschwand mit ihr.

Am nächsten Tag kam ein Tiger und forderte die zweite Schwester vom Padischah. Die beiden älteren Brüder wollten sie um keinen Preis hergeben, aber der jüngste bestand darauf, daß nach des Vaters Willen gehandelt werde. Also sandte man um das Mädchen und gab es dem Tiger.

Am dritten Tag erschien ein Vogel im Palast und sagte, er müsse die jüngste Tochter des verstorbenen Padischahs bekommen. Der Padischah und der zweite Bruder wollten ihre Zustimmung nicht geben, aber der jüngste bestand darauf, daß man den Vogel mit seiner jüngsten Schwester fortfliegen ließ. Der Vogel war aber auch ein Padischah unter allen Vögeln, der Smaragd-Anka.

Nun laßt uns aber nachsehen, was sich in dem Schloß zugetragen, von welchem wir zuvor erzählt haben! In diesem Schlosse wohnte nämlich ein anderer Padischah mit seinen drei Töchtern. Wie er eines Morgens von seinem Lager aufstand und in den Schloßhof hinabging, sah er im Treppenhaus eine Schlange liegen, die war in zwei Stücke zerhauen, und das Schwert steckte in der Steinsäule. Da ging er weiter und sah im Morast die vierzig toten Räuber liegen.

Das kann kein Feind getan haben, sondern nur ein Freund, sagte er zu sich. Er hat mich vor den vierzig Räubern bewahrt und vor der Schlange. Das Schwert gehört meinem Freund, aber wer ist dieser Freund und Besitzer des Schwertes? Darüber beriet er sich mit seinem Wesir.

»Das werden wir bald ausgekundschaftet haben«, sagte der Wesir. »Wir bauen einen großen Teich und laden jedermann ein, darin zu baden. Dabei beobachten wir alle Gäste sorgfältig, und der, welcher eine Schwertscheide trägt ohne ein Schwert darin, ist der Held, welcher uns errettet hat.«

Das tat der Padischah, er ließ einen schönen Teich anlegen, und jedermann im Reich kam, um darin zu baden.

Am anderen Tag sprach der Wesir zu seinem Herrn: »Alle waren hier, um zu baden, nur die drei Söhne des verstorbenen Padischahs nicht, sie fehlen uns noch zu unserer Probe.«

Da sandte der Padischah eine Einladung an die drei Söhne des kürzlich verblichenen Padischahs, daß sie zu ihm kommen sollten und in seinem neuen Teich baden. Als sie eintrafen, betrachtete er eingehend ihre Gewänder und bemerkte, daß der jüngste eine Scheide trug, in welcher kein Schwert stak. Darum rief er ihn zu sich und sprach: »Du hast viel für mich getan, erbitte dir eine Gunst dafür!«

»Ich will nichts von dir, außer deiner jüngsten Tochter!« erwiderte der Jüngling.

»O weh, mein Sohn, fordere alles von mir, nur dies nicht!« seufzte der Padischah. »Du kannst meine Krone haben und mein Königreich, aber meine Tochter kann ich dir nicht geben.«

»Gibst du sie mir nicht, so nehme ich sie«, entgegnete der Prinz, »etwas anderes will ich nicht aus deiner Hand.«

»Mein Sohn«, sagte der Padischah bekümmert, »ich gebe dir meine älteste Tochter, ich gebe dir meine zweite Tochter, ach, ich gebe dir beide, wenn du es willst. Aber meine jüngste Tochter hat einen tödlichen

Feind, den Wind-Dämon. Und weil ich sie ihm nicht überlassen will, muß ich sie in einem Zimmer mit stählernen Mauern gefangenhalten. Der Wind-Dämon ist ein Ungetüm, so schrecklich, daß das Auge seinen Anblick nicht erträgt. Er saust wie der Sturm, und seine Ankunft gleicht dem Wirbelwind.«

Aber was der Padischah dem Prinzen auch vorstellen mochte, es traf auf taube Ohren. Er bat und flehte so innig um das Mädchen, daß ihm der Padischah endlich versprach, was er begehrte. Sie feierten das Hochzeitsmahl, die beiden älteren Brüder erhielten die beiden älteren Schwestern zum Weib und kehrten in ihr Königreich zurück, der jüngste Bruder aber blieb, um seine Frau vor dem Wind-Dämon zu bewachen.

Die Zeit verging, und der Prinz sah kaum mehr das Licht des Tages um seiner Prinzessin willen. Eines Tages jedoch sprach er zu seiner Gemahlin: »Seht, liebste Prinzessin, all die Zeit bin ich nicht von Eurer Seite gewichen, aber jetzt möchte ich auf die Jagd reiten, nur eine Stunde oder zwei.«

»O weh, mein Gebieter«, erwiderte seine Gemahlin, »wenn Ihr mich verlaßt, so werdet Ihr mich nimmer wiedersehen.«

Aber er bat sie immer und immer wieder und versprach, sobald heimzukehren, daß die Prinzessin endlich zustimmte. Da nahm er seine Waffen und ritt in den Wald hinein.

Nun hatte aber der Wind-Dämon die ganze Zeit schon auf eine solche Gelegenheit gelauert. Er fürchtete den berühmten Prinzen und getraute sich nicht, ihm das Weib aus den Armen zu reißen. Aber kaum hatte der Prinz seinen Fuß aus dem Palast gesetzt, als auch schon der Wind-Dämon herbeikam und mit der jungen Frau verschwand.

Als der Prinz von der Jagd zurückkam, konnte er nirgends seine Frau finden. Da wußte er, daß der Wind-Dämon sie entführt hatte, denn kein anderes Wesen hätte eindringen können. Wie bitterlich weinte er nun und warf sich vor Schmerz auf den Boden! Aber bald erhob er sich wieder, nahm ein Pferd und galoppierte damit in die weite Welt. Denn er war entschlossen, entweder den Tod oder seine Liebste zu finden.

Tagelang, wochenlang ritt er so und ließ sich in seiner Not und Qual keine Zeit zum Rasten. Auf einmal, wie ein Wunder, erhob sich ein Palast vor ihm. Es war der Palast seiner ältesten Schwester. Das Mädchen sah gerade aus dem Fenster, und was erblickte sie? Ein Mann ritt, wo nie ein Vogel flog und nie eine Karawane zog. Und da erkannte sie ihren Bruder, und ihre Freude war groß.

Gegen Abend sagte das Mädchen zu seinem Bruder: »Bald wird der Löwe heimkehren, und obgleich er sehr gut zu mir ist, ist er doch ein

wildes Tier und könnte dir ein Leids tun.« Und sie nahm ihren Bruder bei der Hand und versteckte ihn.
Als die Nacht einfiel, kam der Löwe nach Hause, und nachdem sie sich niedergesetzt hatten und sich unterhielten, fragte ihn das Mädchen, was er wohl täte, wenn einer ihrer Brüder zufällig zu ihnen käme.
»Käme der älteste«, erwiderte der Löwe, »ich schlüge ihn mit einem Prankenhieb zu Tode, käme der zweite, es erginge ihm nicht anders, käme aber der jüngste, so ließe ich ihn auf meinen Pfoten schlafen, wenn er es wollte.«
»Nun, er ist gekommen«, sagte sein Weib.
»Wo ist er? Wo ist er? Bring ihn herbei, laß ihn mich sehen!« rief der Löwe. Als Prinz Mehmed erschien, wußte der Löwe vor Freude nicht aus noch ein. Sie unterhielten sich, und der Löwe fragte seinen Schwager, warum er gekommen sei und wohin er reite. Der Jüngling erzählte ihm alles und daß er den Wind-Dämon suche.
»Ich weiß sehr wenig über ihn«, sagte der Löwe, »aber du darfst mir glauben, daß du am besten daran tätest, ihm nicht zu begegnen, denn keiner kann es mit ihm aufnehmen.« Der Jüngling aber hörte nicht auf die Vernunft, er blieb nur eine Nacht, am anderen Morgen schwang er sich wieder auf den Rücken seines Pferdes. Der Löwe begleitete ihn eine kurze Strecke, um ihm den Weg zu weisen, dann schieden sie voneinander. Und wieder ritt er und ritt, bis er einen Palast erblickte, das war der Palast seiner zweiten Schwester. Das Mädchen sah aus dem Fenster, und kaum hatte es den Bruder erblickt, da lief es ihm entgegen und führte ihn in den Palast. Voll Glück über ihr Wiedersehen sprachen sie miteinander, bis der Abend nahte, da sagte das Mädchen: »Bald wird mein Gemahl, der Tiger, zurückkommen. Ich verstecke dich vor ihm, damit dir kein Leid geschieht.« Und sie nahm ihren Bruder bei der Hand und versteckte ihn.
Der Tiger kam nach Hause, und wie sie sich so unterhielten, fragte ihn sein Weib, was er denn täte, wenn durch Zufall einer ihrer Brüder bei ihnen erschiene.
»Kämen die beiden älteren«, erwiderte der Tiger, »ich tötete sie mit einem Prankenhieb. Käme aber der jüngste, ich fiele vor ihm auf die Knie.«
Daraufhin rief das Mädchen seinem jüngsten Bruder, daß er hervorkommen dürfe. Der Tiger war überglücklich, ihn wiederzusehen, begrüßte ihn wie einen Bruder und erkundigte sich, woher er komme und wohin er gehe. Da erzählte der Prinz dem Tiger von seinem Kummer und fragte ihn, ob er etwas über den Wind-Dämon wisse.
»Nur vom Hörensagen«, erwiderte der Tiger und versuchte den Prinzen zu überreden, daß er ein solch gefährliches Ziel aufgebe. Aber die

Morgenröte war kaum erglüht, da war der Prinz schon wieder reisefertig. Der Tiger zeigte ihm den Weg.
Er ritt die Straße entlang, und sie schien ihm endlos. Was kann das sein? dachte er. Als er näher kam, sah er, daß es ein Palast war. Dort wohnte seine jüngste Schwester. Und sie schaute auch gerade aus dem Fenster.
»Oh! Mein Bruder!« rief sie und fiel fast aus dem Fenster vor Freude. Sie führte ihn in das Haus, und sie unterhielten sich lange. Der Bruder war froh, daß er seine Schwester wiedergesehen hatte und so glücklich und zufrieden fand, aber der Verlust seiner Gemahlin bedrückte ihm immer noch das Herz.
Als es Abend wurde, sprach das Mädchen zu seinem Bruder: »Bald wird mein Gemahl, der Vogel, heimkommen, verbirg dich vor ihm, denn leicht könnte sein, daß er dir das Herz herausreißt, wenn er dich sieht.« Und sie nahm ihn bei der Hand und versteckte ihn.
Da hörte man auch schon das Rauschen großer Schwingen, und der Anka kam hereingeflogen. Seine Frau fragte ihn, was er täte, wenn einer ihrer Brüder sie besuchte.
»Die beiden älteren nähme ich in meinen Schnabel und flöge mit ihnen zum Himmel empor und würfe sie von da herab. Den jüngsten aber ließe ich auf meinen Schwingen schlafen, wenn er es haben wollte.« Da rief das Mädchen ihren jüngsten Bruder.
»Willkommen, mein lieber Freund!« rief der Vogel. »Wie hast du hierhergefunden? Wie war deine lange Reise?«
Der Jüngling erzählte, was sich zugetragen, und fragte den Anka, ob er ihm helfen könne, den Wind-Dämon zu finden.
»Das ist keine leichte Sache«, sagte der Vogel. »Selbst wenn du ihn finden könntest, riete ich dir, es sein zu lassen und bei uns zu bleiben.«
»Nein«, erwiderte der Jüngling entschieden, »Ich will mein Weib erlösen oder umkommen!«
Da sah der Anka ein, daß er ihn nicht abbringen konnte von seinem Vorhaben, und berichtete ihm alles, was er über das Schloß des Wind-Dämons wußte. »Er schläft jetzt«, sagte der Anka, »vielleicht kannst du deine Gemahlin rauben. Wenn er aber aufwachte und dich fände, so würde er dich gewiß zermalmen. Und du kannst auch nicht auf der Hut sein vor ihm, denn kein Auge vermag ihn zu erblicken und kein Feuer zu verbrennen. Sieh zu, was du für dich tun kannst!«
Am anderen Tag machte sich der Jüngling auf seine Reise, und nach langem endlosem Weg sah er ein Schloß vor sich, das besaß weder Tür noch Kamin, weder Länge noch Breite. Das war des Wind-Dämons Schloß. Die Prinzessin saß gerade am Fenster, und als sie ihren Gemahl sah, sprang sie herab, ihm in die Arme. Der Prinz fing sie auf,

und ihrer beider Freude kannte keine Grenzen. Und ihre Tränen wollten nicht trocknen, bis endlich die Prinzessin wieder des schrecklichen Dämons gedachte.
»Ach, dies ist nun der dritte Tag, den er schläft«, weinte sie. »Laß uns forteilen, ehe der vierte Tag anbricht, denn da wird er erwachen.«
Sie sprangen auf ihre Pferde und trieben sie zur Eile an und befanden sich schon ein gutes Stück auf ihrem Heimweg, als der vierte Tag anbrach und der Wind-Dämon erwachte. Er klopfte an die Tür der Prinzessin und bat sie zu öffnen, damit er wenigstens für einen Augenblick ihr Gesicht sehe. Aber er erhielt keine Antwort. Da ahnte ihm Übles, und er schlug ihre Tür ein, und siehe da, das Zimmer war leer, und der Platz, wo das Mädchen hätte liegen sollen, war kalt.
»Also, Prinz Mehmed!« schrie er. »Seid Ihr gekommen und habt meine Sultanin gestohlen? Ei, wir werden ja sehen! Immer hurtig, peitscht Euer flinkes Roß, am Ende entkommt Ihr mir doch nicht!« Und damit setzte er sich und tat sich gütlich, trank seinen Kaffee und rauchte seinen Tschibuk. Dann erhob er sich und setzte ihnen nach.
Unterdessen galoppierte der Prinz mit seinem Weib, so schnell er nur konnte. Da spürte die Prinzessin auf einmal des Dämons Atem und schrie auf vor Entsetzen. »O weh, mein Gebieter, der Wind-Dämon ist gekommen!«
Wie ein Wirbelsturm war das unsichtbare Ungetüm über ihnen. Er packte den Jüngling, riß ihm Arme und Beine aus, zerschmetterte seinen Schädel und seine Gebeine, daß nichts von ihm übrigblieb.
Da weinte das Mädchen bitterlich. »Wenn du ihn getötet hast, so laß mich wenigstens seine Gebeine sammeln und sie begraben«, schluchzte sie.
»Was du mit seinen Gebeinen tust, kümmert mich nicht!« schrie der Wind-Dämon.
Das Mädchen nahm die Gebeine seines Gemahls und tat sie zusammen, küßte das Pferd zwischen die Augen, legte ihm die Gebeine auf den Sattel und flüsterte ihm ins Ohr: »Nimm die Gebeine, mein braves Roß, nimm sie mit dir und bring sie, wohin sie gehören.«
Dann ergriff der Wind-Dämon die Prinzessin und brachte sie in seinen Palast zurück. Ihre Schönheit hatte ihn so gefangen, daß er immer in ihrer Nähe blieb, aber vor ihrer Zimmertür endete seine Macht, niemals erlaubte sie ihm, über die Schwelle zu treten, er durfte sich nur manchmal vor ihr zeigen.
Indessen sprengte das brave Roß davon mit den Gebeinen des Jünglings, bis es vor den Palast der jüngsten Schwester kam. Dort wieherte es und wieherte immerfort, bis das Mädchen aufmerksam wurde. Sie lief hinaus zu dem Pferd, und als sie das Ränzel sah und in dem Ränzel

die Gebeine ihres Bruders, brach sie in bittere Tränen aus und warf sich vor Schmerz zu Boden, als wolle sie sich zerschmettern. Ach, sie konnte es kaum erwarten, daß ihr Gebieter, der Anka, nach Hause kehrte.
Endlich hörte sie mächtiges Flügelrauschen, und der Padischah unter den Vögeln, der Smaragd-Anka, kam zurück. Als er die ungeordneten Gebeine des Prinzen erblickte, rief er alle Vögel in den Lüften zusammen und fragte sie: »Wer unter euch fliegt in den Garten des Paradieses?«
»Eine alte Eule ist die einzige, die den Weg dorthin weiß«, erwiderten die Vögel, »aber sie ist jetzt schon zu alt und hat nicht mehr genug Kraft für die lange Reise.«
Da sandte der Anka einen Vogel aus, der sollte die Eule auf seinem Rücken zu ihm tragen. Der Vogel flog fort und war bald wieder zurück mit der bejahrten Eule auf dem Rücken.
»Gute Alte«, sprach der Anka die Eule an, »seid Ihr je im Paradiesgarten gewesen?«
»Ja, mein Söhnchen«, krächzte die alte Eule, »vor langer, langer Zeit, zwölf Jahre oder mehr, und seitdem nie mehr.«
»Wenn Ihr schon einmal dort gewesen seid, so fliegt wieder hin und bringt ein Gläschen Wasser!« sagte der Anka.
Die alte Eule bat ihn, den langen, langen Weg zu bedenken, der ihr gewiß das Leben koste. Der Anka achtete ihrer Reden nicht, er setzte sie auf den Rücken eines jungen Vogels, und beide flogen in den Garten des Paradieses. Dort holte die Eule ein Glas voll Wasser und kehrte damit in den Palast des Ankas zurück.
Dann nahm der Anka die Gebeine des jungen Prinzen und legte sie nach ihrer Ordnung zusammen. Die Arme, die Beine, den Kopf, die Schenkel, alles wie es sein mußte, und als er sie mit dem Wasser besprengte, gähnte der Jüngling, als habe er geschlafen, und kam wieder zu Bewußtsein. Er schaute um sich und fragte den Anka, wo er sei und wie er hierhergekommen.
»Hab' ich dir nicht gesagt, der Wind-Dämon würde dich um seinen kleinen Finger wickeln?« sagte der Anka. »Er hat deine Sehnen und Gebeine zu Staub zermahlen, und wir haben sie erst jetzt aufgelesen. Aber nun laß ab von ihm, denn wenn du noch einmal in die Klauen dieses Dämons gerätst, so werden wir dich nie mehr zusammensetzen können, des bin ich sicher.«
Aber damit war der Jüngling nicht zufrieden. Er bestand mit Festigkeit darauf, noch einmal nach seiner Gemahlin zu suchen.
»Wenn du um jeden Preis gehen möchtest«, riet ihm der Anka, »so eile zu deinem Weib und frage sie nach dem Talisman des Dämons. Wenn

du ihn in deinen Besitz bringen könntest, hättest du auch den Dämon in deiner Gewalt.«

Da sprang der Prinz wieder auf sein Pferd und ritt geradewegs zum Palast des Wind-Dämons, und da der Dämon schlief, konnte Prinz Mehmed seine Prinzessin befragen. Nachdem sie ihre Wiedersehensfreude ausgekostet hatten, trug der Jüngling seinem schönen Weib auf, das Geheimnis des Talismans zu entdecken – mit schmeichlerischen Worten und kleinen Zärtlichkeiten, wenn es anders nicht gehe. Er wolle sich unterdessen in den benachbarten Bergen verstecken und dort die gute Nachricht abwarten.

Als der Wind-Dämon aus seinem viertägigen Schlaf erwachte, zeigte er sich wieder unter der Tür des Mädchens. »Geh mir aus den Augen«, schrie es da, »vier Tage lang hast du nichts anderes getan als geschlafen und mich die ganze Zeit der Einsamkeit überlassen!«

Da war der Dämon sehr geschmeichelt, und in seinem Glücke erkundigte er sich gleich, was er ihr geben dürfe, damit sie sich die Zeit besser vertreiben könne.

»Was kannst du mir schon geben«, sagte das Mädchen, »da du selbst nichts als ein Wind bist? Besäßest du wenigstens einen Talisman, das wäre doch etwas, womit ich mir Kurzweil verschaffen könnte.«

»O weh, meine hohe Gemahlin«, erwiderte der Dämon, »mein Talisman ist weit von hier, im hintersten Winkel der Erde, man kann ihn nicht so einfach herbeibringen. Stünde uns ein so tapferer Mann zu Diensten wie dein Mehmed, so könnten wir den Talisman vielleicht beschaffen.«

Nun war das Mädchen neugieriger noch als zuvor, und sie schmeichelte ihm und beschwatzte ihm, bis sie den Dämon endlich überlistete und er ihr versprach, alles zu erzählen, wenn sie ihn nur neben sich setzen lasse. Dieses Glück konnte ihm die Prinzessin nicht verwehren. Er setzte sich an ihre Seite und blies ihr das Geheimnis ins Ohr.

»An der Oberfläche der siebten Meeresschicht«, begann der Dämon, »schwimmt eine Insel. Auf dieser Insel grast ein Ochse. Im Bauche dieses Ochsen ist ein goldener Käfig, und in dem Käfig ist eine weiße Taube. Dieses Täubchen ist mein Talisman.«

»Aber wie gelangt man zu dieser Insel?« fragte das Mädchen.

»Das will ich dir erzählen«, sagte der Dämon. »Gegenüber dem Schloß des Smaragd-Anka befindet sich ein riesiger Berg, auf der Spitze dieses Berges entspringt eine Quelle. Jeden Morgen kommen vierzig Seepferde zu dieser Quelle, um daraus zu trinken. Wenn sich jemand findet, der eines dieser Pferde an den Füßen packen kann – aber nur, solange es trinkt –, es zügeln und sich auf seinen Rücken schwingen kann, so kann er mit dem Pferde reiten, wohin er will. Das Seepferd

wird zu ihm sprechen: ›Was befehlt Ihr, lieber Herr?‹ und wird ihn hintragen, wohin er verlangt.«
»Ach, was hilft mir der Talisman, wenn ich ihn nicht bekommen kann?« meinte die Prinzessein.
Und damit trieb sie den Dämon aus ihrer Kammer. Als aber seine Schlafenszeit wieder herankam, lief sie zu ihrem Liebsten und berichtete ihm alles getreulich. Der Prinz schwang sich auf sein Pferd und sauste wie der Wind zum Schloß seiner jüngsten Schwester, um seinem Schwager, dem Anka, alles zu erzählen.
Den Tag darauf erhob sich der Anka früh von seinem Lager, rief fünf Vögel herbei und sprach zu ihnen: »Tragt den Prinzen auf den Berg dort drüben und wartet dort, bis die Seepferde kommen. Vierzig Rösser werden zur Quelle kommen. Sobald sie ihre Zunge in das Wasser tauchen, müßt ihr eines packen und zäumen und satteln und den Prinzen auf den Sattel heben.«
Die Vögel ergriffen den Prinzen und trugen ihn auf des Berges Spitze. Und als die Pferde an die Quelle kamen, taten sie wie geheißen. Der Jüngling saß im Sattel, und das Roß fragte sogleich: »Was befehlt Ihr, lieber Herr?«
»Es gibt eine Insel auf der siebten Meeresschicht«, rief der Prinz, »dorthin sollst du mich tragen.«
Davon ging es, noch ehe er die Augen schließen konnte, und ehe er sie wieder öffnete, war er an der Küste jener Insel. Er sprang vom Pferde, nahm ihm das Zaumzeug ab und tat es in seine Tasche, dann ging er und suchte den Ochsen. Wie er so die Küste entlangwanderte, kam ihm ein Mann entgegen und fragte, was ihn auf die Insel geführt habe.
»Ich habe Schiffbruch erlitten«, erwiderte der Prinz. »Mein Schiff und alles, was ich besessen, habe ich verloren, und ich selbst vermochte nur mit Mühe bis ans Ufer zu schwimmen.«
»Und ich stehe in des Wind-Dämons Diensten. Es gibt einen Ochsen auf dieser Insel, den muß ich bewachen bei Tag und bei Nacht. Willst du nicht diesen Dienst übernehmen? Du hättest nichts weiter zu tun, als alle Tage das Tier zu bewachen.«
Der Jüngling ergriff die günstige Gelegenheit, er konnte es kaum erwarten, daß er den Ochsen sah. Als die Stunde der Tränke gekommen war, brachte der Mann das Tier, und der Prinz war kaum allein mit dem Ochsen, als er ihm schon seinen Bauch aufschnitt, den goldenen Käfig mit der weißen Taube darin herausnahm und damit an das Meeresufer lief. Dann zog er den Zügel aus der Tasche und schlug damit in das Meerwasser. Sogleich erschien das Roß vor ihm und sagte: »Was befehlt Ihr, lieber Herr?«

»Ich möchte in das Schloß des Wind-Dämons getragen werden«, erwiderte der Prinz. Es dauerte gerade so lange, als man braucht, um die Augen zu schließen und wieder aufzuschlagen, dann waren sie auch schon vor dem Schloß des Wind-Dämons. Der Prinz nahm sein Weib und bat sie, sich hinter ihn auf das Seepferd zu setzen, und als das Pferd fragte: »Was befehlt Ihr, lieber Herr?« verlangte er, in das Schloß des Anka getragen zu werden.
Und dahin flog das Roß, flog bis zu den Wolken, und wie es sich vor dem Schloß des Anka herniederließ, erwachte der Wind-Dämon aus seinem Schlaf. Er sah, daß ihm die Prinzessin wiederum geraubt worden war, und nahm sogleich die Verfolgung auf. Schon spürte die Prinzessin seinen wilden Atem, da befahl das Roß, eilends der weißen Taube den Hals abzudrehen. Das hatten sie kaum getan, als sich das furchtbare Brausen legte und der Wind-Dämon vernichtet war.
Mit großem Jubel zogen sie im Schloß des Anka ein und entließen das Pferd dankbar. Am Tage darauf besuchten sie die zweite Schwester des Prinzen und den anderen Schwager, am dritten Tage den dritten Schwager. Und da erfuhr Prinz Mehmed, daß sein Schwager Tiger der König aller Tiger war und sein Schwager Löwe der König aller Löwen. Endlich kamen sie in das Reich, in dem der Vater der Prinzessin herrschte. Da wurde ein großes Fest zur Feier ihrer Rückkehr gehalten, und das königliche Paar erfreute sich daran vierzig Tage und vierzig Nächte. Darnach reisten sie in das Reich des Prinzen Mehmed.
Dort zeigten sie dem Volk Ohren und Nase des erlegten Drachen, und da der Prinz solchermaßen seines Vaters Wunsch erfüllt und er nun regieren wollte, wählte es ihn zu seinem Padischah. Und der neue Padischah und seine Sultanin lebten glücklich bis zu ihrem Tode.